B.C. SCHILLER

DIE FOTOGRAFIN

Sämtliche Figuren und Ereignisse dieses Romans sind der Fantasie entsprungen. Jede Ähnlichkeit mit echten Personen, lebend oder tot, ist zufällig und von den Autoren nicht beabsichtigt.

ISBN: 1494302985
ISBN 13: 9781494302986

Lektorat: Wolma Krefting, www.bueropia.de
Titelgestaltung: www.blue-velvet.com

ANMERKUNG

Wir haben uns erlaubt einige Namen und Örtlichkeiten aus Spannungsgründen neu zu erfinden, anders zu benennen und auch zu verlegen. Sie als Leser werden uns diese Freiheiten sicher nachsehen.

ÜBER DIE AUTOREN B.C. SCHILLER

Barbara und Christian Schiller leben mit ihrem Rhodesian Ridgeback Jabali am Land in der Nähe von Linz in Österreich. Gemeinsam waren sie über 20 Jahren in der Marketing- und Werbebranche tätig und haben ein totales Faible für rasante Thriller.

DIE FOTOGRAFIN ist der erste Psychothriller von B.C.Schiller und Auftakt für eine Serie von spannenden Psychothrillern, die alle in sich abgeschlossen sind.

DIE TONY BRAUN THRILLER SERIE:

Der erste Tony Braun Thriller **TÖTEN IST GANZ EINFACH** und der zweite Tony Braun Thriller **FREUNDE MÜSSEN TÖTEN** gehören zu den Amazon Jahresbestsellern 2012 und somit zu den erfolgreichsten Top 20 ebook Krimi/Thrillern 2012 bei Amazon.

ALLE MÜSSEN STERBEN ist der dritte Fall mit Chefinspektor Tony Braun. Auch dieser Thriller ist in sich abgeschlossen und kann unabhängig von den ersten beiden Tony Braun Thrillern gelesen werden.

DIE DAVID STEIN THRILLER SERIE

DER HUNDEFLÜSTERER: der erste Auftrag führt den auf Mallorca lebenden Exagenten David Stein nach Berlin und St. Tropéz.

SCHWARZER SKORPION: in seinem zweiten Auftrag jagt David Stein einen gefährlichen Terroristen in Marrakesch, um tausende Menschenleben in München zu retten.

Mehr Infos zu den Büchern von B.C.Schiller finden Sie im Anhang.

Bitte unterstützen Sie uns als Indie-Autoren. Wir freuen uns über jeden Fan auf Facebook und Follower auf Twitter – DANKE!

B.C. SCHILLER

DIE FOTOGRAFIN

PSYCHOTHRILLER

Ich darf mich nicht erinnern.
Ich will mich nicht erinnern.
Ich darf nicht mehr lieben.

(Schiller Version)

Prolog:

MONTAG – MORGENS

Sie denkt an das Leben und nicht an den Tod, als sie erwacht. Mit den Fingerspitzen massiert sie ihre Schläfen, denn jetzt erst beginnen sich die Kopfschmerzen bis in ihr Bewusstsein vorzutasten. Langsam richtet sie sich auf, blickt verwirrt umher. Es ist ein Schlafzimmer, das sie kennt, in dem sie schon öfter gewesen ist. Das Bett ist breit, die Seidenkissen und weichen Decken duften wie immer verführerisch. Hinter ihr an der Wand lehnt das riesige Bild mit den zwei Frauen die sich küssen. Ein aufstrebender Künstler hat es gemalt, das hat man ihr erzählt. Oben an der Decke hängt ein Spiegel, das weiß sie von früher, aber jetzt vermeidet sie es, hinaufzusehen. Die Tür, die in das Ankleidezimmer führt, ist halb geöffnet. Durch den Spalt sieht sie die Spitze ihres Schuhs, den sie vor einer Ewigkeit achtlos weggekickt hat. Auf dem Boden verstreut liegen Kleider, die von ihr stammen könnten, aber jetzt kommen sie ihr wie fremde Designerstücke vor.

Das Pochen in ihrem Schädel steigert sich, als sie sich im Bett aufsetzt. Vorsichtig stellt sie die Beine auf den Boden und steht mit Schwung auf. „Na, geht doch!“ denkt sie, doch im selben

Moment beginnt die Umgebung bedrohlich zu wanken und zu verschwimmen. Sie muss sich am Bettrand abstützen, um nicht umzukippen. Mit angehaltenem Atem wartet sie, bis alles vor ihren Augen wieder gerade steht und seine Ordnung hat. Dann tastet sie sich an der Wand entlang – aus dem Schlafzimmer hinaus direkt in das Wohnzimmer, das sich mit einer über die ganze Länge ziehenden Glasfront zu einer Terrasse hin öffnet. Die Helligkeit ist so intensiv, dass sie sich mit geschlossenen Augen an die Wand lehnen muss, um nicht von dem gleißenden Licht verbrannt zu werden.

Warum steht sie hier in diesem Wohnzimmer und verhält sich so, als würde sie es nicht mehr erkennen? Hat sie doch schon oft den herrlichen Blick über die Stadt genossen, danach, wenn alles wieder viel zu schnell vorbei war und sie den kühlen Wind auf ihrer heißen Haut spürte, der sie sanft in ihr anderes Leben zurückführte, das sie so gerne für immer verlassen hätte. Warum kann sie sich an nichts mehr erinnern? Was ist passiert? Ist überhaupt etwas passiert oder hat sie nur einen fürchterlichen Kater? Den Champagnerflaschen auf dem Tisch nach zu urteilen, muss sie enorm viel getrunken haben. Ja so ist das mit dem Abschiednehmen, man besäuft sich und landet dann unweigerlich doch wieder im Bett, denkt sie versonnen.

Merkwürdige Gedanken, die einfach in der Mitte stoppen und nicht mehr weiter wollen. Natürlich ist etwas passiert, das spürt sie ganz deutlich, doch noch will sie mit dieser Unbestimmtheit leben und auf keinen Fall die Gewissheit haben. Noch will sie glauben, dass es vielleicht doch ein Traum ist, der sich am Morgen verflüchtigt und sie mit einem Gefühl der Erleichterung erwachen lässt. Aber natürlich ist es kein Traum, das weiß sie, dafür ist sie klug genug, sondern es ist die Wirklichkeit und diese kümmert sich nicht um Träume und Erwachen, sondern ist klar und direkt – Realität eben.

Seufzend sieht sie sich dann doch im Wohnzimmer um, sucht etwas zu trinken, denn plötzlich ist auch ihre Kehle wie ausgedörrt. Wie alles in dieser Wohnung, so ist auch das Wohnzimmer riesig und einschüchternd. Es ist ein langgestreckter Raum ohne Schnörkel, der in eine moderne Küche übergeht. Mühsam schleppt sie sich zu dem Aluminiumtresen, der wie der Bug eines Schiffes mitten in den Raum ragt.

Mit der Fußspitze stößt sie gegen ein Bein. Es ist ein Männerbein, das kann sie spüren, denn es ist nackt und erst jetzt fällt ihr auf, dass auch sie nackt ist. Langsam senkt sie den Kopf und blickt nach unten, sieht das Männerbein, ihr Blick gleitet höher, folgt der Körpersilhouette eines anmutig verdreht liegenden nackten Mannes und saugt sich an seinem Oberkörper fest, der voller Blut ist. In dem grellen Licht, das durch die Fensterfront in den Raum fällt, tritt das Blut noch heller und grausamer hervor und jetzt sieht sie, dass auch der helle Holzboden über und über mit geronnenem Blut bedeckt ist. Dann bemerkt sie das Messer auf dem Boden und sie erinnert sich wieder vage daran, es in der Hand gehalten zu haben. Die Klinge des Messers ist blutig und das verklumpte Blut stört die harmonisch geschwungene Designform der Klinge und reduziert das Messer auf ein banales Mordwerkzeug.

Jetzt liegt das Messer am Boden, beunruhigend nahe bei einem Toten und sie kann sich schon denken, was passiert ist. Wieder einmal ist sie ausgerastet. Das Messer liegt neben dem toten Mann, den sie nie mehr wieder sehen wollte, den sie nur noch zum Abschiednehmen besucht hat. Bei diesem Gedanken schießen ihr die Tränen in die Augen und als sie ihre Hände vors Gesicht schlägt, bemerkt sie, dass diese blutig sind, dass auch ihr Oberkörper über und über mit Blut beschmiert ist. Und es ist nicht ihr Blut, das begreift sie jetzt mit einer mitleidlosen Klarheit.

Entsetzt dreht sie sich um, hastet zurück in das Schlafzimmer und weiter in das angrenzende Bad, will sich das Blut von den Händen waschen, will alles ungeschehen machen und endlich wieder in ihr altes Leben zurückkehren. Doch in dem Spiegel über dem Waschbecken sieht sie jetzt eine große nackte Frau mit wirren blonden Haaren, mit einer bereits ein wenig erschlafften Figur und einem Busen, der nicht mehr ganz straff, aber immer noch ansehnlich ist. Sie sieht das interessante Gesicht einer attraktiven 39-jährigen Frau, die schon einiges erlebt hat, sieht die glatte Stirn, die noch keine Botoxbehandlung nötig hat, sieht einen schlanken, faltenfreien Hals, wenn sie das Kinn hebt.

Doch sie sieht auch eine Frau, die sich über Monate in dieser Wohnung mit ihrem Liebhaber getroffen hat und sich jetzt von ihm trennen wollte, um wieder in ihr altes Leben an der Seite ihres erfolgreichen Mannes zurückzukehren.

Plötzlich zuckt sie zusammen, denn die Erkenntnis, wer diese Frau im Spiegel ist, trifft sie wie ein gezielter Faustschlag:

Diese Frau im Spiegel bin ich und ich habe gerade meinen Liebhaber getötet!

1

WIEN DIENSTAG – MORGENS

„Ich habe ihn getötet!“, schreie ich, als ich aus einem tiefen fast schon komatösen Schlaf erwache. Erst als meine Worte ungehört in dem Zimmer verhallen, öffne ich die Augen und kann nicht fassen, was ich sehe. Ich liege zuhause in meinem eigenen Bett, ein Irrtum ist ausgeschlossen, denn neben mir auf dem Nachttisch steht das Bild von Gregor, Paul und mir. Doch Paul, der ganz rechts steht, sehe ich nur in meinen Gedanken, denn das Foto ist abgeknickt und sein Gesicht deshalb verborgen auf der Rückseite des Bildes. Mein Mann Gregor will es so. Also lächeln nur mein Mann und ich aus dem Bilderrahmen. Daneben liegt das silberne Etui mit meinen Visitenkarten. Ich klappe den Deckel auf, würde mich in diesem Augenblick nicht wundern, wenn ein anderer Name auf der Karte stünde. Doch da steht „Adriana See – Fotografin“ und die Nummer meines Businesshandys. Das bin also wirklich ich.

„Ich habe ihn getötet!“, rufe ich provokant gegen die geschlossene Tür, die ins angrenzende Badezimmer führt. Von dort höre ich aber nur die Dusche und die volle, einnehmende Stimme meines Mannes, der unter dem prasselnden Wasserstrahl wieder eine seiner mitreißenden Reden übt. Natürlich kann er mich nicht hören.

Nach und nach beginne ich meine Situation zu analysieren. Ich war in der Wohnung meines Liebhabers und habe auf dem Boden eine männliche Leiche gesehen, die natürlich er sein könnte. Aber bin ich mir da so sicher? Doch ich erinnere mich an das Messer in meiner Hand, ich war am ganzen Körper blutig und ich muss ständig daran denken, einen Mord begangen zu haben. Das spricht doch eindeutig gegen mich.

Aber wieso erwache ich in meinem eigenen Bett, trage meinen Seidenpyjama und wieso liegt meine große Fliegeruhr ordentlich auf dem Nachttisch, genauso, wie ich sie jeden Abend dort hinlege? Meine Haut duftet nach einer Badeessenz und fühlt sich sauber und eingecremt an.

Im Bad hat Gregor die Dusche abgedreht und summt einen Popsong, während er sich elektrisch rasiert. Gregor ist oft schon morgens so penetrant guter Laune, dass ich ihn manchmal verdächtige, Poppers einzuwerfen, denn sein Verhalten ist nicht normal.

Nachdenklich streiche ich mir die Haare zurück und zucke zusammen. Taste nochmals mit den Fingerspitzen über meinen Hinterkopf, spüre eine schmerzhafte Beule. Wieso habe ich eine Beule? Ich kann mich nicht erinnern, mir den Kopf gestoßen zu haben. Aber das ist im Augenblick mein geringstes Problem. Viel wichtiger ist es, die Frage zu beantworten, ob ich meinen Liebhaber getötet habe.

Minutenlang liege ich regungslos auf dem Rücken, starre gegen die Decke meines Schlafzimmers, als würde ich dort eine Antwort auf meine vielen Fragen finden. Wie immer fällt mir die einfachste Lösung erst zum Schluss ein. Ich brauche ja bloß meinen Liebhaber Talvin anzurufen, um festzustellen, ob er noch lebt. Gerade als ich nach meinem Privathandy greife, wird die Badezimmertür aufgerissen und Gregor steht in der Tür, hält sich oben am Türstock fest, damit seine breiten Schultern besser zur Geltung kommen. Trotz eines nicht zu übersehenden Bauchansatzes, der von den vielen abendlichen Essen mit den Parteifunktionären herrührt, sieht er noch immer sehr gut aus. Gregor ist fünfundvierzig Jahre alt und sein ursprünglich dunkles Haar wird an den Schläfen schon leicht grau, was ihm aber eine ungemein sexy Ausstrahlung verleiht. So jedenfalls war es in einer Homestory über ihn zu lesen, in der auch ich am Rande vorkam, mit meinem originellen Hobby, der Fotografie.

Über die Fotografie haben wir uns in Wien auch kennengelernt. Das war vor über zehn Jahren. Ich sollte ihn als jüngsten Vorsitzenden seines Wahlkreises „modern" ablichten, wie er es unbeholfen ausdrückte, und beide mussten wir über diese Formulierung lachen. „Eigentlich sollten Sie ja vor der Kamera stehen!", sagte er dann, ohne zu überlegen, spontan wie er eben ist. „Sie sehen aus wie meine Traumfrau." Tja, so war das damals und wir haben schnell geheiratet und bald darauf kam Paul. Doch über Paul darf ich nicht sprechen, das hat mir mein Mann verboten.

Außer Politik hat Gregor noch nie etwas anderes gemacht. Ich glaube, er weiß überhaupt nicht, wie normale Arbeit funktioniert. Für ihn gibt es immer nur konspirative Treffen, um zweckmäßige Seilschaften zu bilden und Verbindungen zu knüpfen. Er hat sich über die Jahre emsig ein Netzwerk aus Vertrauten aufgebaut, die er später einmal mit einflussreichen Posten belohnen wird, wenn er ganz oben ist, und wenn ihm seine exzentrische Frau Adriana keinen Strich durch die Rechnung macht.

Aber ich reiße mich zusammen, denn jetzt ist Gregor bald an seinem Zenit angelangt. Er ist der heiße Anwärter für ein Ministeramt und der Star im derzeitigen Wahlkampf. Keine Talkshow, die ihn nicht dabeihaben möchte, kein TV-Bericht, der nicht eine Wortspende von ihm will. Dieser Wahlkampf erfordert seine ganze Kraft und kostet ihn all seine Energie. Wenn er spät nachts von einer Tour durch seinen Wahlbezirk nach Hause kommt, höre ich, wie er in der Küche eine Flasche Wein entkorkt und gierig Glas für Glas trinkt. Nach Alkohol und Zigarettenrauch stinkend fällt er dann neben mir ins Bett und schnarcht sofort weg. Da ist nicht mehr viel übrig von den heißen Nächten wie zu Beginn unserer Ehe.

„Du bist ja schon wach, hast du gut geschlafen?", brüllt er mit seiner Baritonstimme, die das ganze Haus erzittern lässt, genau in dem Augenblick, als ich mit Talvin telefonieren will. Doch er ist viel zu sehr mit sich selbst beschäftigt, um das Telefon in meiner Hand zu bemerken. „Tut mir leid, Adriana, aber ich kann nicht mit dir frühstücken. Ich habe ein Meeting mit dem Parteivorsitzenden", redet er einfach weiter, ohne meine Antwort abzuwarten. „Sei nicht traurig, aber wir sehen uns ja später abends, dann kannst du mir erzählen, wie dein Tag war!"

Schon ist er verschwunden und poltert die Treppe nach unten ins Erdgeschoß. Doch so einfach lasse ich mich diesmal nicht abspeisen.

„Ich muss mit dir reden!", schreie ich hinunter in die Küche, wo Gregor an unserem Frühstückstresen lehnt und im Stehen eine Tasse Kaffee schlürft. Noch hat er keine Krawatte umgebunden und das Hemd steht weit offen, was ihn ungemein attraktiv macht. Aber noch attraktiver ist der durchdringende Blick seiner dunklen Augen. Das haben auch schon die Redakteurinnen von einigen Zeitschriften bemerkt, die von diesem „schmelzenden Blick" geschwärmt haben. Doch noch ehe ich den Gedanken weiter vorantreibe, schiebt sich das Bild der Leiche wieder in mein Denken und alles in mir wird kalt und leblos.

„Wir müssen reden! Es ist etwas passiert", bleibe ich hartnäckig und Gregor blickt irritiert hoch. Für den Bruchteil einer Sekunde habe ich seine ungeteilte Aufmerksamkeit, denn etwas in meiner Stimme hat ihn nervös gemacht. Diesen Tonfall muss ich mir merken. Doch dann surrt sein Handy und der Augenblick verstreicht ungenutzt.

„Ja? Was meinst du mit kritischen Meinungen? Du musst sofort gegensteuern. Ich will positive PR!“, höre ich seine aggressiven Antworten auf die Fragen des Anrufers. Als Gregor merkt, dass ich zuhöre, dreht er sich zur Seite und nickt nur noch zustimmend mit dem Kopf. „Du meldest dich, wenn alles wieder okay ist!“

Ohne sich zu verabschieden, trennt er die Verbindung, wendet sich mit einem zerstreuten Gesichtsausdruck zu mir. Seine nachtschwarzen Augen fixieren mich und bei diesem Blick wird mir klar, dass ich ihn immer lieben und nie verlassen werde.

„Wer war das?“, frage ich vorsichtig.

„Niemand, den du kennst. Nur meine PR-Assistentin.“

„Ach so!“ Ich hole tief Luft. „Ich muss mit dir reden!“, wiederhole ich nun schon zum dritten Mal.

„Das ist jetzt gerade ziemlich ungünstig, Adriana!“, sagt Gregor und knipst sein Politikerlächeln an. „Wir reden abends darüber!“, vertröstet er mich und schlürft hastig seinen Kaffee. „Ich habe eine Beule am Hinterkopf und weiß nicht, wie das passiert ist. Das ist doch merkwürdig?“, rufe ich.

So, jetzt ist es draußen. Jetzt kann ich ihm endlich alles erzählen, kann ihm sagen, dass ich in der Wohnung meines Liebhabers mit einem blutigen Messer gestanden habe, nackt und über und über mit Blut beschmiert. Jetzt kann ich ihm beichten, dass ich eine Mörderin bin.

„Hier! Hier ist die Beule!“ Hektisch schiebe ich meine Haare zur Seite und deute ich auf meinen Hinterkopf. Gregors Reaktion ist ganz anders, als ich sie erwartet habe. Langsam dreht er sich um, streckt die Arme aus und geht mit einem breiten Lächeln auf mich zu.

„Meine arme Adriana!“, schnurrt er und streichelt mir beruhigend über die Schultern wie den Seniorinnen im Altersheim bei einer Wahlveranstaltung. „Tut's noch sehr weh?“, fragt er mitfühlend und sieht mir treuherzig in die Augen. Jetzt bin ich restlos verwirrt und kenne mich überhaupt nicht mehr aus.

„Ich habe richtig mit dir mitgelitten! Tut mir leid, dass ich heute Morgen nicht mehr daran gedacht habe! Willst du nicht doch lieber in die Klinik? Vielleicht hast du eine Gehirnerschütterung und deshalb auch diese Albträume.“

„Gehirnerschütterung? Albträume? Ich verstehe nicht!“ Noch verwirrter als zuvor schüttle ich den Kopf. „Ich will wissen, woher diese große Beule stammt!“, beharre ich auf einer Antwort.

„Ja, es war ein ziemlich heftiger Schlag. Und wie es gekracht hat, als du mit dem Hinterkopf gegen die geöffnete Heckklappe unseres Wagens geknallt bist!“

„Ich bin gegen die Heckklappe unseres Autos gestoßen? Wieso weiß ich nichts davon?“

„Du hast sofort das Bewusstsein verloren. Aber keine Sorge, es ist nichts Ernstes, das sagt auch Hans.“ Wieder tätschelt Gregor mit seinem gewinnenden Lächeln meine Schulter und ich will meinen Kopf an seine Brust legen, um mich sicher und geborgen zu fühlen, doch er schiebt mich bestimmt von sich weg, sodass ich wieder im luftleeren Raum hänge. „Alles was bleibt, ist die schmerzhafte Beule, aber auch die vergeht schnell wieder.“

„Wieso war Hans hier?“, frage ich und bin völlig durcheinander. Hans Mertens ist ein alter Parteifreund meines Mannes und von Beruf Psychiater. Ich bin seit fünf Jahren seine Patientin, weil es, nun ja, weil es damals gewisse Vorkommnisse in meinem Leben gegeben hat, die der Karriere meines Mannes abträglich gewesen wären.

„Adriana, du weißt doch, dass Hans der Vorsitzende der Interessengemeinschaft ist, die meine Wahl unterstützt. Zum Glück konnte er schnell kommen, als ich ihn angerufen habe und hat dich untersucht. Er hat dir auch eine Spritze verabreicht, damit du ruhig schlafen konntest."

„Wieso weiß ich davon überhaupt nichts?", frage ich verzweifelt. „Ich habe nicht die geringste Erinnerung daran!" Geht das jetzt schon wieder los, denke ich panisch, erwähne aber Gregor gegenüber nichts.

„Adriana, tut mir leid, aber ich muss jetzt wirklich los! Wir reden am Abend darüber!" Gregor sieht auf seine Uhr und jetzt fällt mir auf, dass er seine Taucheruhr wieder trägt. Mechanisch tätschelt er mit beiden Händen meine Schultern und sieht mich mit seinen schwarzen Augen prüfend an. „Alles in Ordnung mit dir?", fragt er leise. „Du hast doch keine Albträume mehr? Vergiss nicht, deine Tabletten zu nehmen."

Wie ein kleines Schulmädchen, das vor dem strengen Lehrer steht, nicke ich betreten. „Ich bin o. k.! Bin nur völlig außer Atem!"

An seinem Blick merke ich, dass er nicht versteht, was ich meine, doch er ist viel zu clever, um darauf einzugehen. Zum Glück piepst jetzt sein Handy penetrant und mit einem Lächeln dreht er sich zur Tür. „Wahrscheinlich bekommst du bloß deine Tage!", ruft er mir aufmunternd zu und trifft mich damit mitten ins Herz.

Schluchzend liege ich im Bett und weiß nicht, warum ich plötzlich ständig heule. Es stimmt schon, meine Periode ist ausgeblieben, aber das ist mir schon öfter passiert. Das ist alles kein Grund, gleich in Tränen auszubrechen. „Das hängt mit Ihrem stressigen Job zusammen, Frau See! Immer diese jungen dünnen Models, mit denen Sie zu tun haben!", hat mein Frauenarzt gesagt und ich konnte mir die Frage nicht verkneifen, ob er denke, dass ich in einem Konkurrenzverhältnis zu den Models stehe. „Alle Frauen stehen doch zueinander in einem Konkurrenzverhältnis, das ist wissenschaftlich belegt!“ Er muss es ja wissen. Als Doping hat er mir Hormonpillen verschrieben, die ich aber in den Müll gekippt habe, als ich auf dem Beipackzettel las, dass man davon Depressionen und Fressattacken bekommen könnte.

Um mich abzulenken, checke ich mein Smartphone, habe aber heute leider keinen Fototermin. Das ist andererseits gut so, denn es gibt Wichtigeres zu tun. Beispielsweise meinen Liebhaber anzurufen, um mich zu überzeugen, dass er noch am Leben ist. Mehrmals probiere ich, Talvin zu erreichen, doch anscheinend habe ich eine falsche Nummer eingespeichert, denn es existiert kein Anschluss unter dieser Nummer. Ich könnte natürlich auch versuchen, ihn an der Universität zu erreichen, aber das hat er mir ausdrücklich untersagt. Das würde doch bloß Gerede geben, war seine logische Argumentation.

‚Ich muss mich zusammenreißen!‘, ermahne ich mich und blicke aus dem Fenster unseres engen Reihenhauses hinaus in den Garten. Es ist ein trüber Morgen und der Himmel sieht nach Regen aus. Moment mal! Wieder fällt mir ein Bruchstück der Erinnerung ein, fügt sich zu den anderen Fragmenten, wie ein riesiges Puzzle, dessen endgültiges Motiv ich aber noch immer nicht überblicken kann. Es existieren zu viele Leerstellen.

Das Wohnzimmer meines Liebhabers mit der riesigen ostseitigen Glasfront, die hinaus auf die Terrasse führt, taucht vor meinem geistigen Auge auf. Das grelle Licht blendet mich, es muss also die Morgensonne geschienen haben! Wenn es aber auch jetzt Morgen ist und bewölkt, dann heißt das doch, dass ich mindestens vierundzwanzig Stunden lang ohnmächtig gewesen bin. Oder dass ich solange geschlafen habe. Das ist doch der totale Wahnsinn.

Denn die andere Möglichkeit ist auch nicht wesentlich beruhigender: Ich habe mir gestern am Morgen tatsächlich den Kopf an der Heckklappe gestoßen, wurde zunächst ohnmächtig, bekam dann die Spritze und habe daher alles nur geträumt.

Warum verschaffe ich mir nicht einfach Klarheit und fahre in die Wohnung meines Liebhabers? Warum liege ich völlig aufgelöst in meinem Bett, nur weil mein Mann etwas über meine Tage gesagt hat. Warum beschäftigt mich das so? Natürlich weiß ich, warum das so ist. Ich rolle mich zur Seite und nehme den Bilderrahmen vom Nachttisch. Das Foto ist fünf Jahre alt und Gregor sieht rassig wie ein Spanier aus und auch ich muss mich für mein Aussehen nicht genieren. Das Foto habe ich mit Selbstauslöser gemacht. Kurz bevor ich zum ersten Mal bei Hans – bei Dr. Mertens, wie ich ihn nennen muss – in psychiatrischer Behandlung gewesen bin. Es wurde am 15. August im Hotel Mykonos Blue auf Mykonos gemacht. In der Lobby mit den blau beleuchteten Flaschen im Hintergrund. Es war circa sechzehn Uhr. Eine Stunde später war alles anders. Wir waren übrigens nie wieder auf Mykonos.

Gregor wollte eigentlich wie jedes Jahr ins Weiße Rössl an den Wolfgangsee, obwohl er das Regenwetter im Salzkammergut hasste. Doch für einen österreichischen Politiker gehört es sich eben, Urlaub in der Heimat zu machen. Das honorieren die Wähler. Aber dieses eine Mal habe ich mich durchgesetzt und wir sind nach Griechenland geflogen. Gregor, ich und ja, natürlich auch Paul.

„Paul!"

Es ist unheimlich beklemmend, als ich den Namen meines Sohnes laut ausspreche und darauf warte, dass sich der Klang des Wortes auflöst. Er klingt fremd und ungewohnt nach so langer Zeit und dann doch wieder nicht. Fünf Jahre sind viel, doch nichts im Vergleich mit einem Menschenleben. Ich drücke die Rückseite des Bilderrahmens an meine Wange, dort hinten ist Paul verborgen und nur ich weiß davon. Gregor darf nie erfahren, dass ich noch ein Bild von ihm habe. Wenn er das wüsste, würde er mich umbringen, da bin ich mir sicher. Obwohl, das wäre mir an manchen Tagen auch egal. Diese Tage kündigen sich an und sind alarmierend. Ich sehe mich an einem Abgrund entlang balancieren und meine schwere Kamera schlägt so fest gegen meine Brust, dass ich nicht mehr atmen kann. Das riesige Teleobjektiv, das ich jetzt immer öfter verwende, schwingt wie der Klöppel einer alten Pendeluhr und zerrt mich unerbittlich in Richtung Abgrund. In diesen Augenblicken hilft es nur, so schnell wie möglich Dr. Mertens aufzusuchen.

Doch auch Dr. Mertens, der Psychiater hat mir verboten, den Namen Paul auszusprechen. Dr. Mertens ist eine Kapazität, was Verlusttraumata anbelangt und seine Argumente haben mich überzeugt und schweren Herzens habe ich es schließlich akzeptiert. Sein Gutachten hat auch bei dem Vorfall vor fünf Jahren die schwedische Polizei überzeugt und ich kam glimpflich davon. Dafür durfte ich den Namen meines Sohnes nie wieder erwähnen. Schon seit fünf Jahren halte ich mich daran und die Karriere meines Mannes war nur kurz gefährdet, als es damals in Schweden diesen Zwischenfall gab.

Aber jetzt spüre ich, dass es bald wieder soweit ist, dass ich im Begriff bin, etwas Unüberlegtes zu tun oder habe ich es vielleicht schon längst getan? Zärtlich streiche ich über die Rückseite des Bilderrahmens, widerstehe dem starken Drang, das Papier aufzureißen, um Paul noch ein letztes Mal zu sehen. Ganz vorsichtig stelle ich das Bild zurück, richte es ordentlich aus, damit nichts darauf hindeutet, dass es verschoben wurde. Als ich nach meiner schweren Fliegeruhr greife, die so gar nicht zu mir passt, wie Gregor schon öfter spitz angemerkt hat, fühle ich mich plötzlich wieder stark und unverwundbar.

Ich werde in die Wohnung meines Liebhabers fahren und mich selbst davon überzeugen, dass ich nur einen ziemlich realistischen Traum gehabt habe und nicht verrückt bin. Dass ich mich von meinem Liebhaber getrennt habe, um wieder neu anzufangen. Vielleicht auch, um meine Ehe zu retten, denn ich liebe meinen Mann noch immer. Ist das erledigt, kann ich wieder zur Tagesordnung zurückkehren und alles für das morgen auf dem Plan stehende Fotoshooting organisieren. Vielleicht treffe ich mich heute Abend noch mit Marion, meiner besten Freundin, die den neuesten Klatsch kennt. Oder ich rufe Raul an, meinen schwulen Visagisten, und plaudere mit ihm stundenlang am Telefon. Raul anzurufen ist eine gute Idee, denn sein Talent, die Stimmen von Prominenten zu imitieren, bringt mich immer wieder zum Lachen und auf andere Gedanken.

Doch jetzt mache ich mich auf den Weg in die Wohnung meines Liebhabers. Ich fahre in die Wohnung von Talvin Singh, um mich davon zu überzeugen, dass ich ihn nicht ermordet habe.

2

DIENSTAG - VORMITTAGS

Talvin Singh ist ein indischer Philosophiestudent mit den schwärzesten Haaren, die man sich nur vorstellen kann. Sie sind so schwarz, dass sie bereits einen Stich ins Bläuliche haben und im Sonnenlicht wie edles Metall leuchten. Die Wimpern von Talvin Singh sind lang und dicht und wenn er die Lider senkt, dann ist es, als würde sich ein seidiger, schwarzer Vorhang über seine Augen legen. Seine Haut ist hellbraun wie kostbare Schokolade und weckt dieselben Glücksgefühle, wenn ich mit meiner Zunge darüber lecke. Der Geschmack seiner Haut ist auch immer leicht salzig und erinnert an seine Heimatstadt Chennai, die früher Madras hieß und direkt am Golf von Bengalen in Südindien liegt. Talvin Singh spricht fließend Deutsch mit einem singenden, undefinierbaren Dialekt und ich könnte ihm stundenlang zuhören, wenn er meinen Solarplexus massiert, dabei von der Bibliothek der Theosophischen Gesellschaft und seinem Großvater, dem berühmten Bibliothekar aus Madras, erzählt.

Wenn wir nebeneinander auf den duftenden Decken liegen und uns im Spiegel betrachten, der direkt über dem Bett an der Decke befestigt ist, dann wirkt sein Haar schwärzer als schwarz und meines blonder als blond. Oft verschränken wir unsere Körper ineinander – nur zu dem Zweck, um so ein Muster aus heller und dunkler Haut zu zaubern und es im Spiegel zu begutachten. Nur einmal habe ich mit meiner Kamera ein Foto unserer nackten Körper im Spiegel geschossen, es aber dann sofort wieder gelöscht. Talvin Singh will ich nur in meiner Vorstellung besitzen, denn nur dann kann er ganz mir gehören.

Ach ja, ich vergaß zu erwähnen, dass Talvin Singh 27 Jahre alt ist, ich also zwölf Jahre älter bin. Doch der Altersunterschied ist kein Problem für uns.

Ich habe das Verhältnis mit meinem Liebhaber beendet und denke noch immer genauso verliebt an ihn wie vor einigen Wochen. Ich benehme mich, als würde ich ihn gleich heimlich treffen und vor Erregung und Vorfreude schon ganz kribbelig werden. Doch jetzt bin ich beinahe geschäftlich auf dem Weg zu seiner Wohnung, weil ich Gewissheit brauche.

Immer wenn ich spüre, dass mir der Boden unter den Füßen weggezogen wird und ich am Rand des Abgrunds balanciere, dann hole ich meine Rüstung hervor, die mich schützt. Es ist die dicke schwarze Lederjacke mit den vielen Zipps, die mein Mann Gregor so hasst, denn sie ist einfach nicht damenhaft. Bei den derzeitigen sommerlichen Temperaturen wirkt sie ein wenig deplatziert, gibt mir aber die Sicherheit, dass alles wieder gut werden wird.

Schwitzend sitze ich in meinem Auto, das Gregor großzügigerweise bezahlt hat, als ich vor fünf Jahren eine Zeit lang in der Klinik war und nichts verdient habe. Im Gegenzug durfte es dann aber kein Mini Cooper sein, sondern wurde ein langweiliger Volkswagen. Nicht zu billig, aber auch nicht zu teuer! Das ist Gregors Maxime, der immer mit einem Auge auf potenzielle Wähler schielt.

Ich quäle mich also durch den Berufsverkehr, passiere im Schritttempo das Volkstheater, bin dann schon am Museumsquartier, dort wo ich Talvin das erste Mal im Sucher hatte. Sucher ist das richtige Wort, denn tatsächlich war ich für ein Fotoshooting direkt im Museumsquartier gebucht. Es war kein großartiger Job, sondern ein Shooting für ein junges österreichisches Designerduo namens Babe & Chris. Die Models waren auf originellen, bunten Liegen drapiert und streckten die gegrätschten Beine in die Höhe. Von Bein zu Bein ging eine Schnur und daran waren die Designerstücke aufgefädelt wie auf einer Wäscheleine. Um einen interessanten Blickwinkel zu erzielen, experimentierte ich mit einem extremen Teleobjektiv, mit dem ich den jeweiligen weit entfernten Hintergrund entweder scharf oder verschwommen einstellen konnte, ohne die Aufmerksamkeit des Betrachters von der Kollektion abzulenken.

Das Shooting verlief reibungslos und ohne größere Höhepunkte. Gegen Mittag versuchte ich, vom Museumsquartier aus direkt nach unten auf den Heldenplatz zu fotografieren, brauchte dafür aber einen Fixpunkt. Der Sucher zog über den kleinen Park, in dem Touristen und Studenten saßen und die Sonne genossen. Wie automatisch fiel der Sucher auf einen Mann, der mit geschlossenen Augen und hinter dem Nacken verschränkten Händen im Gras lag und schlief. In der Frühlingssonne wirkte sein Gesicht so entspannt und ebenmäßig schön, dass ich mit einem leisen Seufzer die Kamera sinken ließ. Sekunden später hatte ich sie aber schon wieder oben und in diesem Moment hatte sich der Mann mit einer eleganten Bewegung aufgerichtet. Obwohl es unmöglich war, blickte er mir direkt in die Augen und schenkte mir das spöttischste Lächeln, das ich jemals gesehen hatte und dieses Lächeln eröffnete das Spiel.

Während ich den Mann mit meiner Kamera immer näher zoomte, stand er plötzlich auf, so als wüsste er, dass ich ihn in mich aufsaugen wollte, um ihn nie wieder loszulassen, drehte sich um und ging. Doch diese Beute durfte ich mir nicht entgehen lassen und so zögerte ich keine Sekunde. Eine lahme Entschuldigung ausstoßend hastete ich aus dem Hof, die entgeisterte Fotocrew starrte mir hinterher, denn mit meiner Entscheidung hatte ich den ganzen Tagesablauf durcheinander gewirbelt.

„Oh, oh, unsere liebe Adriana muss vielleicht noch der Kaiserin Sissi ihre Aufwartung machen!“, hörte ich Raul, meinen Visagisten verärgert hinter mir herrufen. Doch das alles interessierte mich nicht mehr.

Elend lange musste ich warten, bis die Ampel auf Grün umschaltete und ich die Verfolgung aufnehmen konnte. Wie eine archaische Jägerin pirschte ich hinter dem Mann her, der sich mit geschmeidigen Bewegungen seinen Weg durch die Menge bahnte und der bald meine Trophäe sein würde.

Im Sucher studierte ich meine Beute genau: Er sah aus wie ein schönes exotisches Raubtier. Sein schlanker Körper und die gebräunte Haut ergänzten sich perfekt mit dem schwarzen Hemd, das lose im Wind flatterte. Um den Hals hatte er einen bunten Schal gewickelt, der seinem düsteren Äußeren einen fröhlichen Touch gab. Unter dem Arm trug er eine dunkle Aktentasche, die ein wenig deplatziert wirkte ... aber egal. Natürlich fielen mir sofort seine kurzen schwarzen Haare auf, die wie der Helm eines Fürsten im Sonnenlicht strahlten. Überhaupt ging von ihm etwas Majestätisches aus, er war ein Herrscher aus einer anderen Zeit und ich war im Begriff, ihn zu erobern.

Das ist jetzt schon einige Monate her und wenn ich jetzt wieder daran denke, dann nur aus dem einzigen Grund, herauszufinden, ob mir damals schon etwas Ungewöhnliches an Talvin aufgefallen ist. Als Fotografin habe ich mir ein visuelles Gedächtnis antrainiert, das ich beliebig nach Bildern ordnen kann. Also ließ ich die Schnappschüsse wie eine Fotogalerie durch mein Gedächtnis laufen. Doch bei Talvin war alles eine Einheit und so sehr ich mich auch bemühte, ich konnte keine Widersprüche in seinem ganzen Wesen entdecken.

Damals, als ich ihn im Sucher hatte, kam ich mir vor wie eine Jägerin, die ihre Beute bereits im Visier hat und nur darauf wartet, sie zu erlegen. Jetzt wäre der Zeitpunkt gewesen, einfach abzudrücken und eine Fotoserie von diesem interessanten Mann zu schießen, dann wieder auf das Fotoset zurückkehren und so zu tun, als sei nichts geschehen, als hätte diese Jagd nie stattgefunden. Doch irgendetwas hinderte mich daran. Ich wollte dieses schöne Tier ganz für mich und es mit niemandem teilen, deshalb durfte es auch keine Fotos geben.

Plötzlich hatte ich Talvin aus dem Sucher verloren und die Erkenntnis war so frustrierend, dass mir die Tränen in die Augen schossen. Ich zoomte auf, drehte mich im Kreis, zoomte in jede Gasse, fokussierte ungeniert wildfremde, schwarzhaarige Männer, doch Talvin blieb verschwunden. Ich lief durch enge Torbögen, das schwere Teleobjektiv vor mir wie eine Waffe, raste über Plätze, umrundete Brunnen, an denen fröhliche Menschen saßen, die sich die Sonne ins Gesicht scheinen ließen, doch mir war nicht zum Lachen zumute. Kraftlos ließ ich die schwere Kamera sinken, die schwer wie ein Mühlstein an meinen Hals hing und mich gleich in einen Abgrund reißen würde. Damals hatte ich das Gefühl, als würde mir jemand das Herz herausreißen und ich war nahe daran, vor Wut und Enttäuschung zu kotzen.

„Warum verfolgen Sie mich?"

Ich wirbelte herum und da stand er direkt vor mir. Er war ein wenig kleiner als ich, wirkte aber durch die aufrechte Haltung größer und der hochmütige Zug um seinen Mund verlieh ihm die Aura eines Prinzen. Sein schwarzes Haar glänzte metallen in der Sonne und als er seine Sonnenbrille nach oben schob, sah ich zum ersten Mal seine langen dichten Wimpern, die mich mehr beeindruckten als die haselnussbraunen Augen. Reflexartig wollte ich seine hellbraune Wange streicheln, riss mich aber dann doch zusammen.

„Ich verfolge Sie nicht, ich jage Sie!", sagte ich und wunderte mich darüber, dass ich sofort so offenherzig meine Geheimnisse vor ihm ausbreitete. Doch in diesem Augenblick war mir nichts peinlich. „Mein Psychiater sagt, dass ich die Menschen mit meiner Kamera jagen soll und abdrücken muss, um mich zu überzeugen, dass sie existieren. Ich darf jedoch niemandem von dieser Therapiemethode erzählen. Aber Sie sind nun einmal ein Bestandteil dieser Therapie!"

„Das könnte aus einem Stück von Tagore sein!" Er war kein bisschen erstaunt über meine peinliche Offenherzigkeit, sondern lächelte mich zum ersten Mal an und seine ebenmäßigen Zähne strahlten aus seinem glatten braunen Gesicht.

„Tagore?", fragte ich verwundert und ärgerte mich sofort über diese dumme Frage und meine Ungebildetheit.

„Rabindranath Tagore, ein indischer Philosoph", erwiderte er gleichgültig. „Mein Großvater hat ihn sehr geschätzt. Ist nicht so wichtig! Ich heiße Talvin." Als er mir die Hand hinstreckte, wusste ich schlagartig, dass ich sie nicht ergreifen durfte, denn dann wäre ich unweigerlich verloren, dann würde ich in eine Falle gehen.

„Ich bin Adriana", sagte ich und griff nach seiner dunklen Hand, deren sehnige Finger sich blitzschnell über meine weiße Haut legten und sofort Besitz von mir ergriffen.

„Dein Handy!" Talvin machte eine Kopfbewegung in Richtung meiner Tasche, in der mein Handy ununterbrochen klingelte.

„Ist nicht weiter wichtig", flüsterte ich und wünschte mir in diesem Augenblick nur, er würde meine Hand nie wieder loslassen.

„Hübsche Kamera hast du da. Ist ja ein richtiges Profigerät!" Talvin nickte anerkennend zu meiner Nikon, die noch immer schwer an meinem Hals hing. Ich hätte Talvin damals fotografieren müssen, so wie Dr. Mertens mir das aufgetragen hatte, aber ich war dazu nicht in der Lage. Ich dachte auch nicht an den fünf Jahre zurückliegenden Zwischenfall in Schweden. Ich dachte überhaupt nicht, sondern schwebte in einer merkwürdigen Realität, die ich so noch nie erlebt hatte. Und so nahm das Unheil wie in einer griechischen Tragödie seinen Lauf.

„Ich, ich arbeite als freiberufliche Fotografin", stammelte ich. Mehr brachte ich nicht über die Lippen und ich kam mir albern und dumm wie ein kleines Mädchen vor, denn ich war doch die Jägerin und hatte meine Beute bereits erlegt. Das jedenfalls dachte ich damals, nur jetzt bin ich klüger.

„Ich bin die Jägerin und habe alles unter Kontrolle!", rufe ich, um die Erinnerung abzuwürgen und wieder hier bei mir zu sein. Genervt drücke ich auf die Hupe, um den Fahrer vor mir aufzuwecken, aber es ist zwecklos, wir stecken alle in einem unentwirrbaren Stau. Ich spüre, wie mir unter der dicken Lederjacke der Schweiß die Achseln hinunterläuft und am Rücken die Wirbelsäule entlangrinnt. Das wird echt peinlich, wenn ich vor meinem Liebhaber stehe, die Lederjacke zu Boden fallen lasse und er mein verschwitztes T-Shirt sieht, durch das sich die Konturen meines Busens deutlich erahnen lassen; deshalb trage ich es ja heute auch.

Doch schnell mahne ich mich wieder zur Ordnung. Die Erinnerung mag zwar süß sein, aber sie ist nun einmal Vergangenheit und jetzt gilt es, die Gegenwart zu meistern und an die Zukunft zu denken. Die Gegenwart habe ich jetzt in diesem Moment als schwitzende Frau im Stau, die von einer erotischen Begegnung fantasiert. Aber die Zukunft ist am interessantesten, denn diese wird mir zeigen, ob ich eine Mörderin bin oder nicht.

Nach einer viel zu langen Fahrt bin ich in der Operngasse und muss dreimal im Kreis fahren, bis ich endlich einen Parkplatz finde. Automatisch zücke ich mein Businesshandy, um einen SMS-Fahrschein zu lösen, erinnere mich aber im letzten Moment daran, dass mich diese SMS belasten könnte. Auch bisher habe ich die Parkscheine immer mit der Hand ausgefüllt, wenn ich Talvin in seiner Wohnung besucht habe. Als ich vor der großen finsteren Haustür stehe, muss ich so wie jedes Mal tief durchatmen. Ich verrenke den Kopf, um einen Blick hinauf auf die Terrasse in dem ausgebauten Dachgeschoß werfen zu können, wo sich in diesem Augenblick vielleicht mein Liebhaber gerade über das Geländer beugt und mir einen Kuss zuwirft. Aber im schnellen Wechsel von grellem Licht und Schatten kann ich natürlich nichts erkennen.

Gerade als ich auf die Klingel drücken will, bemerke ich, dass jemand das kleine Messingschild ausgewechselt haben muss. Dort, wo früher T. Singh gestanden hat, steht jetzt plötzlich nichts mehr. Nur ein leeres rechteckiges Messingschildchen, das frisch poliert ist und in dem sich verzerrt mein verblüfftes Gesicht mit der großen Sonnenbrille spiegelt, denn ich starre auf das Schild, als wäre es ein Kunstwerk.

Jemand hat also das Namensschild meines Liebhabers unten von der Klingeltafel entfernt, wahrscheinlich, weil alle Mieter des Hauses einheitliche Namensschilder erhalten sollen, denn das Haus wird im Augenblick saniert und außer Talvins Wohnung im fünften Stock stehen alle anderen Stockwerke zur Zeit noch leer. Die Wohnungen werden zu möblierten Apartments umgebaut, hat er mir einmal erklärt. Mit meinem Zeigefinger drücke ich auf die Klingel und lausche. Wie oft schon habe ich auf diese Klingel gedrückt, eigentlich dürfte dieser Knopf gar nicht mehr vorhanden sein, so viele Male wurde er von mir betätigt, von Mal zu Mal ungestümer, heftiger, ja auch wütender, das muss ich zugeben.

Nichts rührt sich, das ist also der neueste Trick meines Liebhabers. Er macht sich rar, wartet, bis ich beinahe die Klingel ruiniert habe, um sich dann verschlafen durch die Gegensprechanlage zu melden und völlig überrascht zu wirken, dass ich schon ewig unten warte. Denn er weiß: Ich warte nicht gerne, denn ich fühle mich dann zurückgesetzt, missachtet und er hat die Oberhand. Das ist irgendetwas Frühkindliches, hat mir Dr. Mertens freundlich erklärt, als ich ihm davon erzählt habe, natürlich ohne Talvin zu erwähnen: „Dem brauchen Sie keine Bedeutung beizumessen, Adriana!"

Das mag zwar für ihn keine Bedeutung haben, aber für mich ist der Stress riesengroß. Ich muss mich beherrschen, darf mich nicht in Fantasien verlieren, muss an viele Dinge gleichzeitig denken und bin dann ganz erschöpft, wenn endlich der Türöffner summt und ich aufatmend in die Arme von Talvin sinke.

So war das früher vielleicht, aber jetzt ist alles anders. Diese Veränderung zeigt sich schon darin, dass die Gegensprechanlage stumm bleibt, sosehr ich auch die Klingel malträtiere. Mit der flachen Hand schlage ich gleichzeitig auf alle Klingelknöpfe und endlich kommt einer der Handwerker, die überall hämmern und bohren, auf die Idee, den Türöffner zu betätigen und ich gelange in das Haus.

Das dunkle Treppenhaus ist beruhigend muffig wie immer. Erst wenn alle Wohnungen fertig sind, wird auch das Treppenhaus renoviert. Derzeit hängen überall Plastikbahnen an den Wänden und die Stufen sind mit Papier überklebt. Aus sportlichen Gründen gehe ich wie immer zu Fuß nach oben. Der Aufzug ist zwar in Betrieb, aber ich habe ein leichtes Problem damit, mich in engen Räumen aufzuhalten.

„Das geht aber vorüber", hat Dr. Mertens gesagt. „Machen Sie sich keine Sorgen, Adriana, gehen Sie einfach zu Fuß!"

Talvin wohnt im fünften Stock, vier Stockwerke würde es mit dem Aufzug nach oben gehen, dann noch einmal eine Treppe, die in die oberste Wohnung führt. Bisher hatte ich noch nie über den engen beklemmenden Aufzug nachgedacht, zu sehr war ich mit Vorfreude erfüllt, die mich wie ein Kokon beschützt hat. Aber diesmal ist nichts wie vorher und die Angst lauert im Hintergrund, alleine wenn ich mir schon vorstelle, in dem Aufzug zu stecken. Ich brauche sofort ein Glas Wasser, wenn ich in der Wohnung meines Liebhabers bin und dann einen Drink, um mich zu beruhigen.

Die Tür zu Talvins Wohnung liegt am hinteren Ende des Gangs. Links verhindert ein schmiedeeisernes, verschnörkeltes Geländer, dass man durch das Treppenhaus bis in den Keller hinunterstürzt, rechts befinden sich in regelmäßigen Abständen hohe Nischen, in denen früher griechische Statuen standen. Jetzt sind diese Nischen leer und scheinen nur darauf zu warten, dass mich Talvin auf die glatte Fläche schiebt und mich nimmt, noch ehe ich Hallo gesagt habe.

Doch das sind nur meine Fantasien, denn ich stehe bereits vor der grau gestrichenen modernen Stahltür. Wie immer lege ich das Ohr gegen das kühle Metall, um die raubtierhaften Schritte von Talvin zu hören, die sich langsam nähern. Ich kann den Moment schon fast nicht mehr erwarten, wenn er die Tür aufreißt und mich in seine Arme nimmt. Wie eine Feder reißt er mich spielerisch in die Höhe und ich schlinge meine Beine fest um seine Hüften. Meine Finger krallen sich in sein schwarzes Haar und ich lasse mich von ihm nach hinten in das Spiegelzimmer entführen, wo er mich so heftig auf das Bett mit den bunten Kissen und duftenden Decken wirft, dass mir Hören und Sehen vergeht.

Wieder und wieder drücke ich auf die Klingel, die aus einem schlichten rechteckigen Metall ragt und diesmal passend zur Tür aus grauem Stahl ist. Auch hier hat man das Namensschild abmontiert und alles was von dem Namen Singh übrigblieb, ist meine Erinnerung und eine gebürstete namenlose Fläche aus grauem Stahl. Das Klingeln verhallt ungehört in der Wohnung und die Tür bleibt verschlossen.

Etwas passt hier überhaupt nicht zusammen, denke ich und konzentriere mich auf das Wesentliche. Ich bin in der Operngasse, in der sich die Wohnung meines Liebhabers befindet. Die Wohnung ist im fünften Stock und hat eine Terrasse, von der aus man die Oper und den Stephansdom gerade noch sehen kann. Das Haus wird derzeit renoviert, denn jemand hat die Namensschilder abgeschraubt, um sie zu vereinheitlichen. Moment, nur der Name meines Liebhabers ist entfernt worden, alle anderen waren ja noch gar nicht angebracht worden, erinnere ich mich. Aber nein, aber nein. Alles nur eine Täuschung, vielleicht war ja dort nie ein Türschild, denn wie gesagt, die anderen Mieter ziehen erst ein. Außerdem hatte ich ja Wichtigeres zu tun, als gerade darauf zu achten.

Ich öffne meine Lederjacke und schiebe mein T-Shirt hoch, rutsche an der Tür entlang nach unten und stelle mir vor, dass mein Liebhaber auf der anderen Seite es genauso macht. Genauso wie ich legt er sein Ohr an das glatte Metall, hält so wie ich den Atem an, um meinen Herzschlag zu spüren, so wie ich seinen. Genauso wie ich presst er seinen Mund gegen das Eisen und denkt sich dabei die abenteuerlichsten Situationen aus. Genauso wie mich erregen ihn der kalte Stahl auf seinem nackten Oberkörper und das ohnmächtige Gefühl, dass wir uns nicht berühren können. Doch während ich mit meiner Zunge über das seelenlose Metall der Wohnungstür lecke und darauf warte, dass er auf der anderen Seite das Gleiche macht, sehe ich in meiner gedanklichen Bildergalerie meinen Liebhaber nur wenige

Meter hinter der Tür in einer Blutlache liegen und meine Lust erlischt. Ich packe meine Kamera und schieße mit Blitzlicht überbelichtete Bilder von der grauen Stahltür. Auf dem Display ist nur ein heller verschwommener Fleck zu sehen, es scheint so, als würde nicht einmal die Tür zur Wohnung meines Liebhabers existieren.

Frustriert setze ich mich auf die Türschwelle und beschließe, einfach zu warten, bis Talvin auftaucht und mir eine logische Erklärung für die verschwundenen Türschilder gibt. Schützend ziehe ich meine dicke Lederjacke vor meiner Brust zusammen, stelle den Kragen auf und verkrieche mich in dem männlich riechenden Leder, das Sicherheit verströmt. Ich weiß, dass ich jetzt die Initiative ergreifen muss, um mich von diesen düsteren Gedanken zu befreien, die mich nach unten ziehen. Bald habe ich wieder den alarmierenden Zustand erreicht und dann kann mir nur noch Dr. Mertens helfen. Aber noch ist es nicht soweit. Für alles gibt es eine logische Erklärung, denke ich und beginne plötzlich, von innen heraus zu frieren.

3

DIENSTAG – MITTAGS

Ich sitze im Cafe Stein, das beruhigend weit von der Wohnung meines Liebhabers entfernt ist und warte auf Marion Winter, meine beste Freundin. Sie anzurufen war die einzige Aktivität, die ich durchgeführt habe, seit ich aus dem Haus in der Operngasse gerannt bin. Ich bin zu Fuß das dunkle Treppenhaus hinuntergehastet, da mir der Aufzug im vierten Stock plötzlich klein, eng und gefährlich erschien. Um das Unheil abzuwehren, habe ich einfach in den Spiegel an der rückwärtigen Aufzugswand geblitzt und bin dann zurück, ehe sich das altmodische Scherengitter schloss und mir die Hand mit der Kamera abtrennte. Beim Ausparken hatte ich den Außenspiegel eines schwarzen SUV gestreift, aber nicht angehalten. Im Rückspiegel sah ich einen Mann mit rasiertem Schädel aussteigen und den Schaden begutachten. Ich bremste abrupt ab, drehte mich um und schoss durch das rückwärtige Fenster eine Bilderserie von dem Mann, der mir mit der Faust drohte. Als ich jetzt die Bilder auf dem Display betrachten will, stelle ich fest, dass kein Chip in der Kamera war und es daher keine gespeicherten Bilder gibt.

Die Gäste im Cafe Stein wirken alle fremdländisch und ich habe den Eindruck, als würden sie mich misstrauisch beobachten. Deshalb nehme ich meine Kamera, lege eine Speicherkarte ein und schieße solange Bild für Bild, bis sich eine dürre Kellnerin, die wahrscheinlich von einer Modelkarriere träumt, vor meinem Objektiv aufbaut und mit einem rotzigen Gesichtsausdruck sagt:

„Das reicht jetzt! Sie stören die anderen Gäste!"

Schnell lasse ich die Kamera sinken, denn ich will kein Aufsehen erregen, sondern nur meine therapeutischen Übungen absolvieren.

Sehnsüchtig starre ich durch das hohe Fenster auf die Raucher, die draußen an den Tischen sitzen und sich bei ihren Zigaretten entspannen. Ich kämpfe dagegen an, aufzustehen und mir draußen eine Zigarette zu schnorren, schon um Gregor zu beweisen, dass ich noch immer stark bin. Ich habe nämlich vor zehn Jahren aufgehört zu rauchen und das bis jetzt durchgehalten, obwohl mein Mann Gregor vor fünf Jahren wieder damit angefangen hat und jetzt ein starker Raucher ist. Ich glaube, Gregor verzeiht es mir nicht, dass ich damals die Trauer um Paul nicht bei einer gemeinsamen Zigarette mit ihm geteilt habe. Damals wäre der richtige Zeitpunkt gewesen, um uns über eine Zigarette wieder neu zu finden, zu verlieben und zu entdecken. Aber mein Schmerz war so groß, dass ich weder ans Rauchen noch an Gregor auch nur einen Gedanken verschwendet habe. Na ja, kurz darauf bin ich dann nach Schweden geflüchtet. Dort lernte ich Björn kennen, der mir die Angst vor dem Wasser nahm.

Aber jetzt warte ich auf Marion, meine beste Freundin, und will mich daher nicht mit alten Geschichten belasten. Gleich am Telefon hat mir Marion den ersten Tipp gegeben, als ich ihr von dem verschwundenen Namensschild erzählt habe. „Warum rufst du nicht die Hausverwaltung an und fragst einfach, wer die Dachgeschosswohnung gemietet hat!" Warum bin da nicht selbst darauf gekommen? Du meine Güte, Marion ist so strukturiert und weiß für alles eine Lösung. Was würde ich nur ohne Marion machen? Sie hat keine Fragen gestellt, nicht nach dem „Warum“ gefragt, ganz so, als wüsste sie über alles genau Bescheid.

Ich bin daher ihrem Rat gefolgt und habe unten im Treppenhaus die Nummer der Hausverwaltung vom schwarzen Brett in mein Businesshandy getippt und nach einer längeren Wartezeit eine unmögliche Antwort erhalten: „Die Dachgeschosswohnung steht seit acht Monaten leer. Wenn Sie die Wohnung mieten möchten, wenden Sie sich bitte an das Immobilienbüro Berger am Kohlmarkt.“

Das ist alles eine Verwechslung, denke ich, während ich mit einem ungeahnten Heißhunger eine Veganer-Quiche verschlinge, die mir die unglaublich dünne Kellnerin mit Modelattitüde auf den Tisch knallt. Sie beugt ihren dürren, flachbrüstigen Oberkörper zu mir herunter und zischt mir ins Ohr: „Wenn du noch einmal hier fotografierst, geht es dir genauso wie deinem Liebhaber!“

„Was haben Sie gesagt?“, rufe ich laut und zucke zurück.

„Schichtwechsel. Ich muss kassieren.“

Ich widerstehe dem Drang, meine Kamera wieder hervorzuholen, um sie zu fotografieren, um sicherzugehen, dass sie auch wirklich existiert. Stattdessen lege ich verwirrt zehn Euro auf das Marmortischchen. Mit spitzen Fingern greift sie nach dem Schein, gibt mir aber kein Wechselgeld zurück. Ich stelle mich dumm und tippe geschäftig eine Telefonnummer in mein Smartphone.

Unter der Nummer des Immobilienbüros höre ich nur eine automatische Ansage mit dem Hinweis, dass derzeit wegen Urlaub geschlossen ist. Das ist Pech. Vorsichtig lege ich das Handy auf die abgewetzte Plüschbank, hole meine Kamera hervor, drücke auf ‚Anruf wiederholen‘ und schieße schnell ein Foto von meinem Smartphone mit der Nummer auf dem Display. Alles in Ordnung, denke ich zufrieden, als ich das Bild in meiner Kamera betrachte und dann sofort wieder lösche. ‚Alles in Ordnung!', wiederhole ich lautlos und verstecke die Kamera unter meiner Jacke.

Die dürre Kellnerin, die mich mit ihrem langen Hals an eine Giraffe erinnert, steht oben am Tresen, der das Café von der Bar abtrennt und unterhält sich mit einem der Angestellten. Immer wieder werfen die beiden verstohlene Blicke in meine Richtung und ich habe den Eindruck, dass sie dem Mann von meiner Fotografierobsession erzählt. Wie auch immer, denke ich und setze eine bewusst arrogante Miene auf. Ich habe jetzt ganz andere Sorgen, denn ich habe getötet!

Plötzlich und ohne Vorwarnung kommt mir mein Frühstück hoch und ich kann mir nur schnell die Hand vor den Mund halten, um das Schlimmste zu verhindern. Ich trample die Stufen hinunter zu den Toiletten, stoße die schmalen hohen Türen auf und kotze sofort das ganze Essen in ein Designwaschbecken, röchle und spucke Galle. Die Frau, die sich nebenan gerade die Haare bürstet, starrt mich ungläubig an, schüttelt dann missbilligend den Kopf.

„In ihrem Alter schon am Mittag betrunken!", zischt sie beim Hinausgehen und reflexartig greife ich nach meiner Kamera, doch diese liegt oben, versteckt unter meiner Lederjacke. Sehe ich wirklich aus wie eine Alkoholikerin? Ich riskiere einen schnellen Blick in den Spiegel, natürlich ist meine Haut kreidebleich, die Wangen sind ein wenig eingefallen, doch meine kornblumenblauen Augen, die ich nicht besonders mag, strahlen wie immer.

Langsam schleiche ich zurück an meinen Tisch. Mein verschwitztes T-Shirt mit den hässlichen Schweißrändern ist auffällig, ja sogar eine Zumutung für die anderen Gäste – das jedenfalls denkt die magere Kellnerin, die jetzt alleine am Tresen lehnt und mich aufmerksam beobachtet.

Wenn sie wüsste, dass in einer schönen Dachterrassenwohnung in bester Lage mein Liebhaber gerade von Maden zerfressen wird. Aber kein Bewohner der großen Stadt ahnt etwas davon, nur ich weiß es! Es kann sich ewig hinziehen, bis Talvin entdeckt wird, da zurzeit keine anderen Mieter im Haus wohnen Wie lange dauert es eigentlich, bis die weiter unten arbeitenden Handwerker auf den Gestank aufmerksam werden? Bis sie die Polizei rufen? Bis die Männer von der Spurensicherung in ihren weißen Raumanzügen das Messer finden? Werden sie etwas entdecken, das mich belastet und mich dann wegen Mordes verhaften? Habe ich durch diesen Skandal dann Gregors Karriere endgültig zerstört? Wiederholen sich jetzt die Vorkommnisse aus Schweden? Bin ich schuld, wenn unser Leben in die Brüche geht?

„Hallo mein Liebes, du siehst noch immer so schön aus wie Rosenrot!" Marion beugt sich über mich und drückt mir links und rechts einen Kuss auf die Wangen. Ich habe gar nicht mitbekommen, dass sie das Lokal betreten hat. Marion Winter ist noch immer Single und hat noch immer pechschwarzes Haar, das aber niemals mit dem Schwarz von Talvin konkurrieren kann. Sie trägt einen teuren Markenblazer, enge Jeans, die sie sich bei ihrer Figur noch leisten kann und wie immer High Heels, denn sie ist sehr klein. Marion arbeitet übrigens in einer Werbeagentur ganz in der Nähe. Sie ist Kontakterin, das heißt, sie sitzt bei den Kunden und muss neue Aufträge an Land ziehen.

Doch Marion steht mit dem Rücken zur Wand, das hat sie mir einmal im Suff gebeichtet. Die neuen Kontakterinnen werden immer jünger, sind immer taffer, scheren sich nicht um Kollegialität, wollen nur einfach Karriere machen. „Und die Kunden stehen nun einmal auf junge hübsche Frauen und nicht auf eine 39-Jährige mit Falten!", hat Marion gesagt, als sie einen großen Kunden an eine zehn Jahre jüngere Kollegin abgeben musste und wir uns besoffen haben. Jetzt kümmert sich Marion um die kleinen Etats, wie für das Modelabel Babe & Chris, und dann engagiert sie mich für die Fotos, denn auch ich bin kein Star, das muss einmal gesagt werden.

Erst jetzt fällt mir auf, dass wir uns schon eine Weile nicht mehr gesehen haben – zwar telefoniert, aber nicht getroffen. Die letzten Küsse, die ich bekommen habe, waren daher nicht von ihr, sondern von Talvin und die waren ganz anders, heiß, sinnlich, südindisch, einfach etwas Besonderes.

„Und du bist noch immer das schönste Schneeweißchen!“, gebe ich Marion das Kompliment zurück, denn wie gesagt, wir sind gleich alt und da zählen Komplimente über das Aussehen doppelt. Marion kenne ich schon eine Ewigkeit und wenn wir als Teenager in die Disco gekommen sind, hat man uns immer nach diesen Märchenfiguren benannt. Marion mit ihren schwarzen Locken und den dunklen Schlafzimmeraugen wirkte immer ein wenig verrucht, ich mit meiner weizenblonden Mähne und den kornblumenblauen Augen hingegen naiv.

„Danke, dass du deine Mittagspause für mich opferst“, sage ich und meine das auch so. Dann hole ich unauffällig die Kamera hervor und schieße schnell ein Foto von einer Marion mit eingefrorenem Lächeln, das einen schalen Nachgeschmack bei mir hinterlässt. Ich lösche das Bild, ohne es ihr zu zeigen.

„Was ist los?“, fragt Marion fürsorglich und ignoriert die Tatsache, dass ich sie gerade fotografiert habe. Natürlich ist ihr nicht verborgen geblieben, dass ich wieder in alte Verhaltensmuster zurückgefallen bin, aber sie sagt nichts und auch ich schweige. Unauffällig beobachte ich die dünne flachbrüstige Kellnerin, die eigentlich schon frei hat, aber noch immer oben am Tresen steht, so als würde sie mich beschatten.

„Pass bloß auf, dass ich dich nicht erlege!“, flüstere ich drohend in ihre Richtung, doch sie bemerkt meine Warnung nicht, denn ihre ganze Aufmerksamkeit gilt ihrem Handy, auf das sie soeben neue Instruktionen per SMS bekommt.

„Hallo, Liebes, kommst du wieder zu uns zurück auf die Erde?“, dringt Marions Stimme an mein Ohr und ich zucke zusammen, merke, dass ich knallrot geworden bin. „Wen willst du schon wieder erlegen? Du bist ja richtig ferngesteuert. Echt gruselig!“, lacht sie gekünstelt und ich falle in ihr falsches Lachen ein. Etwas stimmt hier nicht, das spüre ich.

„Also was ist los?“, nimmt Marion den Faden wieder auf und checkt gleichzeitig ihr Smartphone. „Hast du ein Problem mit Gregor?“ Das fragt sie ganz unverblümt und ich wundere mich über diese Frage, denn Gregor ist derzeit Lichtjahre von mir entfernt.

„Wie kommst du auf Gregor?“ Empört schüttle ich den Kopf, so als hätte sie mich beleidigt. „Gregor hat damit nichts zu tun. Den gibt es gar nicht!“

„Entschuldige, aber Gregor ist doch dein Mann. Da wird man ja noch fragen dürfen.“ Jetzt habe ich Marion beleidigt, das merke ich und schnell lenke ich wieder ein, werfe ihr ein Häppchen Information zu, damit sie wieder umschwenkt.

„Ein Bekannter von mir ist verschwunden“, flüstere ich.

„Wer? Kenne ich ihn? Ist es Raul?“, fragt sie elektrisiert vor Neugierde und beugt sich über den Tisch. „Hat er sich endgültig von seinem Lover getrennt?“

„Wieso sollte sich Raul von seinem Liebhaber trennen? Wie kommst du darauf?“ Marion weiß Bescheid, wie würde sie sonst sofort mit diesem Thema anfangen. Vordergründig dreht es sich zwar um Raul, aber ich weiß, dass sie damit nur mich meinen kann.

„Na, die beiden zanken sich doch ständig“, höre ich Marions Stimme. „Erinnerst du dich noch an die Weihnachtsparty? Sie küssten und sie schlugen sich!“

„Nein, es hat nichts mit Raul zu tun." Ich belasse es dabei und frage nicht weiter nach. Vielleicht habe ich mich auch nur getäuscht und mein Verdacht, dass Marion etwas über meine Trennung von Talvin wissen könnte, ist unbegründet.

„Es geht um Talvin!", sage ich und presse die Lippen zusammen, als der Satz draußen ist. Eigentlich wollte ich mit niemandem über ihn sprechen, doch Marion ist eine Ausnahme, schließlich kennt sie ihn ja.

„Talvin? Wer ist Talvin?", fragt sie und runzelt die Stirn. Das ist enttäuschend, denn ich weiß, dass Talvin sie ziemlich beeindruckt hat. Warum nur verhält sich meine beste Freundin so, als würde sie ihn nicht kennen?

„Na Talvin eben! Du weißt doch, wir haben uns zufällig am Karlsplatz getroffen, bei der Operngasse. Das ist schon einige Monate her. Kannst du dich nicht mehr daran erinnern? Er hat dir sofort gefallen, das habe ich gespürt!"

„Moment, Moment! Das letzte Mal haben wir uns getroffen, da warst du mit Raul unterwegs. Stimmt schon, es war am Anfang der Operngasse. Ihr seid gerade von einem Kundentermin gekommen."

„Da musst du etwas verwechseln, Marion. Ich habe dich mit Talvin getroffen und richtig, wir waren auf dem Weg in seine Dachterrassenwohnung", beharre ich verärgert und lehne mich unbewusst zurück. Marion benimmt sich mit einem Mal ziemlich merkwürdig und das ungute Gefühl von vorhin taucht wieder auf. Sie will mir einreden, dass ich mit Raul unterwegs war, obwohl ich sicher bin, dass es Talvin gewesen ist.

„Na gut, wenn du meinst …", seufzt Marion und checkt schon wieder ihr Smartphone. Doch sie bekommt keine Nachrichten, will nur zeigen, dass sie noch immer wichtig ist.

„Also, Liebes. Was ist daran so schlimm, wenn dieser Talvin verschwunden ist?" Dann streichelt sie sanft meine Hand und diese Berührung löst etwas in mir aus. Ich kann mich nicht mehr beherrschen und erzähle ihr einfach von dem unglaublichen Sex, den ich mit Talvin habe.

„Läuft zwischen dir und Gregor nichts mehr? Wünschst du dir einen Liebhaber? Denk daran, du hast einen Mann, der alles für dich tut. Gregor ist dein Mann, vergiss das nicht!"

Das ist also Marions einziger Kommentar. Schon wieder hat sie Gregor erwähnt. Zweimal kurz hintereinander. Der Name törnt mich total ab und Gregors attraktives Gesicht mit den angegrauten Schläfen und den schwarzen Augen schleicht sich in meine gedankliche Bildergalerie von Talvin. Selbst jetzt setzt Gregor seinen Willen durch, obwohl er gar nicht da ist. Er überlagert mit seinem einstudierten Politikerlächeln einfach meinen Liebhaber. Löscht ihn geradezu aus, so wie er immer wieder versucht, mich auszulöschen. Er hat es geschafft: Ich kann mir mit einem Mal das Zusammensein mit Talvin nicht mehr vorstellen. Wieder kriecht diese Kälte in meine Eingeweide.

„Ist das alles, was dir dazu einfällt?", frage ich Marion nach einer längeren Pause gekränkt.

„Liebes, das sind doch alles nur Fantasien. Ich meine, wer hat schon die Zeit für zwei Stunden Sex am Stück und das dreimal am Tag?" Nervös spielt Marion mit ihrem Smartphone, schielt ab zu auf das Display, doch es kommt ihr kein Anruf zu Hilfe und so müssen wir beide durch dieses peinliche Gespräch.

„Schon gut, vergiss es einfach", lenke ich ein, denn ich will mit Marion ja über ganz etwas anderes sprechen.

„Es sind mir heute eine ganze Reihe merkwürdiger Dinge passiert." Dann beginne ich stockend zu erzählen, weit weniger enthusiastisch als zuvor, als ich von meiner Liebe zu Talvin geschwärmt habe, von seinem schwarzen Haar und von seiner braunen Haut, die wie Schokolade schmeckt. Eine Haut, die den Duft von Exotik und Abenteuer verströmt. Eine Haut, von der ich jeden Zentimeter entdeckt habe.

Doch jetzt spreche ich über eine falsche Handynummer, das verschwundene Namensschild und die merkwürdige Auskunft der Hausverwaltung. Ich will ihr auch das Foto zeigen, das ich von meinem Smartphone gemacht habe, um zu beweisen, dass alles stimmt, was ich sage, doch Marion winkt ab.

„Warte, warte!", unterbricht sie mich, als ich wie ein Wasserfall immer weiterrede. „Dieser Talvin wohnt also gar nicht in der Wohnung, in der du gewesen bist?"

„Natürlich wohnt er dort!", insistiere ich und klopfe mit meinen Fingerknöcheln auf den Tisch. „Natürlich! Ich bin doch nicht verrückt! Es gibt ein Schlafzimmer mit einem Spiegel an der Decke. Ich sehe alles genau vor mir."

„Wenn die Wohnung seit acht Monaten leer steht, dann ist das wohl nicht möglich, oder?" Marion verschränkt die Arme vor der Brust und sieht mich herausfordernd an. „Warum sollte dich die Hausverwaltung anlügen?"

„Was weiß ich?", stottere ich. „Keine Ahnung, vielleicht hat ihnen meine Stimme am Telefon nicht gefallen und sie wollten sich einen Spaß erlauben."

Ich gebe zu, das klingt wie eine lahme Ausrede, aber Marion geht zum Glück nicht darauf ein. Sie kneift die Augen zusammen und überlegt.

„Seine Handynummer stimmt auch nicht, sagst du?", fragt sie dann und ich sage, dass ich mir Talvins Nummer falsch eingespeichert habe.

„Hat er dich nie angerufen?", wundert sich Marion und rutscht auf ihrem Stuhl hin und her, denn ihre Mittagspause geht dem Ende zu und sie möchte trotzdem wissen, was es mit diesen mysteriösen Vorkommnissen auf sich hat.

„Doch natürlich“, verteidige ich mich, rudere aber im selben Augenblick wieder zurück. „Nein, falsch. Ich habe ihn angerufen. Oder doch nicht? Ich weiß es nicht mehr“, gebe ich klein bei.

„Das erinnert mich alles an eine andere Geschichte, Adriana!“, sagt Marion schließlich langsam. Ich weiß schon, dass jetzt der ernste Teil des Gesprächs beginnt, denn sonst würde sie mich nicht beim Vornamen nennen. Vorsichtig redet Marion weiter, denn sie weiß, dass sie jetzt ein Minenfeld betritt. Aber ich warne sie nicht, dass hier Explosionsgefahr besteht.

„Ganz ehrlich, Adriana, kann es nicht sein, dass du dir das alles bloß einbildest?“

Wusste ich es doch! Jetzt werden wieder die alten Geschichten aufgewärmt. Der Segeltörn mit Björn. Das Desaster. Die schwedische Polizei. Gregor hat Marion davon erzählt, weil er so ratlos, so hilflos war. Und jetzt glaubt sie, dass ich schon wieder dabei bin, auszurasten. Aber ich war schon lange nicht mehr so ruhig wie jetzt.

„Was willst du damit andeuten? Dass ich nicht ganz richtig im Kopf bin? Dass sich die Ereignisse wiederholen? Das ist es doch, was du sagen willst, stimmt’s?“ Gegen meinen Willen wird meine Stimme laut und schrill. In diesen Situationen kann ich mich selbst nicht ausstehen. Die dürre Kellnerin hat aufgehört, ihre SMS zu lesen und dreht ihr beneidenswert junges Modelgesicht auf ihrem Giraffenhals unserem Tisch zu. Ihre Blicke treffen sich mit denen von Marion, doch das kann auch Zufall sein.

„Wieso machst du das noch immer?“, fragt Marion spitz und deutet auf meine Kamera mit dem schweren Teleobjektiv, die neben mir versteckt unter meiner Lederjacke auf der Bank liegt. „Fotografierst du noch immer alles, um sicher zu sein, dass es existiert?", wird sie langsam konkreter.

„Und wenn schon? Das ist doch nicht verboten!"

„Verboten ist es nicht, aber schon ein wenig seltsam, findest du nicht?", lässt Marion nicht locker.

„Mein Psychiater hat mir dazu geraten. So kann ich mich jederzeit davon überzeugen, dass die Welt rings um mich existiert und keine Einbildung ist." Wie gesagt, vor Marion habe ich keine Geheimnisse, sie weiß natürlich auch, was vor fünf Jahren in Schweden passiert ist.

„Ja, aber irgendwann sollte das doch vorbei sein. Das Leben geht weiter", versucht sie mich mit einem Werbespruch aufzumuntern. Plötzlich stockt sie, denkt intensiv nach.

„Moment mal, Adriana! Dann gibt es doch sicher auch genügend Fotos, auf denen dein Liebhaber Talvin zu sehen ist."

„Die gibt es nicht!", erwidere ich ziemlich kleinlaut. „Nein, diese Fotos gibt es nicht", wiederhole ich jetzt schon etwas trotziger, denn das ist in der Tat merkwürdig und Marion hat recht wenn sie misstrauisch wird.

„Aber du hast doch gerade gesagt, dass du noch immer alles und jeden fotografiert, um dir sicher zu sein, dass es Realität ist." Marion verzieht skeptisch ihr Gesicht und auf ihren glatten Wangen bilden sich hässliche Falten. „Du hast deinen Liebhaber nicht fotografiert? Für mich hört sich das aber ziemlich merkwürdig an, verzeih mir bitte!"

„Talvin wollte das nicht. Er hat mir verboten, Bilder von ihm oder von uns beiden zu machen. Das bedeutet schlechtes Karma, hat er gesagt." Ich versuche, mich daran zu erinnern, warum Talvin wirklich keine Fotos von sich wollte. Aber das Thema war uns anscheinend nicht so wichtig, deshalb fällt mir auch kein wirklich stichhaltiger Grund dafür ein.

Ich schaue starr in Marions dunkle Augen, um so etwas wie Verrat darin zu erkennen. Doch ihr Blick hält problemlos dem meinen stand und ich bin es, die als Erste verlegen zu Boden sieht.

„Alles was ich will, ist Klarheit. Das ist doch nicht zu viel verlangt. Ich habe mich von meinem Liebhaber getrennt, Millionen von Frauen machen das jeden Tag. Das ist nichts Ungewöhnliches."

Ungewöhnlich ist allerdings, dass ich meinen Liebhaber in einer Blutlache am Boden liegen sah und daneben ein blutiges Messer, das ich kurz davor noch in der Hand gehalten habe. Dass ich nackt und blutig durch die Wohnung getaumelt bin, das ist ungewöhnlich. Dass ich 24 Stunden später zuhause in meinem Bett aufgewacht bin, als wäre nichts passiert, ist auch ziemlich ungewöhnlich. Dass ich mir an der Heckklappe unseres Wagens den Kopf angeschlagen habe und mich nicht daran erinnern kann. Das ist ebenfalls ungewöhnlich.

Aber diese Gedanken verschweige ich Marion gegenüber.

„Mein Liebhaber kann sich nicht einfach in Luft auflösen. Spare dir bitte jetzt deine Kommentare!", sage ich und hebe meine Hand, als Marion etwas erwidern will. „Talvin hat genauso existiert wie du. Das musst du mir glauben. Ich bitte dich nur darum, mir zu helfen, ihn wiederzufinden."

Flüsternd beuge ich mich vor, lege meine Hand auf Marions Arm, um das Böse in ihr zu bannen.

„Vielleicht ist Talvin das Opfer eines Verbrechens geworden."

„Wie kommst du denn darauf?", fragt Marion und ist nicht wirklich überrascht.

„Na, wenn er vom Erdboden verschwunden ist, muss doch etwas passiert sein! Man verschwindet doch nicht einfach so, ohne Spuren zu hinterlassen. Das gibt es einfach nicht!" Noch immer drücke ich ihren Arm fest auf das Marmortischchen, damit ich ihre ungeteilte Aufmerksamkeit habe. „Ich bilde mir das alles nicht ein, verstehst du? Ich kann klar zwischen Wahn und Wirklichkeit unterscheiden. Mein Psychiater sagt, dass ich in den letzten Jahren große Fortschritte gemacht habe. Ich erledige meine Jobs ohne größere Probleme. Ich bin okay, bin nur völlig außer Atem!“

Keuchend umfasse ich jetzt mit beiden Händen die Arme von Marion, beuge mich noch weiter vor, sodass sich unsere Nasenspitzen fast berühren. Marions Haut ist weiß wie Schnee und noch immer beinahe faltenfrei. Sie wäre das perfekte Gegenstück zu Talvins Schokoladenteint. Marion und Talvin, sie wären das perfekte Paar. Dieser Gedanke taucht blitzartig auf und verglüht im nächsten Moment wie ein Irrlicht.

„Du hilfst mir doch? Auch wenn du mir nicht glaubst, oder? Schon um der alten Zeiten willen!“

Marion Winter, meine beste Freundin, glaubt mir meine Geschichte nicht wirklich. Aber sie ist loyal und hilft mir dabei, meinen Liebhaber Talvin an der Universität aufzutreiben. Das hat sie mir versprochen, bevor sie wieder in die Werbeagentur zurückgekehrt ist. Sie hat eine verflossene Liebschaft in der IT-Abteilung der Universität sitzen, der für sie Nachforschungen anstellen wird. Sie denkt da unglaublich positiv, im Gegensatz zu mir. Da ich aber weiß, dass Talvin Singh Philosophie studiert, ist es sicher nicht schwierig, ihn am philosophischen Institut ausfindig zu machen. Dann kann ich mich ein letztes Mal mit ihm treffen, um über unsere Trennung zu sprechen.

Ist das einmal erledigt, kehre ich wieder in meine kleine Welt zurück und unterstütze meinen Mann Gregor bei seinem Wahlkampf. Ich halte ihm, wie man so schön sagt, den Rücken frei. Gebe mich also auf, lasse mich fallen und werde nie wieder von fremden Düften, salziger Schokoladenhaut und dem südindischen Chennai träumen. Versprochen!

4

MITTWOCH – NACHTS

Obwohl es bereits nach Mitternacht ist, kann ich nicht einschlafen. Ich habe alle Lichter gelöscht und liege mit offenen Augen im Bett. In meinen Ohren rauscht der Golf von Bengalen und wenn ich die Luft einsauge, so ist sie erfüllt von exotischen Gerüchen. Was mir fehlt, ist der Spiegel über dem Bett und Talvin, der seinen schokoladenbraunen Arm auf meinen Bauch legt, meinen Solarplexus massiert und gleichzeitig von seinem Großvater erzählt, der die Bibliothek der Theosophischen Gesellschaft von Madras geleitet hat. Diese Kombination aus Berührung und Stimme macht mich völlig verrückt. Ich seufze laut auf und taste mich zurück zum ersten Tag – dem Tag, als sich Talvins Finger um die meinen schlossen und ich, die Jägerin, in die Falle ging.

Unten geht die Tür auf und das Licht an. Gregor ist zurückgekehrt und mein Herz beginnt wie wild zu schlagen. Eine Vorahnung, hätte meine Großmutter gesagt, aber ich habe nie mit ihr über Vorahnungen gesprochen. Gregor flucht laut und rücksichtslos, ohne sich um seine schlafende Frau oben zu scheren, denn er ist über meinen metallenen Fotokoffer gestolpert. Den habe ich mir schon griffbereit zurechtgestellt, denn am Morgen steht ein Fotoshooting an. Raul, meine gute Seele, hat mir noch am Abend alle Infos detailliert gemailt. Vor lauter Grübeln habe ich am Nachmittag tatsächlich das Briefing mit dem Kunden verschwitzt, aber Raul hat die Situation gerettet. Wahrscheinlich war er sogar sympathischer und witziger als ich. Wie auch immer, ich muss endlich schlafen, um morgen fit zu sein. Die Arbeit ist das Einzige, das mich ablenken kann. Sonst würden meine Gedanken immer wieder zu der Wohnung in der Operngasse zurückkehren, dorthin, wo das Verhängnis seinen Anfang nahm.

„Adriana!", seufzt Gregor mit schwerer Zunge. Dass er so völlig unbemerkt in unserem Schlafzimmer steht, erschreckt mich, denn ich war viel zu sehr mit der Erinnerung an den heutigen Tag beschäftigt und plötzlich steht mein Mann vor mir wie ein Phantom.

„Adriana!", sagte er schon wieder und ich weiß, dass ich jetzt eine Predigt zu hören bekomme, was ich wohl wieder alles falsch gemacht habe und wo ich ihm schaden könnte, jetzt in der Hochphase des Wahlkampfes. Fest presse ich die Augen zusammen, verhalte mich wie das kleine Mädchen, das glaubt, wenn man die Augen schließt, ist auch das Übel beseitigt. Doch so ist es natürlich nicht.

„Wir müssen reden!", sagt Gregor, der weiß, dass ich nicht schlafe. Zu angespannt ist die Atmosphäre im Schlafzimmer, zu hektisch klingt mein Atmen. „Was ist heute passiert?", fragt er mit besorgter Stimme, die einfühlsam klingen will, aber vor unterdrückter Wut vibriert.

„Reden wir morgen, Gregor, bitte, lass mich schlafen", murmle ich und tue so, als sei ich soeben aus einem tiefen Schlaf geweckt worden. Als ich mich zur Seite drehen will, packt Gregor meine Schulter und drückt mich unsanft zurück auf den Rücken. Seine Hand hält mich weder fest noch ist der Druck übertrieben aggressiv, aber trotzdem empfinde ich diese Berührung als Bedrohung. So wie ich die ganze Situation als Bedrohung empfinde. Es ist das Eindringen einer fremden Macht in meine purpurne Welt der betörenden Gerüche und exotischen Gewürze. Das Erobern eines paradiesischen Kontinents. Gregors Anwesenheit ist wie die einer Kolonialmacht, die mich besetzt.

Wenn ich die Augen weiter geschlossen halte, dann kann mir nichts passieren, dann schlafe ich irgendwann ein und Gregor, müde von einer dieser sinnlosen Wahlveranstaltungen, geht nach unten und schläft auf dem Sofa im Wohnzimmer. Also konzentriere ich mich darauf, einzuschlafen und bin auch sofort in einem Dämmerzustand, in dem die Realität schon leichter wird. Das wundert mich, denn normalerweise funktioniert diese Art der Selbstsuggestion bei mir nicht. Aber ich bin natürlich nicht ganz ehrlich zu mir selbst, denn ich habe abends zwei der Tabletten von Dr. Mertens genommen, anstelle einer halben laut seiner Anordnung. Langsam entspanne ich mich, fühle mich schon fast auf der sicheren Seite. Aber wie immer unterschätze ich Gregor, denke, dass jetzt wieder der Status quo hergestellt ist, dass all diese Vorwürfe und Anschuldigungen, die mir mein Mann sicher an den Kopf werfen wollte, unausgesprochen bleiben und am nächsten Morgen an Schrecken verloren haben. Doch wie gesagt, ich unterschätze Gregor immer wieder, denn er bleibt weiter ruhig an meinem Bett sitzen und seine Hand liegt noch immer schwer auf meiner Schulter. Wie die eines Eroberers. Diese Ruhe müsste mir eigentlich zu denken geben, doch ich bin viel zu benebelt, um etwas zu bemerken.

„Marion hat mir von eurem Gespräch erzählt."

Präzise platziert Gregor seine Worte, wohl wissend, dass dieser eine Satz seine ganze Überlegenheit demonstriert. Gregor hat jede Situation im Griff. Er ist auf alles vorbereitet, kann jeden Überraschungsangriff eines Konkurrenten parieren, kennt natürlich auch meinen wunden Punkt. Meine Angst, alleine zu bleiben, schutzlos.

„Wann hast du mit Marion gesprochen?“ Ich sitze kerzengerade im Bett und die Wirkung von Dr. Mertens Tabletten verflüchtigt sich schlagartig. Gregor hat seine Hand längst von meiner Schulter genommen, doch noch immer spüre ich den Druck auf meiner Haut, die jetzt wie Feuer brennt. Gregor schweigt, genießt den Moment des Triumphes.

„Warum hast du mit ihr über mich gesprochen? Woher wusstest du überhaupt, dass ich mich mit ihr treffe? Spionierst du mir etwa nach?“, kreische ich und diesmal ist meine Stimme schon eine Nuance höher und klingt in der Dunkelheit unangenehm schrill und dafür hasse ich mich.

„Marion hat MICH angerufen“, antwortet Gregor ruhig und betont penetrant das Wort „mich“. „Sie macht sich große Sorgen um deinen Zustand. Du fotografierst manisch alle Leute, fühlst dich verfolgt und du hast wieder diese Wahnvorstellungen wie damals.“

Gregors schattenhaftes Profil wirkt in der Dunkelheit auf mich wie das eines Inquisitors. Natürlich merkt er, dass ich in der Defensive bin, dass es für mich ein Schock ist, ausgerechnet von ihm zu erfahren, dass Marion, meine beste Freundin, die Seiten gewechselt hat, dass ich meine letzte Verbündete verloren habe. Aber ich hatte ja bereits zu Mittag so eine Ahnung, als ich mich mit Marion traf. Meine Intuition hat mich also nicht getäuscht. Marion wollte mich bloß aushorchen, sie will mir gar nicht helfen, sie ist nur der verlängerte Arm von Gregor.

„Du steigerst dich schon wieder in eine Geschichte hinein, die nur in deinem Kopf existiert, Adriana!“ Er atmet schwer, schüttelt bedauernd den Kopf, so als gäbe es für mich keine Rettung. „Wir müssen mit Hans, ich meine mit Dr. Mertens ein ernstes Gespräch führen, denn dein Zustand hat sich verschlechtert.“

„Ach ja?“, schreie ich und schüttle meinen Kopf, sodass meine Haare wie Peitschenschnüre über mein Gesicht und meine Schultern schnalzen. In Gedanken habe ich die richtigen Worte, höre sie durch meinen Kopf kreisen: ‚Was verstehst du schon von meinem Zustand. Weißt du was, ich werde dich verlassen und mit Talvin nach Chennai übersiedeln. Wir werden in einem weißen Haus am Marina Beach wohnen und den ganzen Tag nur Sex haben und die warmen Wellen an der Koromandelküste werden den nach Sex duftenden Schweiß von unseren Körpern spülen. Meine Haut wird so braun wie die von Talvin und wenn wir unter den sanft raschelnden Palmblättern in unserer Hängematte liegen, dann gibt es keinen Unterschied mehr, dann sind wir eine Einheit!‘

Das sind schöne Sätze, die meine Sehnsüchte genau auf den Punkt bringen, doch in dem dunklen Schlafzimmer mit der bedrohlichen Silhouette meines Mannes bleiben sie ungesagt und ohne Wirkung.

„Adriana“, stoppt mein Mann diesen Gedankenfluss und der indische Ozean zieht sich zurück in die nur noch schwer zugänglichen Bereiche meines Denkens. „Du musst wieder normal werden und darüber hinwegkommen!“ Wieder schnauft er heftig und knetet mit seinen großen Händen meine Bettdecke.

„Diese aufreibende Parteiarbeit mache ich doch bloß für unsere Familie!“

„Unsere Familie existiert doch schon lange nicht mehr. Und die Arbeit machst du alleine für dich!“, antworte ich und lege meine ganze Verachtung in diesen einen Satz. Doch Gregor reagiert nicht darauf, sondern walkt noch immer wie besessen meine Bettdecke. Die schwere Taucheruhr klirrt an seinem Handgelenk. Diese Uhr mit dem Drehring hat er schon lange nicht mehr getragen. Dass er sie jetzt wieder hervorgeholt hat, ist kein gutes Zeichen. Er zögert ein wenig, ehe er die nächste Frage stellt.

„Liebst du mich noch?"

„Was?"

Mit allem habe ich gerechnet, aber nicht mit dieser Frage. Ich war darauf vorbereitet, dass mir Gregor am liebsten eine Ohrfeige verpassen oder mich vielleicht sogar verprügeln würde. Doch stattdessen stellt er eine einfache Frage, die mir durch und durch geht und – ich kann nicht anders – ich beginne hysterisch zu lachen.

„Was für eine Scheißfrage!" Ich kann nicht anders. „Ich ..."

Gregor ahnt, was ich sagen will, deshalb legt er mir seine große Hand auf den Mund, damit ich das Wort „Hass" nicht aussprechen kann. Er weiß, dass ich jetzt „Ich hasse dich!" in die Dunkelheit hinausschreie und das will er mit allen Mitteln verhindern. Denn mit Hass kann Gregor überhaupt nicht umgehen. Mein Mann will von allen geliebt werden, er hat das komplett verinnerlicht. Es ist dieses typische Politikersyndrom: immer den goldenen Mittelweg wählen, niemals anecken, aus Rücksicht auf die potenziellen Wähler. Gregors Wahlreden sind genauso wie seine Liebesschwüre: Sie versprechen viel, werden aber niemals konkret. Diese Sätze sind hübsch anzuhören und schweben durch Fernsehstudios, Bierzelte und Volkshochschulsäle wie schillernde Seifenblasen. Aber probiert bloß nicht, eine dieser Seifenblasen einzufangen und festzuhalten, dann zerplatzt sie wie eure Träume und nichts bleibt mehr davon übrig.

Noch immer hält mir Gregor den Mund zu, will mir das Sprechen verbieten, will mich einfach mundtot machen, im wahrsten Sinne des Wortes. Ohne wirklich nachzudenken, winde ich mich aus seinem Griff, drehe seine Hand um und beiße zu, so fest ich kann. Mit einem unterdrückten Schrei springt er auf und im schattenhaften Dunkel sehe ich seine Kiefermuskeln vor unterdrückter Wut zucken. Jetzt habe ich ihn aus der Reserve gelockt, jetzt gelingt es mir vielleicht, bis zu seinem Innersten vorzudringen. Um dieses verschüttete und abgestorbene Innenleben nach außen zu stülpen wie einen Handschuh.

Wenn wir uns dann mit Erniedrigungen und Beleidigungen völlig fertiggemacht haben, dann – ja dann können wir uns wieder lieben, so wie zu Beginn unserer Ehe. Damals habe ich meinen Mann bewundert für seine Stärke und seine Rücksichtslosigkeit, aber damals war ich auch eine andere Frau. Doch diese Tage sind lange schon vorbei.

„Mach mich bloß nicht wütend“, zischt Gregor, hat sich aber sofort wieder unter Kontrolle und aktiviert seine antrainierten Mechanismen. Gierig wie ein Vampir beginnt er, das Blut aus der lächerlichen Wunde, die meine Zähne in seinen Handrücken geschlagen haben, zu saugen.

Während ich ihn dabei beobachte, streiche ich mit der Zunge über meine Lippen, schmecke Gregors Blut. Es ist nicht das Blut von Talvin, nicht das Blut meines toten Liebhabers, der noch immer unentdeckt in der Wohnung liegt. Ermordet. Habe ich das wirklich getan? Jetzt ist alles so weit weg, so maßlos entrückt. Vorsichtig lange ich mit meinem Arm an Gregor vorbei auf den Boden. Spüre die vertrauten Konturen des Gehäuses, kann blind und mit einer Hand sämtliche Funktionen aktivieren. Jetzt bin ich stark und mein Mann ist schwach.

Mit einem Satz schnelle ich auf die andere Seite des Bettes, reiße die Kamera hoch und schieße eine Serie mit dem Blitz. Das grelle Blitzlicht blendet Gregor und er findet sich zwischen Dunkelheit und greller Helligkeit überhaupt nicht mehr zurecht. Immer wieder drücke ich auf den Auslöser, schieße und schieße, eine wahre Blitzlichtorgie bis der Akku zu blinken beginnt. Erst dann lasse ich die Kamera sinken und betrachte die von mir erlegte Beute.

„Verschwinde! Mach, dass du aus meinem Leben kommst. Du bist an allem schuld!“

Ich schaffe es, noch ein weiteres Blitzlichtgewitter direkt in sein Gesicht abzufeuern und ihn so aus meinem Schlafzimmer zu vertreiben. An der Tür bleibt er stehen, muss sich am Türrahmen festhalten und reibt sich mit der anderen Hand die geblendeten Augen.

„Du, du brauchst Hilfe, Adriana!“ Gregor schnauft heftig, räuspert sich unentwegt und seine Taucheruhr klappert bedrohlich.

„Für wen, glaubst du, mache ich das alles?“, höre ich durch einen Nebel aus Angst und Erleichterung die aggressive Stimme meines Mannes, die klingt, als wäre es wieder soweit, dass er mir weh tut.

„Ich mache das doch bloß für uns, damit wir ein schönes Leben führen können. Damit unsere Familie glücklich ist.“

Der Akku blinkt, aber aus Erfahrung weiß ich, dass noch fünf Minuten übrig sind und das müsste reichen, um Gregor endgültig abzuschießen und aus dieser Nacht zu verjagen. Plötzlich macht er einen Schritt auf mich zu, doch damit habe ich gerechnet, wieder reiße ich die Kamera hoch und das Blitzlicht hält ihn auf Distanz, treibt ihn zurück und die Treppe hinunter, wo er sich laut und umständlich einen doppelten Wodka eingießt, dann noch einen und gleich darauf auf der Couch einschläft.

Mitten in der Nacht schrecke ich hoch, ein undefinierbares Geräusch hat mich geweckt. Ich horche angestrengt in die Dunkelheit. Nichts, nur Stille. Aber es ist eine Stille, die mir Angst einjagt, eine Stille, die nur darauf wartet, sich mit einem Knall in ein Lärminferno zu verwandeln.

Vorsichtig gleite ich aus dem Bett, unter meinem dünnen Nachthemd bin ich schweißüberströmt und die Kamera liegt schwer in meiner Hand. Der flauschige Teppich kitzelt beruhigend unter meinen nackten Fußsohlen, doch dann trete ich auf die abgezogenen Holzbohlen, die dem Schlafzimmer seinen Strandhaus-Charakter verleihen. Diesmal vermitteln mir die fast weißen Dielen aber kein Gefühl der Sicherheit, sondern erinnern mich im Gegenteil an eine knackende Eisfläche, die jeden Augenblick bersten kann, wo ich in einem schwarzen Loch versinke und niemals wieder gefunden werde. Die Stille legt sich wie ein Kokon über das Zimmer, wie eine schalldichte Folie, unter der die Luft rasch weniger wird. Mein Atmen wird hektischer, denn ich weiß, dass bald keine Luft mehr in dem Zimmer sein wird. Mein Herz klopft wie verrückt und das Blut pocht in meinen Schläfen. Die Tür hatte ich nach Gregors Verschwinden abgesperrt, doch jetzt ist sie weit geöffnet. Nur einige wenige Schritte, dann habe ich es geschafft, dann habe ich diesen Kokon verlassen, bin im Flur und wieder auf festem Boden.

„Adriana, das hättest du nicht tun dürfen!“, rauscht es aus den Wänden rings um mich. Ein schwarzer Schatten versperrt mir den Weg nach draußen, und eine schokoladenbraune Hand greift unter meinem Nachthemd direkt an meinen Busen. Ich kenne diese Hand, habe sie schon hundertmal auf meiner Brust gespürt, doch diesmal ist es anders, diesmal fühle ich nichts als Beklemmung.

„Talvin, du bist zurückgekehrt!“, seufze ich ängstlich. „Wo warst du, ich habe dich nicht mehr gefunden.“

„Du weißt genau, wo ich gewesen bin, Adriana.“ Die Bedeutung dieser Worte liegt unausgesprochen zwischen uns und widerstandslos lasse ich mich zurück in den mit stickiger Luft erfüllten Kokon ziehen. Das Atmen fällt mir immer schwerer und als ich meinen Kopf auf Talvins Brust lege, spüre ich, wie meine Wange feucht wird. Verwirrt streiche ich über mein Gesicht, betrachte meine Hand, die plötzlich blutrot leuchtet. Dann sehe ich Talvins von Messerstichen zerfetzte Brust, die er mir anklagend entgegenstreckt.

„Na los doch!“, flüstert er. „Mach ein Foto davon. Schieße mich einfach ab, wie deine anderen Opfer. Das findest du doch so aufregend.

Immer alles fotografieren, nur mich nicht! Denn von mir darf es keine Fotos geben. Wie findest du das? Das ist nicht normal, Adriana! Das ist krank, krank, krank!“

Vor Angst zitternd weiche ich zurück, versuche die Kamera zu heben, aber ich habe keine Kraft mehr. Mit spöttischer Miene beobachtet Talvin meine vergeblichen Bemühungen.

„Hat dich der Mut verlassen? Wolltest wieder zurück in den sicheren Hafen deiner Ehe. Alles vergessen, was geschehen ist. Mich einfach benutzen und dann vor die Tür setzen? Macht ihr das hier so in Europa? Du jedenfalls wolltest es genau so, Adriana!“ Sein anklagend vorgestreckter Zeigefinger zielt wie eine Waffe direkt zwischen meine Augen.

„Ich will eine Antwort!“

Verstört zucke ich zusammen, stoße an die Kante meines Bettes, verliere das Gleichgewicht, falle auf die Matratze und liege wehrlos auf dem Rücken.

„Jetzt bin ich hier und ich werde dich nie wieder verlassen, Adriana. Wir beide gehören zusammen, für immer!“

Die Luft in dem Kokon, der mein Schlafzimmer umgibt, ist verbraucht und alles, was ich an Atem noch habe, ist in meinen Lungen. Ich halte die Luft an. Talvins nackte Brust reibt sich an mir und aus seinem offenen pulsierenden Herz schießt das Blut über meinen Körper.

„Das hättest du nicht tun dürfen, Adriana!“, flüstert er immer und immer wieder, wankt auf mich zu, will meinen Kopf packen und an seine Brust drücken, damit ich den Schlag seines zerstochenen Herzens spüre, damit ich weiß, dass er tot ist. Erst wenn ich ganz sicher bin, kann ich wieder schlafen.

5

MITTWOCH – MORGENGRAUEN

Das Gefühl, vollkommen gelähmt zu sein, ist grauenhaft. Genauso fühle ich mich aber, als ich beim ersten Morgengrauen erwache. Ich kann weder meine Arme noch meine Beine bewegen und wenn ich versuche, den Kopf zu drehen, dann beginnt mein Nacken zu pochen und zu stechen. Mein ganzer Körper ist eine einzige Schmerzzone, so als wäre jeder Quadratzentimeter systematisch durchgeprügelt worden. Selbst wenn ich meine Finger bewege, durchzuckt mich ein brennender Schmerz.

Gierig sauge ich die Luft ein, doch wie immer, ist es zu wenig und ich beginne hektisch, durch den Mund zu atmen. Ich weiß, ich muss an eine weite Landschaft ohne einengende Mauern denken, aber der Ort, an dem ich mich befinde, ist denkbar ungeeignet für diese Gedanken. Doch kurz bevor ich glaube, ersticken zu müssen, löst sich die Verspannung und mein Herzschlag normalisiert sich.

Langsam versuche ich mich zu orientieren. Nach und nach verflüchtigen sich auch die Lähmungserscheinungen, die wahrscheinlich nur davon kamen, dass ich auf den harten Bodenbrettern eingeschlafen bin. So muss es gewesen sein, denn ich habe keine Ahnung, wie ich hierhergekommen bin. Auch meine Atemnot wurde von dem Ort hervorgerufen, an dem ich soeben aufgewacht bin. Es ist das weiße Zimmer.

Seit fünf Jahren habe ich dieses Zimmer nicht mehr betreten und jetzt scheint es so, als hätte ich die ganze Nacht auf dem harten weißen Holzboden geschlafen. Doch halt, das stimmt so nicht: Unter der Aufsicht von Dr. Mertens, der als Hans ein Teil unserer Familie ist, haben Gregor und ich dieses Zimmer vor einem Jahr systematisch ausgeräumt. Es ist das Zimmer unseres toten Sohnes Paul, und wir haben uns von jedem Gegenstand, der einmal Paul gehörte, verabschiedet. Jedes Stofftier, jeder Stein, jedes Poster und jede Zeichnung wurde feierlich zu Grabe getragen, das heißt, in grauen Schachteln verstaut. Durch diese Zeremonie des Abschieds sollten wir unsere Trauer überwinden und die nagende Ungewissheit beseitigen, denn die Leiche unseres Sohnes wurde nie gefunden. Wir hatten uns auf Anraten von Dr. Mertens auch feierlich geschworen, den Namen unseres Sohnes niemals wieder auszusprechen, um ihn auf diese Weise aus unserem Gedächtnis zu tilgen. Als Paul vor einem Jahr für tot erklärt wurde, schlug uns Dr. Mertens diesen Therapieansatz vor. Bei Gregor scheint es ganz gut zu funktionieren, denn er hat sich sofort danach wieder in seine Arbeit gestürzt und mit der Aussicht auf ein Ministeramt wieder festen Boden unter den Füßen erlangt. Ich hingegen schwebe weiter im luftleeren Raum und bin alleine zurückgeblieben.

Für mich war es einfach unmöglich, die fünf Jahre, die mein Sohn gelebt hat, in Pappkartons zu verpacken und dadurch abzuhaken. Ihn einfach abzuschreiben. Ich konnte einfach nicht loslassen und wollte es nicht wahrhaben, dass nichts mehr von meinem kleinen Jungen übrig bleibt als Spielsachen und Kleider, die einem guten Zweck gespendet werden. Das war vor einem Jahr und anschließend habe ich auf Anraten von Dr. Mertens das Zimmer weiß ausmalen lassen, auch den Fußboden – ja, selbst die Türgriffe sind weiß. Es sollte mein Fotoatelier werden für den Neuanfang. Gregor wird Minister und ich eine berühmte Fotografin. Eine Erfolgsfamilie eben. Doch ich habe es nicht geschafft. Ich konnte meinen Sohn nicht vergessen, konnte auch keinen Schritt mehr in das weiße Zimmer setzen – bis heute Nacht.

Der Vollständigkeit halber muss ich sagen, dass der Tod meines Sohnes eine doppelte Tragödie war, denn, wie gesagt, seine Leiche wurde nie gefunden. Eine gefährliche Unterwasserströmung hat ihn hinaus auf das offene Meer getrieben und trotz einer wochenlangen Suchaktion gab es keine Spur von ihm. Immer wieder träume ich davon, dass er tot durch die Weltmeere treibt – von Delfinen getragen, von geheimen unterirdischen Strömungen vorwärtsgezogen – und dass sich seine Todesreise mit den Jenseitsreisen anderer Ertrunkener kreuzt. Dieser strahlend schöne Tag, an dem mein Sohn vor Mykonos in den Fluten umgekommen ist, war das Ende meines bisherigen Lebens. Wochenlang konnte ich nur mithilfe der Tabletten von Dr. Mertens überleben, jeder Tag Leben war eine Qual, jeder Tag ohne Abschiednehmen von meinem Kind eine unmenschliche Folter.

Dann kam Björn. Mit Björn hatte ich plötzlich die Möglichkeit, loszulassen und einem geliebten Menschen endgültig Lebewohl zu sagen. Björn nahm mir die Angst vor dem Wasser, doch durch Björn war ich auch schuld an einem Desaster, das meinen Mann beinahe die politische Karriere gekostet hatte und mich fast um den Verstand brachte. Aber über Björn will ich nicht nachdenken. Nicht in dem weißen Zimmer. Hier dreht sich alles um Paul. In diesem vollkommen leeren Raum will ich um meinen Sohn trauern, der jetzt zehn Jahre alt wäre und dem die ganze Welt offengestanden hätte.

Mühsam und mit schmerzenden Gliedern setze ich mich auf, schließe die Augen und eine weiß lackierte Zaubertür am Ende des Flurs öffnet sich. Ein strahlender Junge mit von der Sonne ausgebleichten blonden Haaren läuft lachend auf mich zu. Mit einem Satz springt er in meine Arme und beide huschen wir schnell in seine magische Dschungelwelt. Löwen, Tiger, Affen und unzählige andere Stofftiere, die Paul bei jeder Gelegenheit bekommen hat, begrüßen mich wie eine alte Freundin. Atemlos beginnen wir uns gegenseitig unsere Erlebnisse im Dschungel und in der Großstadt zu erzählen, während Paul mit großen Augen auf dem Bett sitzt und sich vor Lachen den Bauch hält. Als dann der alte mottenzerfressene Löwe mit tiefer Stimme von seinen unzähligen Wehwehchen erzählt, ist Paul auch schon mit seinem Arztkoffer zur Stelle. Vorsichtig drehen wir den großen Löwen zur Seite und ich assistiere Paul bei dieser Operation. Beide stellen wir fest, dass unser alter Löwe bereits ziemlich viel von seiner Strohfüllung verloren hat. Schuld daran ist ein riesiges Mottenloch in seinem Bauch, durch das ständig feines Stroh auf den Boden rieselt. Mit Nadel und Faden bewaffnet machen wir uns daran, diesem alten Löwen das Leben zu retten und ihn wieder zusammenzuflicken. Nachdem das geschehen ist, bedankt er sich mit seiner brummigen Stimme und stellt sich als Simba, der König der Löwen, vor. Ich bin als Stimmenimitator ziemlich gut, das hat mir Raul beigebracht. Deshalb kann ich auch zwischen den unterschiedlichen Tierstimmen blitzschnell wechseln und jedem Stofftier seine eigene Identität geben. Vor Lachen plumpst Paul auf den Boden und krabbelt schnell zurück auf sein Bett, noch ehe ich ihn fangen kann.

„Na warte, dich erwische ich noch“, rufe ich und springe jetzt ebenfalls auf das Bett. „Gleich habe ich dich, Paul!“

Zack! Mit einem lauten Schlag wird die Tür aufgerissen und massig, breit, mit blutunterlaufenen Augen steht Gregor in der Öffnung.

„Das ist nicht fair, Adriana", stammelt er und muss sich wieder am Türrahmen festhalten. „Wir hatten ausgemacht, alles zu vergessen. Wir haben doch geschworen, die Vergangenheit hinter uns zu lassen."

Übertrieben vorsichtig tritt er über die Schwelle, die weißen Holzbohlen knacken wie Eisschollen, der leere Raum hallt bei jedem seiner Schritte.

„Adriana, du musst an die Zukunft denken. Wenn ich Minister bin, fangen wir ganz von vorne an. Wir sind doch eine Familie! Aber dafür musst du loslassen. Dafür musst du IHN endgültig vergessen!"

„Der IHN hat einen Namen und war auch dein Sohn," presse ich zwischen den Zähnen hervor, denn ich will mich nicht streiten, nicht in diesem Zimmer.

„Hast du gewusst, dass Paul Tierarzt werden wollte?" Meine Stimme bricht sich an den kahlen Wänden und jetzt, in der Morgendämmerung, ist das weiße Zimmer an Trostlosigkeit nicht zu überbieten. Es ist der richtige Ort, um sich umzubringen.

„Hast du das gewusst?", wiederhole ich, diesmal lauter, als von Gregor keine Reaktion kommt. „Warum, glaubst du, wollte er immer nur Stofftiere, wo andere Jungs gerne einen Bagger hätten. Er wollte ein Dschungelhospital für Tiere gründen und ein berühmter Tierarzt und Forscher werden. Wieso weißt du nichts davon?", frage ich, da mich Gregor noch immer völlig fassungslos ansieht.

Plötzlich stellt sich wieder dieses Gefühl der Atemlosigkeit ein, diese Panik zu ersticken, zu sterben, ohne noch einmal wenigstens einen Funken Hoffnung verspürt zu haben.

„Adriana, ich wollte dich doch nicht kränken", höre ich den ratlosen Gregor hinter mir, während ich über den glatten Holzboden krieche, dabei nach Atem ringe und mir die Tränen über das Gesicht rinnen.

„Nicht anfassen, bitte nicht anfassen!“, krächze ich mit kraftloser Stimme, als sich Gregor zu mir nach unten beugt und seine großen Hände sich rasch nähern. Unter Mobilisierung meiner letzten Kräfte rutsche ich auf dem weißen nackten Boden nach hinten in eine schützende Ecke. Dort kauere ich mich zusammen, mache mich ganz klein, drehe mein Gesicht zur Wand und warte darauf, dass sich das schwarze Loch unter mir öffnet, um mich endgültig zu verschlingen und auszulöschen. Damit ich meinen toten Sohn wieder sehe, damit ich endlich von ihm Abschied nehmen kann.

Doch es ist Gregor, der mich wieder zurückholt und sanft an den Schultern packt. Leicht wie eine Feder hebt er mich hoch und drückt mich an seine breite Brust. Sein schaler Atem weht mir ins Gesicht, doch für den Bruchteil einer Sekunde fühle ich mich in Sicherheit.

„Wir müssen an die Zukunft denken“, murmelt er und streichelt dabei mein Haar. „Wir haben noch ein ganzes Leben vor uns!“

„Glaubst du?“ Ich kann es mir nicht vorstellen, aber in diesem Augenblick wünsche ich es mir so sehr.

Doch als seine Lippen die meinen suchen, seine große Hand mit der schweren Taucheruhr am Handgelenk wie zufällig über meine Brust gleitet und ich seine Erektion unter seinen Boxershorts spüre, erstarre ich zu Eis und will mich nur noch losreißen.

„Was soll das? Lass mich gefälligst in Ruhe!“

„Aber wir können doch noch ein Kind bekommen. Das ist unsere Zukunft als Familie. Wenn ich erst Minister bin ...“

„Hör auf, hör sofort auf damit!“, schneide ich ihm das Wort ab. Jetzt endlich gelingt es mir, mich aus der Umklammerung meines Mannes zu lösen, aus dieser Umklammerung, die mir die Luft zum Atmen raubt, die mich fast erdrosselt.

„Wir sind hier im Zimmer meines toten Sohnes und du willst hier ein Kind machen?“ Wie das Feedback in einem billigen Club heult meine Stimme von den leeren weißen Wänden zurück. Überrascht zuckt Gregor zusammen, lässt seine Hände sinken, schüttelt den Kopf und ringt nach den richtigen Worten, die es aber nie geben wird.

„Du willst hier Sex, wo alles an meinen toten Sohn erinnert? Bist du wahnsinnig?", schreie ich.

„Aber das Zimmer ist doch vollkommen leer", murmelt Gregor betroffen.

„Ja, spürst du nicht die Gegenwart unseres Sohnes? Bist du schon so abgestumpft, dass du überhaupt nichts mehr empfindest?"

„Wir haben doch gemeinsam mit Hans Abschied genommen", sagt er zögerlich und runzelt dabei die Stirn. „Diese Therapie sollte uns doch helfen, loszulassen, um wieder neu beginnen zu können."

„Aber ich kann nicht neu beginnen! Verstehst du das denn nicht? Warum musste mein Sohn sterben? Warum hast du damals telefoniert? Warum habe ich Angst vor dem Wasser?"

„Ja, wenn du keine Angst vor dem Meer gehabt hättest, dann könnte unser Sohn noch am Leben sein!"

„Ach, bin jetzt ich alleine schuld", brülle ich außer mir vor Wut über diese Unterstellung.

„Ich meine ja nur ..." Gregor stehen die Schweißperlen auf der Stirn und mit dem Bauchansatz über seinen Boxershorts sieht er plötzlich nicht mehr begehrenswert aus. „Wir sind doch eine Familie und sollen uns nicht selbst zerfleischen!", stottert er nervös und sucht nach überzeugenden Argumenten.

„Du wiederholst dich."

Damit will ich dieses Gespräch beenden und alleine mit meinem Schmerz bleiben, alleine in dem weißen Zimmer, das mit den Tieren des Dschungels bevölkert ist und in dem mein Sohn Paul eine Tierklinik gegründet hat. Ich will sehen, wie er die wilden Tiere wieder gesund pflegt und ich will ihm helfen, wenn es darum geht, die schwachen und alten Tiere zu füttern. Gemeinsam mit meinem Sohn will ich ihnen ein Zuhause bieten, eine Familie.

Das Klappern von Gregors Taucheruhr reißt mich wieder zurück in die Wirklichkeit des weißen Zimmers. Gregor scheint die Uhr schon seit Tagen überhaupt nicht mehr abzunehmen und das ist kein gutes Zeichen.

„Wieso trägst du wieder diese Uhr?", frage ich dann auch und deute mit dem Finger darauf. „Du wolltest sie doch einmal verkaufen."

„Ich muss zu einer Sitzung des Parteivorstandes. Es geht um die neue PR-Kampagne für die Wahl", seufzt er, ohne auf meine Frage zu reagieren. Dann dreht er sich um und geht aus dem Zimmer. Von hinten wirkt er jetzt wieder groß, breit und mächtig. Er ist ein stattlicher Mann. In der Tür sieht er sich noch einmal um, streicht sich seine dunklen Haare aus der Stirn.

„Übrigens, ich habe noch gestern, gleich nach dem Telefonat mit Marion, einen Termin mit Hans, ich meine Dr. Mertens vereinbart."

Mein Herz beginnt zu pochen, denn etwas in Gregors Stimme macht mir Angst und argwöhnisch beobachte ich ihn.

„Hans und ich, wir beide halten es für besser, wenn du eine Intensiv-Therapie machst. Hans wird auch deinen Kopf untersuchen, vielleicht hast du dir ja tatsächlich eine innere Verletzung zugezogen, als du dich an der Heckklappe gestoßen hast."

„Du hast was?", kreische ich und kann meine Stimme nicht mehr unter Kontrolle halten. „Du bestimmst so einfach über mein Leben. Schickst mich zu einem Psychiater und lässt ihn in meinen Kopf schauen, ohne das mit mir zu besprechen. Das kannst du gleich vergessen."

Darauf läuft es also hinaus: Mein eigener Mann will mich in die Klinik abschieben, will mich einfach mithilfe seines Psychiaterfreundes ruhigstellen, damit ich seine Karriere so kurz vor der Wahl nur ja nicht gefährde, denn ich bin ein Risikofaktor auf seinem Weg nach oben.

„Vergiss es!", zische ich und vor Wut schießen mir die Tränen in die Augen. Wie ein trotziges Kind kauere ich barfuß in meinem verschwitzten Nachthemd in der Ecke des weißen Zimmers und starre die Wand an.

„Es geschieht doch nur zu deinem Besten, Adriana!" Gregors Stimme prügelt samtweich auf meinen Rücken ein und verletzt mich mit jedem Wort.

„Hans sagt, viele Frauen in deinem Alter leiden darunter, plötzlich nicht mehr attraktiv und begehrenswert zu sein. Deshalb steigern sie sich auch in absurde SexFantasien hinein. Hans hat mehrere Patientinnen mit derartigen Symptomen. Natürlich in viel geringerem Ausmaß, als es bei dir der Fall ist."

Ich will darauf antworten, will mich verteidigen, will Gregor sagen, dass ich Dr. Mertens, den lieben Hans für ein komplettes Arschloch halte, doch Gregor lässt mich einfach nicht zu Wort kommen.

„Du bist doch sowieso eine Patientin von Hans. Ich weiß also nicht, wo das Problem liegt, wenn er dir Tabletten zur Senkung deiner Libido verschreibt und eine Computertomografie machen lässt?", fragt er und ist jetzt wieder auf der sicheren Seite, denn er hat eine Aktion gesetzt, auf die ich reagieren muss.

„Du weißt genau, warum ich Dr. Mertens konsultiere", spreche ich gegen die Wand, die für mich jetzt die Klagemauer einer Mutter ist, die um ihr totes Kind trauert.

„Du kennst das Datum, es sind die Tage rund um den 15. August, an denen ich an nichts anderes als an den Tod denken kann. An diesem Tag, dem 15. August vor fünf Jahren, hast du unsere Familie zerstört."

6

MITTWOCH – MORGENS

Um sechs Uhr morgens ist die Stadt am schönsten. Die Straßen sind noch unberührt von der alltäglichen Hektik und die Reinigungswagen sprühen Wasser über den Asphalt, um den Staub zu binden. So entsteht eine Feuchtigkeit, die langsam in die Luft aufsteigt und einen Geruch nach Urlaub und Freizeit verströmt.

Doch ich bin nicht im Urlaub und Freizeit kann ich mir nicht erlauben. Ich habe mich eiskalt geduscht und eine von Dr. Mertens Tabletten genommen, die er aus den USA mitgebracht hat und die angeblich das positive Denken unterstützen. Die Tablette beginnt jetzt langsam zu wirken und mein Erwachen in dem weißen Zimmer erscheint mir nur noch wie ein böser Traum. Ich habe meinen Wagen in der Museumsquartiergarage geparkt, weil ich über den Ring zum Café Stein zu Fuß gehen will. Die Garage ist zwar teuer, aber das zahlt mein Kunde, denn heute gibt es ein Fotoshooting in einem Hinterhof-Atelier in der Währinger Straße, das Raul aufgetan hat und wo Infrastruktur und Miete günstig sind.

Meinen schweren Fotokoffer habe ich im Auto zurückgelassen. Nur die Kamera mit dem riesigen Teleobjektiv trage ich über der

Schulter, werde sie aber nicht benutzen. Das habe ich mir ganz fest vorgenommen. Marion hat wahrscheinlich recht, ich benehme mich wie ein Killer, der seine Opfer kaltblütig aus dem Hinterhalt abschießt. Also muss ich mich wieder einmal zusammenreißen.

Um nicht in Versuchung zu geraten, wollte ich die Kamera zunächst überhaupt nicht mitnehmen, aber ohne sie fühle ich mich irgendwie nackt. Mit einem wattigen Gefühl im Kopf steige ich die Treppe aus der Tiefgarage nach oben und stehe auf dem menschenleeren Platz vor dem Museumsquartier. Reflexartig hebe ich die Kamera und streife mit dem Teleobjektiv über die leeren Wiesen des Parks hinunter zum Heldenplatz. Hier hat alles seinen Anfang genommen, hier habe ich Talvin Singh zum ersten Mal in meinem Sucher gehabt.

„Sie hat von Anfang an gewusst, wie alles enden wird."

„Verzeih mir, Talvin. Das stimmt so nicht. Ich wusste doch nicht, dass ich dich töten werde!"

„Ja, vielleicht hätte ich sie töten sollen."

Der Mann, der plötzlich neben mir steht, sieht ziemlich mitgenommen aus. Er stinkt durchdringend nach Alkohol und hat wahrscheinlich die Nacht auf einer Parkbank verbracht. Für einen kurzen Augenblick dachte ich, es wäre Talvins Stimme, die ich gehört habe, aber jetzt stelle ich nicht die geringste Ähnlichkeit mehr fest.

„Sie hat mich einfach aus der Wohnung geworfen", räsoniert der Mann weiter und drängt sich näher an mich heran. „Die Frauen sind doch alle gleich. Sie nutzen uns Männer nur aus und wenn sie genug haben, kommen wir auf den Müll!"

Ich presse die Lippen zusammen, drehe den Kopf zur Seite und gehe hastig weiter. Der Mann schimpft mir hinterher, doch ich achte nicht auf seine Beleidigungen. Nur seinen letzten Satz verstehe ich und das gibt mir zu denken.

„Du bringst die Männer wahrscheinlich gleich um, genauso siehst du aus. Du Miststück!“

Töten! Tot! Talvin ist tot! Aber heute will ich nicht an ihn denken, das habe ich mir fest vorgenommen. Ich muss mich auf meinen Fotojob konzentrieren. Deshalb lasse ich auch die Kamera wieder sinken, mit der ich gerade den Mann abschießen wollte und drehe mich in die andere Richtung.

Aus einem der sanierten Häuser am Anfang der Mariahilfer Straße kommt ein schlaksiger schwarzgekleideter Mann. Der Kleidung nach könnte er ein Künstler sein, aber auf die Entfernung kann ich das nicht eindeutig erkennen. Wieso sehe ich diesen Mann? Das kann doch kein Zufall sein. Jetzt ist meine Neugierde geweckt, jetzt will ich es genau wissen. Nur aus diesem Grund bringe ich meine Kamera wieder in Anschlag, habe den Mann schnell im Sucher und zoome ihn näher. Er ist ein ungewöhnlich bleicher Mann mit weißem Haar und einem kleinen, ebenfalls weißen Bart. Seine Haut ist weiß wie die eines Albinos und seine Augen sind rot, erinnern mich an die Hölle. Sein Gesichtsausdruck ist ein wenig angespannt, ständig blickt er umher, so als würde er auf jemanden warten. Ich zoome ihn noch näher heran, jetzt kratzt er sich mit dem Zeigefinger seiner linken Hand an der Schläfe und dabei sehe ich den Totenkopfring, den er an seinem Finger trägt.

Was hat das wohl zu bedeuten? Soll mich dieser Totenkopf auf mein Verbrechen hinweisen? Weiß vielleicht bereits die ganze Stadt, dass ich meinen Liebhaber getötet habe? Oder ist es genau anders herum: Hat dieser Mann, der aussieht wie ein merkwürdiger Albino, etwas damit zu tun?

Jetzt bleibt er stehen und zündet sich eine Zigarette an. Ich zoome sein Gesicht näher, wie in einem Blow-up. Seine Lippen sind blutleer und dünn, die Zigarette hat keinen Filter und klebt an seiner Unterlippe, was ihm einen verschlagenen Ausdruck verleiht. Langsam gleitet der Sucher vom Mund über die Wangen. Kleine Pockennarben geben seinem bleichen Gesicht einen Hauch von Brutalität. Wie alt mag dieser Fremde wohl sein? Dreißig oder fünfunddreißig Jahre vielleicht? Unter den roten Augen hat er lila Schatten, er ist nicht mehr jung, die Nacht war also anstrengend für ihn. Gierig zieht er an seiner Zigarette und wirkt jetzt plötzlich hohlwangig wie der Tod. Langsam greift er mit seiner weißen knochigen Hand in den Ausschnitt seines schwarzen Hemds und zieht eine Kette hervor. Gebannt starre ich durch meinen Sucher. Spielerisch dreht er die Kette in seinen Fingern, der Totenkopf an seinem Zeigefinger blitzt, die Steine der Kette leuchten blutrot. Die Kette erinnert mich an einen Rosenkranz und wieder zoome ich näher, denn ich will wissen, ob ich damit recht habe.

Ich hole die Kette näher und noch näher heran, bis ich den Anhänger, den er zwischen den Fingern hält, erkennen kann. Wie ich gedacht habe, ist es ein Kreuz. Es ist aus Silber und die Steine für die Gebete sind rot und leuchten wie frische Blutstropfen. Doch dann stelle ich überrascht fest, dass dieses Kreuz verkehrt herum an seiner Kette hängt.

Plötzlich fährt ein Reinigungswagen aufreizend langsam die Straße entlang, verdeckt den Mann und im Sucher habe ich nur eine riesige orange Fläche. Als der Wagen endlich weg ist, habe ich den Mann wieder im Bild. Wütend droht er mit seiner Faust in meine Richtung. Es ist die Hand mit dem Totenkopfring, der jetzt in der Morgensonne aufblitzt. Es ist der Totenkopfring auf seinem linken Zeigefinger, der eine Warnung für mich sein könnte – der andeuten könnte, dass er weiß, was ich getan habe.

Aber mit der Faust kann er nicht mich gemeint haben, beruhige ich mich schnell wieder, bin ich doch beinahe zweihundert Meter von ihm entfernt und zoome ihn nur durch mein Teleobjektiv zu mir heran. Gerade wischt er sich Wasser von seiner schwarzen Hose, wahrscheinlich hat ihn der Reinigungswagen vollgespritzt, deshalb die wütende Faust. Aber dann greift er nach seinem Kreuz und hält es direkt in mein Objektiv, sodass ich panisch zurückschrecke und schnell die Kamera sinken lasse.

Er kann mich nicht gesehen haben und trotzdem weiß er, dass ich da bin! Ich muss diesen eigenartigen Mann fotografieren, um einen Beweis für seine Existenz zu haben. Ich brauche ein Bild von ihm.

Ich beginne hektisch zu atmen und mein Herz klopft wie wild. In meinem Kopf schrillen sämtliche Alarmglocken und eine mahnende Stimme meldet sich: Reicht es nicht, dass Talvin tot in seiner Wohnung liegt? Dieser Mann kommt aus einer anderen Welt, Adriana! Lass ihn in Ruhe!

Natürlich hat die Stimme in meinem Kopf recht. Ich habe heute ein anstrengendes Fotoshooting, deshalb trage ich auch die schwere Kamera mit mir herum und streife durch die morgendliche Stadt. Ich habe nicht die geringste Veranlassung, diesem Fremden zu folgen. Ich kenne ihn ja nicht einmal. Es ist doch nur ein Spiel, denke ich und hebe die Kamera wieder hoch. Doch jetzt ist er aus meinem Sucher verschwunden. Das darf einer Jägerin nicht passieren!

Während ich die Straße entlanglaufe, versuche ich mich zu orientieren. Meine Wege sind ja sonst immer gleich, das verschafft mir ein Gefühl der Sicherheit in dieser unübersichtlichen Großstadt: Das Café Stein, das Museumsquartier, die Innenstadt mit ihren Menschenmassen. Selten bewege ich mich, so wie jetzt, hinunter zum Naschmarkt, vielleicht weil dort die Menschen vorsichtiger und aufmerksamer sind, weil sie spüren, wenn die Jägerin ein Opfer ausgewählt hat und es solange jagt, bis sie es erlegt hat. Als ich eine Treppe hinunterhaste, um die Witterung wieder aufzunehmen, sehe ich weiter vorn den Albino mit dem Totenkopfring gerade noch schnell um eine Ecke biegen.

Ist das Zufall, dass ich die Spur dieses Fremden so schnell wiederfinde? Die aufgehende Sonne wärmt meinen Nacken, ein kaum wahrnehmbarer Morgenwind streichelt die feinen Haare auf meinen Armen und meine Haut prickelt und vibriert vor Aufregung. Führt mich dieser Fremde vielleicht zu Talvin? Aber dann fällt mir ein, weshalb ich überhaupt so früh in die Stadt gefahren bin, reiße mich zusammen und kehre zurück in die Wirklichkeit.

Der Albino-Mann schnippt mit der linken Hand seine filterlose Kippe in einen Gully und dabei blitzt sein Totenkopfring. Er geht in ein heruntergekommenes Jugendstilhaus, von dem aus man sicher einen schönen Blick über den Naschmarkt und auf das Gebäude der Secession hat. Das Lokal im Erdgeschoss ist verrammelt, in verblassten Lettern steht noch der Name über der Tür „Purgatorio" – Fegefeuer.

Ganz oben sehe ich ein großes geschwungenes Fenster und eine halb geöffnete Tür, die auf einen schmalen verschnörkelten Balkon führt. Mit dem Sucher scanne ich die Fassade entlang nach oben, will den Schatten des Fremden hinter einem der Fenster oder ganz oben auf dem schmalen Balkon sehen. Dort steht er dann auch mit nacktem bleichem Oberkörper, der Rosenkranz mit dem auf dem Kopf stehenden Kreuz um seinen Hals baumelt im Wind über seiner eingefallenen Brust und der Totenkopfring funkelt. Im Mundwinkel hat er schon wieder eine Zigarette, doch ist sie diesmal nicht angezündet, dient ihm bloß zur Dekoration. Mit seinen roten Augen sieht er nach unten und wieder kommt es mir vor, als würde er direkt in mein Objektiv blicken.

Verwirrt und ängstlich ziehe ich mich in den Schatten der Verkaufsstände zurück und starre auf die Fassade, will sie mit meinen Gedanken zum Einsturz bringen, will wissen, ob mich diese Hand mit dem Totenkopfring direkt zu Talvin führen kann. Erst wenn ich die Hand des Fremden berührt habe, werde ich ein Foto schießen.

In einer öligen Pfütze plustern sich zwei Tauben auf. Ich mache einige Aufnahmen, als sie sich mit ihren Schnäbeln liebkosen. Das morgendliche Licht zaubert bunte Ringe auf das Öl und macht diese Fotos zu etwas Besonderem. Ich kann die Fotos auf dem Display sehen, also ist es die Wirklichkeit. Den Albino finde ich nirgends gespeichert. Als ich wieder die Hausfront hinaufblicke, ist der Balkon, auf dem er soeben noch stand, verwaist und die Tür ist mit Brettern vernagelt. Doch der Name „Purgatorio" steht noch immer über dem versperrten Lokal. Ich bin also noch so lange im Fegefeuer, bis ich weiß, ob ich meinen Liebhaber getötet habe oder nicht. Und das ist gut so.

Ich schultere meine Kamera, gehe an der Secession vorbei und bin auch schon am Anfang der Operngasse, und von dort ist es nicht mehr weit bis zu dem Haus mit dem ausgebauten Dachgeschoss, in dem mein toter Liebhaber jetzt schon den dritten Tag liegt. Doch vielleicht war alles nur ein böser Traum und wenn ich jetzt wieder die Stiege nach oben sprinte, dann ist alles wieder gut. Ich werde die letzte Treppe nach oben fast hinauffliegen, so leicht fühle ich mich. Immer zwei Stufen auf einmal, dabei ziehe ich mir bereits die hinderliche Jacke aus, öffne meine Haare und laufe direkt auf Talvin zu, der mich – nachlässig am Türstock lehnend – mit spöttischem Gesicht von oben bis unten mustert und mir spielerisch die Tür vor der Nase zuwerfen will. Doch blitzschnell stelle ich meinen Fuß zwischen Tür und Angel, drücke mit aller Kraft dagegen, denn ich habe hier das Gesetz des Handelns übernommen.

Mittlerweile ist es fast sieben Uhr und ich muss noch einen Anruf tätigen. Endlos lange bimmelt das Handy und endlich meldet sich eine verschlafene Marion.

„Was ist los?“, fragt sie völlig verdattert, als ich sie darauf anspreche, dass sie mein Vertrauen missbraucht hat und hinter meinem Rücken mit Gregor gemeinsame Sache macht.

„Hör mir doch zu, Liebes!“, versucht sie sich zu rechtfertigen. Doch wenn ich einmal in Fahrt bin, kann mich auch keine Marion bremsen.

„Nein, du hörst mir zu!“, schneide ich ihr das Wort ab. „Wir treffen uns in einer halben Stunde in der kleinen Bar am Anfang der Operngasse, die hat um diese Zeit schon geöffnet. Dann werde ich dir beweisen, dass ich nicht verrückt bin“, schreie ich ins Handy und trenne sofort die Verbindung. Wenn Marion nicht kommt, dann weiß ich, woran ich bin. Wenn sie kommt, werde ich ihr beweisen, dass Talvin existiert, dass es diesmal nicht genauso wie mit Björn ist.

Kurze Zeit später stehe ich in der winzigen Bar, die mich an eine italienische Eckbar erinnert und trinke einen Espresso stretto, verzichte aber darauf, ihn mit einem Cognac zu mischen. Unauffällig fotografiere ich zunächst meine Espressotasse und dann noch einen alten Mann, der an einem der Tische beim Eingang sitzt und so tut, als würde er die Tageszeitung lesen. In Wirklichkeit aber beobachtet er mich unentwegt über den Rand seiner Zeitung hinweg und ich bin mir fast sicher, dass er nur darauf wartet, dass ich einen Fehler mache.

Gleich darauf wähle ich erneut Marions Nummer, denn ich habe bereits den dritten Espresso getrunken und bin dementsprechend aufgedreht und ruhelos.

In meinem Rücken höre ich das Schrillen des Handys und als ich mich erstaunt umdrehe, steht Marion bereits hinter mir.

„Ich kann dir alles erklären“, sagt sie ohne Einleitung und winkt dem Kellner. Sie bestellt koffeinfreien Kaffee und ein Quarkbrötchen, wahrscheinlich ist sie wieder auf Diät.

„Da bin aber neugierig", antworte ich patzig, lenke nicht ein und bin sogar bereit, unsere langjährige Freundschaft aufs Spiel zu setzen, um Klarheit zu erlangen.

„Ich habe noch gestern Nachmittag mit einem meiner früheren Freunde aus der IT-Abteilung der Universität gesprochen und er hat für mich nach deinem 27-jährigen Philosophiestudenten Talvin Singh recherchiert."

„Und?", frage ich und bin seltsam verstört, wie Marion den Namen Talvin Singh ausspricht. Der Name geht ihr verdächtig leicht über die Lippen, fast so, als hätte sie schon des Öfteren „Talvin" geflüstert. Aber im Moment geht es um ganz etwas anderes. Jetzt wird sich endlich alles aufklären und damit wird auch bewiesen, dass Talvin existiert. Marion beißt in ihr Brötchen und ungeduldig warte ich, bis sie den Bissen zerkaut hat.

„Also, was hat dein Ex-Lover herausgefunden?", frage ich aufgeregt.

Marion rückt aufreizend langsam mit ihrem Zeigefinger ihr angebissenes Brötchen zurecht, faltet dann bedächtig ihre Serviette Kante auf Kante, ohne mich anzusehen.

„Adriana, hör mir bitte zu: Es gibt keinen Talvin Singh. Weder an der philosophischen Fakultät noch an irgendeiner anderen Fakultät."

Zunächst denke ich, mich verhört zu haben.

„Ich glaube, ich habe dich nicht ganz richtig verstanden!"

„Doch, du hast ganz richtig gehört. Es gibt an der Universität keinen Talvin Singh!"

Plötzlich habe ich das Gefühl, als würde ich gleich umkippen. Mit einer Hand halte ich mich am Tresen fest, mit der anderen massiere ich meinen Nacken, der völlig verspannt ist und höllisch schmerzt.

„Vielleicht ist er an einer Privatuniversität eingeschrieben", flüstere ich. „Die Miete der Dachterrassenwohnung ist sicher hoch.

Talvin hat reiche Eltern, die alles finanzieren. Sein Großvater hat die Bibliothek der Theosophischen Gesellschaft in Madras verwaltet, war also ein gebildeter Mann und ..."

Plötzlich bringe ich kein Wort mehr heraus und meine Augen füllen sich mit Tränen. Es sind Tränen der Wut, der Enttäuschung, aber auch Tränen der Angst, denn ein Zweifel hat sich in mein Denken geschlichen: Was, wenn alle recht haben und ich mir das alles bloß einbilde?

Marion bemerkt meine Betroffenheit, will mich umarmen, um mich zu trösten, doch ich stoße sie brüsk zur Seite.

„Rühr mich nicht an!", zische ich. „Du hast dich mit Gregor gegen mich verbündet. Ihr beide wollt, dass ich in eine Klinik komme, damit ich Gregors Wahlkampf nicht gefährde. Gib es doch endlich zu, dass es so ist!"

Marion schüttelt den Kopf und fixiert mich intensiv mit ihren dunklen Augen, als wolle sie bis in mein Gehirn sehen. Ihr rundes, beneidenswert faltenfreies Gesicht zeigt keinerlei Regung. Natürlich merkt sie, dass ich jetzt unsicher geworden bin.

„Hör endlich auf zu spinnen! Mein früherer Freund hat nicht nur die Wiener, sondern alle Universitäten in Österreich gecheckt. Auch private Hochschulen und Akademien. Kunstuniversitäten und Fachhochschulen. Es gibt keinen Talvin Singh. Nirgends."

„Aber, aber ..." Ich fuchtle mit den Händen hilflos durch die Luft, will meinen Gedanken eine Struktur, einen Halt geben. „Er hat mir doch immer von seinem Großvater und der Theosophischen Gesellschaft in Madras erzählt. Woher sollte ich sonst davon wissen?"

Mit einer ungeduldigen Handbewegung wischt Marion meinen Einwand zur Seite. „Das tut doch nichts zur Sache. Schon immer hattest du eine blühende Fantasie, Adriana. Erinnere dich nur zurück: Du hast DAMALS ja auch viele Geschichten über das Segeln erzählt."

Wie sie das Wort DAMALS betont – so als würde dieses Wort alles bündeln, was vor fünf Jahren geschehen ist, als der Vorfall mit Björn passierte und die schwedische Polizei mit ihren Ermittlungen begann.

„Aber diesmal ist alles ganz anders." Ich zerre am Riemen der Kamera, die schwer an meinen Hals hängt und beständig gegen meine Brust schlägt. Marion fällt das natürlich auch sofort auf.

„Du kannst es einfach nicht lassen", meint sie kopfschüttelnd und greift nach dem Teleobjektiv. „Sicher hast du auch deine Kaffeetasse fotografiert."

„Du kennst mich einfach zu gut!" Ich lächle schuldbewusst und fasse mir ein Herz: „Glaubst du, dass ich einen Mord begehen kann?"

„Wie kommst du denn darauf? Manchmal hast du aber schon sehr schräge Gedanken!" Unmerklich ist Marion ein wenig von mir abgerückt, so als wäre ich von einer ansteckenden Krankheit befallen und vielleicht bin ich das ja auch. Von der Krankheit des Todes.

„Ich glaube, dass ich meinen Liebhaber Talvin ermordet habe!", platze ich mit meiner düsteren Vermutung heraus. „Ich bin fast sicher, denn ich habe heute Morgen auch den Tod gesehen!" Marion zieht die Augenbrauen hoch, es ist ja wirklich ziemlich unglaubwürdig, was ich sage.

„Na, dann brauchen wir ihn ja auch nicht mehr zu suchen, wenn du weißt, wo du ihn ermordet hast", erwidert sie spöttisch und nimmt mir mit dieser Flapsigkeit die Angst.

„Ich brauche aber Gewissheit. Deshalb gehen wir jetzt gemeinsam in seine Wohnung und sehen nach."

„Moment, Moment! Du willst nachschauen, ob dort eine Leiche liegt? Sag einmal, hast du sie noch alle?"

„Aber das ist die einzige Möglichkeit, um mich davon zu überzeugen. Ich werde sonst noch komplett verrückt!"

Marion winkt dem Barkeeper, der uns noch Kaffee bringt und dann erzähle ich Marion von den Erinnerungsfetzen, die mich schon seit Tagen quälen. Ich lasse kein grausiges Detail aus und beschönige auch nichts. Anders als gestern habe ich heute wieder Vertrauen zu Marion, obwohl sie mich hintergangen hat. Aber ich brauche jemanden, der mich begleitet. Sonst bin ich ja komplett einsam und alleine auf dieser Welt.

„Wow! Wenn auch nur ein Teil von dem stimmt, was du mir gerade erzählt hast, dann steckst du ja ziemlich tief in der Scheiße."

„Deshalb brauche ich auch jemanden, der mir hilft, nicht endgültig in diesem Sumpf aus Zweifeln zu versinken."

„Hör auf, in Selbstmitleid zu baden!" Marion steht auf und zerrt mich an meiner Kamera hoch. „Los, machen wir uns auf den Weg und überzeugen uns selbst, ob dort eine Leiche liegt oder nicht."

Sie lächelt mich mitleidig an und ich kann es ihr nicht verdenken. Sie glaubt mir nicht und meine Geschichte klingt auch ziemlich bizarr, wenn ich ehrlich bin.

Draußen auf der Straße hat bereits der morgendliche Frühverkehr eingesetzt und Marion drängt mich zur Eile. Sie muss pünktlich in der Werbeagentur sein, denn heute gibt es eine Präsentation vor einem ihrer wichtigsten Kunden.

Als wir endlich vor dem Haus stehen, fotografiere ich den Eingang und betrachte das Bild auf dem Display. Es erscheint mir merkwürdig fremd und distanziert, völlig ohne Leben.

„Vielleicht ist es nicht das richtige Haus?" Der zweifelnde Unterton in meiner Stimme macht Marion hellhörig.

„Adriana, was ist bloß los mit dir? Du triffst dich monatelang mit deinem Liebhaber in dieser Wohnung und jetzt bist du dir nicht einmal mehr sicher, ob es das richtige Haus ist?" Sie schüttelt genervt den Kopf.

„Glaubst du nicht auch, dass du dir alles nur eingebildet hast?"

„Nein, nein! Es ist schon der richtige Eingang! Er sieht nur auf dem Display so anders aus."

„Gib mir die Kamera!" Marion streckt ihre Hand aus und schnippt mit den Fingern, redet plötzlich im Befehlston mit mir. „Du wirst jetzt nicht mehr fotografieren, sondern dich auf die Wirklichkeit konzentrieren! Hast du mich verstanden?"

Natürlich verstehe ich, aber ich will meine Kamera nicht aus der Hand geben. Das ist ein Teil von mir, der überlebenswichtig ist.

„Ich verspreche, dass ich keine Fotos schieße, aber die Kamera gebe ich unter gar keinen Umständen wieder her." Energisch schüttle ich den Kopf und presse die Kamera fest an meine Brust.

„Ganz wie du meinst. Also los, fahren wir mit dem Aufzug nach oben."

Wir stehen bereits vor dem altmodischen Scherengitter des Fahrstuhls, der dunkel, eng und gefährlich wirkt. Marion weiß nichts von meinem kleinen Aufzugproblem, es war mir immer peinlich, darüber zu sprechen. Der modrige Geruch in dem düsteren Foyer hat sich noch verstärkt und ich bilde mir ein, auch einen leichten Verwesungsgestank zu riechen.

„In welchem Stock ist die Wohnung?" Marions Stimme ist zackig und voll gespannter Aktivität.

„Der fünfte Stock!" Mehr als ein Raunen bringe ich nicht zustande, denn jetzt wird auch die Luft bereits weniger, Marion verbraucht einfach zu viel davon.

„Hier gibt's aber nur vier Stockwerke", sagt Marion, als sie die Aufzugstafel checkt.

„Eine Treppe führt nach oben in den fünften Stock, dort ist eine moderne graugestrichene Stahltür, die direkt in den Wohnraum führt", röchle ich und mache einen zögerlichen Schritt nach vorne, denn ich muss meine Angst vor der Gefahr überwinden, die von der dunklen und engen Kabine des Aufzugs ausgeht. Mein Puls rast, während ich mit den Fingerspitzen über das Scherengitter streiche und hinter mir Marions Stimme wie aus weiter Ferne höre, die langsam verschwindet und mich alleine zurücklässt.

„Was ist, willst du nicht endlich hineingehen? Ich bin ein wenig in Eile und kann nicht ewig hier draußen herumstehen. Also los, worauf wartest du, Adriana!"

Ja, worauf warte ich eigentlich? Ich warte darauf, dass in der Wohnung im fünften Stock mein Liebhaber die Tür öffnet und am Leben ist. Dass ich endlich weiß, dass ich nicht verrückt bin und mir nur alles eingebildet habe. Dann kann ich beruhigt in den sicheren Hafen meiner kleinen Familie zurückkehren und brauche mir keine Gedanken mehr zu machen. Dann bin ich endlich frei.

„Adriana, komm schon!" Marion gibt mir einen leichten Stoß in den Rücken, der mich nach vorne, hinein in die dunkle Aufzugskabine schiebt. Die matte Beleuchtung an der Decke flackert und die hinter dem schmutzigen Glasschirm gefangenen Fliegen surren panisch, bevor sie in der Hitze verglühen. Der Fahrstuhl ächzt und vibriert, die alte Holzvertäfelung an den Wänden ist wurmstichig und riecht nach Bienenwachs. Das Stahlseil, das den Aufzug über dem Abgrund hält, knirscht bedrohlich, eine der Halteschrauben hat sich gelöst und fällt klackernd oben auf das Kabinendach. Der Spiegel an der rückwärtigen Wand ist fleckig, mein Gesicht darin verzerrt und unwirklich verschwommen. Marion, die hinter mir steht, mir knapp bis zur Schulter reicht, verzieht ihren Mund zu einem grotesken Grinsen und schiebt mich immer weiter in die Kabine hinein.

Natürlich wird jetzt die Luft knapp, denn die Kabine ist winzig, nicht größer als die Fläche unter meinen Füßen. In dieser engen Kabine kann kein Mensch atmen, schon gar nicht, wenn gleichzeitig zwei

Personen nach oben fahren wollen. Es ist vollkommen unmöglich, in dieser engen, düsteren und nach Wachs riechenden Kabine zu überleben und nur eine Frage der Zeit, bis ich sterbe.

Deshalb kralle ich mich an dem Scherengitter fest und lasse mich auf den Boden sinken.

„Ich, ich kann nicht da hinein! Da bekomme ich keine Luft und muss ersticken."

„Verflixt Adriana, dreh jetzt nicht durch! Das ist doch bloß ein stinknormaler Aufzug."

Marion ist am Ende ihrer Geduld, das spüre ich. Aber ich kann unmöglich weiter in diese enge Kabine hinein. Noch ehe wir den vierten Stock erreicht hätten, wäre ich mit Sicherheit erstickt.

„Also gut!", seufzt Marion wenig später, als ich mich noch immer panisch an das Scherengitter klammere und mich nicht von der Stelle rühre. „Wenn du überhaupt nicht willst, gehen wir eben zu Fuß nach oben. Dann kann ich mir das Fitnessstudio für heute sparen."

Erleichtert lasse ich das Scherengitter los und Marion zerrt mich an meiner Kamera wie einen Hund an der Leine hinter sich her zur Treppe. Auf dem ersten Treppenabsatz muss ich mich auf die mit alten Zeitungen verklebten Stufen setzen, alles dreht sich und ich habe noch immer nicht genügend Luft zum Atmen.

„Ich komme gleich nach!", rufe ich Marion hinterher, die tapfer weiter nach oben steigt und sich jetzt nicht weiter um mich kümmert.

Ich lehne meinen Kopf an das schmiedeeiserne Geländer und starre durch das Treppenhaus nach oben, wo sich der Handlauf im fünften Stockwerk im Dämmerlicht verliert. Dort, wo das Unheil seinen Anfang genommen hat.

Oben schiebt sich ein Kopf über das Geländer und eine schattenhafte Gestalt blickt überrascht zu mir nach unten. Obwohl die Person fast völlig vom Halbdunkel verschluckt wird, weiß ich sofort, wer mich so intensiv beobachtet. Dieses Gesicht würde ich unter tausenden wieder erkennen: Es ist Talvin.

„So, hast du deinen Entschluss doch noch einmal überdacht?“, ruft er mit seiner weichen exotisch klingenden Stimme zu mir nach unten. „Bist also wieder zurückgekehrt?“

Talvin beugt sich weiter über das Treppengeländer, um mich genauer sehen zu können.

„Aber dafür ist es jetzt leider zu spät!“

In seiner Stimme schwingt so etwas wie Bedauern mit und ich verrenke meinen Hals, um ihn in dem Zwielicht deutlicher erkennen zu können.

Talvin hat sich inzwischen gefährlich weit über das Treppengeländer gebeugt. Es fehlt nicht mehr viel und er würde das Gleichgewicht verlieren und bis in den Keller stürzen. Er trägt kein Hemd und sein nackter Oberkörper glänzt und schillert wie verdorbenes Fleisch. Mit einem leisen Plitsch-Platsch fallen einzelne Tropfen auf den Handlauf, zerplatzen dort und winzige Partikel treffen mich an der Wange. Mühsam ziehe ich mich am Geländer hoch und starre nach oben. Talvins Körper ragt bereits unnatürlich weit über das Geländer hinaus, er tariert jetzt mit ausgestreckten Armen sein Gleichgewicht aus, um nicht abzustürzen. Sein Oberkörper ist mit Stichwunden übersät und aus den unzähligen tiefen Schnitten tropft Blut nach unten und benetzt wie ein feiner Sprühregen mein Gesicht.

„Marion, hilf mir! Ich muss von hier weg!“, schreie ich und meine Stimme verursacht in dem Treppenhaus einen unwirklich klingenden Widerhall. „Talvin ist tot! Ich habe ihn getötet!“

„Adriana! So warte doch!“ Marion ist bereits im dritten Stockwerk und rast auf ihren klappernden Stöckeln wieder nach unten. Sie scheint nichts von Talvin mitbekommen zu haben und als ich jetzt nach oben sehe, ist Talvin verschwunden und niemand mehr zu sehen.

„Bleib stehen Adriana! Was ist passiert?", höre ich noch Marions Rufe, als ich durch das muffige Foyer laufe. Doch an der Eingangstür erwartet mich bereits Talvin, um mir mit einer servilen Geste das Tor zu öffnen.

„Das hättest du nicht tun dürfen", sagt er und ein trauriges Lächeln umspielt seine Lippen. „Dieses Ende habe ich nicht verdient!"

„Verschwinde!", kreische ich und hebe drohend meine Kamera. „Lass mich endlich in Ruhe!"

Ein älterer Handwerker, der noch immer wie erstarrt neben der geöffneten Eingangstür steht, zuckt plötzlich erschrocken zurück.

„Ich wollte Ihnen doch bloß die Tür aufhalten, gnädige Frau!"

Aber das höre ich schon nicht mehr. Ich will nur noch weg aus diesem düsteren Haus, weg von dem toten Talvin, weg von dem Gedanken, dass ich ihn getötet habe.

Ich laufe planlos die Operngasse hinunter, Marion schreit mir etwas hinterher, aber ich kann nicht aufhören zu laufen. Das grelle Sonnenlicht blendet mich und mit der Helligkeit kehrt die Erinnerung erbarmungslos zurück.

Ich stehe nackt und blutbeschmiert vor Talvin, der auf dem Boden liegt und eine Blutlache breitet sich langsam auf dem Boden aus. Ich starre auf das Blut, das unerbittlich auf meine nackten Füße zu rinnt, und kann mich nicht bewegen, kann einfach nicht weglaufen. Stattdessen lasse ich das blutige Messer aus meiner Hand fallen, dessen geschwungene Klinge soeben Talvins Körper zerstochen hat. Denn nicht nur einmal, sondern mehrmals wurde das Messer in seinen Oberkörper gestoßen. Wütend, brutal und mit dem festen Vorsatz, zu töten. Ich versuche, dieses letzte verschüttete Erinnerungsfragment aus meinem Gedächtnis hervorzuholen, aber da ist nichts, nur ein helles Licht, wie bei einem überbelichteten Foto. Noch immer weiß ich nicht mit letzter Sicherheit, ob ich es wirklich getan habe, ob ich meinen Liebhaber wirklich getötet habe.

7

MITTWOCH - VORMITTAGS

Die Polizei rast mit Blaulicht die Währinger Straße entlang, gerade in dem Moment, in dem ich durch einen Torbogen in den verlassenen Hinterhof laufe, wo sich die Location für das heutige Fotoshooting befindet. Ohne anzuhalten, rasen sie an der Einfahrt vorbei, sie sind wahrscheinlich auf dem Weg zu einer Messerstecherei droben am Währinger Gürtel. Jedenfalls denke ich das, denn auf mich können sie es nicht abgesehen haben. Doch wer weiß?

Mein Handy summt unentwegt. Ich achte nicht darauf, sehe nicht auf das Display. Es ist sicher Marion, die mir etwas mitteilen will. In der dunklen Einfahrt lehne ich mich an die Wand und komme ein wenig zur Ruhe. Den Kopf an die kalte Steinmauer gedrückt, versuche ich mit geschlossenen Augen, meine Bildergalerie aufzurufen und durch die letzten dreißig Minuten zu blättern. Aber diese Bilder sind alle überbelichtet, es ist nichts zu sehen außer einem gleißenden Weiß, das mich an den Sand von Marina Beach in Chennai erinnert, an den ich mit Talvin auf der Ladefläche eines Tuk-Tuk gefahren bin und wo wir uns im weißen Sand geliebt haben. Doch von Talvin habe ich mich ja getrennt und deshalb wird der weiße Sand für immer nur in meiner Erinnerung sein.

„Schätzchen, was ist mit dir? Du siehst an diesem herrlichen Tag so traurig aus." Die Stimme von Raul reißt mich aus meinen trüben Gedanken. Raul, mein langjähriger Visagist, streicht mir mit dem Handrücken über meine Wange und spontan greife ich nach dieser Hand und drücke sie noch fester gegen mein Gesicht.

Raul de Castro kenne ich bereits seit zwölf Jahren, länger als meinen Mann, und mit ihm kann ich über alles reden. Wenn er nicht schwul wäre, hätte ich ihn wahrscheinlich geheiratet, einfach weil er immer für mich da ist. Raul ist Ende vierzig, stammt ursprünglich aus Kuba und die sonnige Stimmung der Karibik hat er sich auch in dem grauen und morbiden Wien bewahren können. Er ist klein und zart, hat einen rasierten Schädel und trägt neuerdings einen schwarz gefärbten Vollbart, der ihm ziemlich gut steht. Als Visagist ist Raul eine Kapazität. Er zaubert jedem Model den gewünschten Ausdruck ins Gesicht und ist deshalb in der Branche sehr gefragt. Trotzdem ist er ständig in Geldschwierigkeiten und auf jeden noch so kleinen Job angewiesen. Oft bin ich mit Raul nach einem anstrengenden Fotoshooting noch in die Spielsalons am Gürtel gegangen und habe ihm als Glücksbringer assistiert. Dabei habe ich überrascht festgestellt, dass er an den Spieltischen völlig verändert war. Er spielte Blackjack und Poker wie in Trance, setzte ohne Rücksicht auf Verluste und wenn ich ihn nicht manchmal mit Gewalt von einer Runde weggezogen hätte, dann wäre er wahrscheinlich auch noch bereit gewesen, seinen Schminkkoffer als Spieleinsatz zu riskieren. Manchmal kommt mir der Verdacht, dass Raul spielsüchtig sein könnte, aber wenn ich ihn darauf anspreche, weicht er mir immer aus.

„Schätzchen, Schätzchen, du siehst ja ziemlich elend aus! Als wäre dir Baron Samedi höchstpersönlich über den Weg gelaufen."

„Ich kann nicht mehr“, flüstere ich und zerre am Riemen der Kamera, die mich beharrlich weiter in Richtung Abgrund zieht. Unbewusst hat Raul das Richtige gesagt. Wie der Totengott Baron Samedi aus dem haitianischen Voodoo-Kult, auf den Raul so steht, genauso sind mir zunächst der Albino und dann auch Talvin erschienen.

Soll ich Raul von Talvin erzählen, von dem ich mich getrennt habe und der jetzt tot ist? Mit Raul kann ich über alles sprechen, aber darüber? Nein, das würde er nicht verstehen. Er hatte schon damals vor fünf Jahren Schwierigkeiten mit dem Zwischenfall mit Björn. Ich war monatelang unfähig zu arbeiten und Raul konnte einfach nicht nachvollziehen, dass mir dieses Desaster half, den Tod meines Sohnes halbwegs zu verkraften. Vorsichtig hebe ich den Kopf. Raul betrachtet mich noch immer aufmerksam mit seinen großen dunklen Augen.

„Sollen wir das Shooting verschieben?“, fragt er mit seiner fremdländisch gefärbten Stimme, die so gut zu seinem glatt rasierten Schädel und dem schwarzen Vollbart passt. Raul achtet sehr auf seinen durchtrainierten Körper, bewegt sich selbstsicher durch die Straßen, sodass niemandem auffällt, wie zart er tatsächlich ist. Natürlich weiß ich, dass diese Frage nur rhetorisch gemeint ist, denn Raul ist sicher wieder total pleite und braucht den Job.

„Nein, nein. Es ist schon in Ordnung! Nur eine leichte Schwäche, habe die Nacht über nicht geschlafen“, sage ich.

„Hast du Ärger mit deinem Mann?“, fragt Raul und sieht mir prüfend ins Gesicht. „Oder mit diesem verschwundenen Mieter aus der Operngasse?“

„Wer hat dir den diesen Blödsinn erzählt?“ rufe ich aus und spiele die Empörte.

„Na, Marion hat gestern so etwas angedeutet, aber nichts Genaues gesagt. Mach dir also bloß keinen Stress.“

Ich bin ein wenig wütend auf Marion, dass sie Raul von meiner Suche nach Talvin erzählt hat, lasse mir meine Verärgerung aber nicht anmerken.

„Ich habe auch gar keinen Stress. Meine Schlaflosigkeit hat mit meiner Beule zu tun, ich habe mir den Kopf angeschlagen."

„Hast mir gar nichts davon erzählt."

„Ist auch schon ein paar Tage her."

„War das vielleicht am Montag in der Nacht?", fragt Raul schnell.

„Wieso Montag?"

„Ach nicht so wichtig", meint Raul. „Da war Vollmond und einige meiner Freunde haben sich verletzt."

„Ach, es war Vollmond, das erklärt einiges!", sage ich zerstreut und ziehe mich am eisernen Geländer der Treppe hoch. Mit der Handfläche rutsche ich über den rostigen Handlauf und ein plötzlicher Schmerz durchzuckt mich.

„Scheiße!", fluche ich und betrachte meine linke Handfläche, die einen Schnitt hat. „Dieses verrottete Geländer. Weshalb müssen wir auch in dieser Bruchbude fotografieren." Verärgert strecke ich Raul meine Hand entgegen, so als wäre er ein Wunderheiler oder Schamane und könnte die Wunde durch bloßes Anstarren zum Verschwinden bringen.

„Schätzchen, du hast diese Location ausgesucht, aus Kostengründen, wenn du dich erinnerst. Es ist außerdem nur ein Kratzer. Du musst einfach besser aufpassen!", sagt er und in seiner Stimme ist eine leichte Genervtheit zu hören. Kein Wunder, ich bin auch die letzten Tage ziemlich zickig und unausgeglichen gewesen. „Das Geländer ist doch überall aufgerissen und rostig", redet er weiter. „Also pass auf, denn sonst kannst du dir eine hübsche Blutvergiftung holen, wenn du weiter so unvorsichtig bist."

Wieder betrachtet er mich prüfend, legt seine Stirn in Falten, hat jetzt eine Miene aufgesetzt, die andeutet, dass es heute bei dem Fotoshooting ein Problem geben könnte. Mit mir. Immer wenn Probleme auftreten, haben diese mit mir zu tun. ‚Du bist ein Problemfinder!', hat Gregor einmal zu mir gesagt, als wir uns fürchterlich gestritten haben. Er hat mich sofort in die Schublade der Verlierer gesteckt. In seiner Welt ist kein Platz für Probleme, deshalb existiert auch Paul nicht mehr. Paul, den wir nie gefunden haben, Paul, den wir nicht begraben konnten, den wir daher nie wirklich losgelassen haben, von dem wir uns nur mit Pappschachteln verabschieden konnten. Paul, der noch immer mit den Strömungen der Ozeane über den Meeresgrund treibt. Paul, dessen Körper bereits mit Muscheln und Korallen überwuchert ist, die ihm das Aussehen eines indischen Prinzen verleihen. Nein, für Gregor ist der Fall Paul seit einem Jahr abgeschlossen.

„Bist du o.k.?", fragt Raul und der Zweifel in seiner Stimme hat sich deutlich verstärkt. Mit seiner Hand deutet er auf meine Lederjacke.

„Adriana, dein Handy!"

Tatsächlich schrillt mein Handy unerbittlich und unter den wachsamen Blicken von Raul wage ich nicht, es einfach zu ignorieren. Wie befürchtet, ist es Marion, die anruft.

„Ich war in der Wohnung!", platzt sie sofort heraus.

„Wie bist du hineingekommen?", frage ich vollkommen sinnlos, denn natürlich interessiert mich im Grunde etwas ganz anderes, aber ich will die Antwort hinauszögern.

„Ein netter Handwerker hat mir geöffnet. Die Wohnung steht ja seit acht Monaten leer. Wird nur einmal die Woche von einem Putztrupp gereinigt, damit alles schön sauber aussieht. Sagt der Handwerker."

Marion hat ein Gespür für Dramatik, denn meine Nerven sind zum Zerreißen gespannt.

„Und was ist dort?“

„Nichts! Genau wie ich es mir gedacht habe. Die Wohnung ist zwar möbliert, aber ansonsten vollkommen leer.“

„Hast du die ...“ Gerade wollte ich „Leiche“ sagen, da fällt mir ein, dass Raul ja neben mir steht und jedes Wort mithören kann. Aber Marion versteht mich auch so.

„Da ist niemand, Adriana! Es ist eine ganz normale leer stehende Wohnung.“

„Gibt es den Spiegel im Schlafzimmer über dem Bett?“, frage ich ängstlich und rufe meine geistige Bildergalerie zu Hilfe.

„Ja, den gibt es. Aber das besagt doch nichts. Einen Spiegel über dem Bett haben heutzutage viele. Ich hatte auch so einen Typ, der wollte sich immer selbst beim Sex zusehen.“

„Marion“, unterbreche ich sie. „Das beweist doch immerhin, dass ich die Wohnung kenne.“ Ich überlege krampfhaft, ob mir nicht noch ein markantes Detail einfällt. „Was ist mit dem großen Bild an der Wand hinter dem Bett? Darauf sind zwei Frauen zu sehen, die sich küssen.“

„Ist mir nicht aufgefallen. Es waren überhaupt keine Bilder in der Wohnung.“ Marion antwortet schnell und präzise, warum habe ich trotzdem ständig das ungute Gefühl, dass sie mich anlügt?

„Die Terrasse geht nach Osten, stimmt's?“, wage ich einen letzten Versuch.

„Ja und sie hat eine Glasfront! Mit ein bisschen Glück sieht man bis zur Oper.“

„Da hast du den Beweis! Das ist doch eine Reihe von Indizien, das können keine Zufälle sein. Woher soll ich das alles wissen?“ Siegessicher halte ich den Daumen hoch und grinse Raul breit an, als hätte ich beim Wetten auf das richtige Pferd gesetzt. Doch Marion ist unerbittlich und holt mich wieder zurück.

„Mach dich doch nicht lächerlich, Adriana! Die Terrasse haben wir ja von der Straße aus gesehen. Du hast doch selbst gesagt: Da oben ist die Terrasse."

„Habe ich das gesagt?"

Ich jedenfalls kann mich nicht daran erinnern, so etwas zu Marion gesagt zu haben und meine Zweifel verstärken sich.

„Na, wie dem auch sei, Adriana! Ich muss Schluss machen, denn gleich kommt mein Kunde für die Präsentation. Lass dir von deinem Psychiater ein paar Pillen verschreiben, dann geht es dir gleich besser."

„Liebes", schreit sie so laut, dass es auch Raul hören kann, „du musst dir keine Sorgen machen, du hast niemanden ermordet!"

Marion trennt die Verbindung, ohne sich zu verabschieden und als ich aufsehe, bemerke ich, dass mich Raul merkwürdig anstarrt.

„Wen hast du ermordet?"

„Ach vergiss es, Raul", antworte ich geistesgegenwärtig. „Das ist bloß ein Running Joke zwischen Marion und mir."

„Oh, Marion ...", nickt Raul und fährt sich mit seiner Hand über die Glatze. „Ich habe sie letzte Woche in der Loos Bar gesehen. Sie scheint ja mächtig verliebt zu sein."

„Marion? Die ist doch schon seit ewigen Zeiten Single!" Ich versuche mich zu erinnern, wann ich das letzte Mal mit Marion über ihre Männerbekanntschaften gesprochen habe, aber es will mir nicht mehr einfallen.

„Sie hat aber auf mich nicht so den Single-Eindruck gemacht. Sie war sehr vertraut mit diesem Mann. Meiner Meinung nach kannten sie sich schon länger. Marion konnte ihre Finger gar nicht mehr ruhig halten, sondern musste ständig an ihrem Handy herumfummeln, um ihm etwas zu zeigen." Jetzt ist Raul in seinem Element, denn Klatschgeschichten weiterzuerzählen ist neben dem Spielen seine zweite Leidenschaft.

„Kenne ich Marions neuen Freund? Ist er jemand aus unserem Bekanntenkreis oder ein Model?“

„Ich glaube nicht und überhaupt, ich weiß nicht mal, ob es ihr Freund ist oder nur ein One-Night-Stand.“ Dabei senkt Raul verrucht die Stimme und blinzelt mir heftig zu, ehe er weiterredet. „Mir ist er jedenfalls noch nie über den Weg gelaufen. Glaube mir, den hätte ich mir gemerkt. Ein hübsches Kerlchen mit wunderbaren schwarzen Haaren.“

„Wieso schwarze Haare?“, frage ich schnell und mein Herz beginnt immer heftiger zu pochen, denn ich muss an die dunklen Haare von Talvin denken.

„Na, weil der Typ wie ein Araber ausgesehen hat.“

„Oder wie ein Inder“, ergänze ich atemlos.

„Wieso Inder?“ Raul sieht mich verständnislos an.

„Ach nichts, war nur so dahergesagt!“ Ich umklammere das Teleobjektiv meiner Kamera, die mir so etwas wie Halt und Sicherheit vermittelt.

Raul klimpert mit den Schlüsseln für die Eisentür, die in das Atelier führt. Dieses Geklappere erinnert mich an Gregors Taucheruhr und ich versuche, mich auf die nächstliegende Tätigkeit zu konzentrieren und die ist das Fotoshooting.

„Wir müssen noch das Set für das Shooting vorbereiten“, sagt Raul und geht an mir vorbei nach oben.

„Hast du in der Bar vielleicht zufällig seinen Namen aufgeschnappt?“, rufe ich ihm hinterher.

„Von Marions Freund? Wieso interessiert dich das denn so? Bist du vielleicht eifersüchtig?“

„Wieso soll ich eifersüchtig sein? Ich kenne den Typ doch gar nicht. Spar dir also diese albernen Bemerkungen!“ Ich habe ziemlich überreagiert, das merke ich an Rauls betroffenem Blick.

„Ist ja gut! War nicht so gemeint“, lenkt er sofort ein und sieht mich dann fragend an.

„Schätzchen, wo ist deine Fotoausrüstung? Du hast ja nur deine Kamera umgehängt.“

Suchend blicke ich umher, bis mir wieder einfällt, dass ich am Morgen alles im Wagen gelassen habe. Das Auto steht in der Museumsgarage, ist also ein ziemliches Stück entfernt von unserer angemieteten Location. Während ich das Raul erzähle, wählt er bereits eine Nummer auf seinem Handy und bestellt einen Fahrradkurier, der zunächst meinen Autoschlüssel abholen soll und mir dann die Fototasche bringen muss. Das ist natürlich alles sehr kompliziert und das Problem habe wieder einmal ich verursacht.

Der Tag ist mit Fotografieren wie im Flug vergangen, doch der Funke wollte bisher nicht so recht überspringen. Hunderte von Bildern habe ich auf meinen Speicherkarten, die alle hübsch sind, aber es fehlt das Leben, dieses Knistern, das mir sonst fast immer gelingt, wenn ich mit einem Paar fotografiere. Wir läuten jetzt das Finale ein. Das bedeutet, die delikaten Szenen kommen an die Reihe. Ein Hauch von Verruchtheit und latenter Erotik, so hat sich der Kunde ausgedrückt, der mit verschränkten Armen hinten an der Wand lehnt und keinen sehr entspannten Eindruck macht. Immer wieder zieht er die Augenbrauen missbilligend zusammen, denn meine Modelmotivation ist wirklich sehr lahm.

Ständig muss ich an den neuen Freund von Marion denken, und dass er möglicherweise wie ein Inder aussieht, kann einfach kein Zufall sein. Zu dumm, dass Raul nicht nach seinem Namen gefragt hat, aber jetzt während der Arbeit kann ich ihn auch nicht bitten, Marion anzurufen. Das geht einfach nicht. Also muss ich mich endlich zusammenreißen und diese Gedanken ganz weit hinten einreihen.

Jetzt heißt es, alles geben, damit das Fotoshooting doch noch ein Erfolg wird und der Kunde zufrieden ist.

Raul merkt, dass es jetzt um unser Honorar geht und sprüht vor Ideen. Er drapiert Ivanka, das weibliche Model, mit nacktem Rücken zur Kamera. Sie braucht nur lasziv über ihre Schulter in die Linse zu blicken, dabei den Mund ein klein wenig öffnen, das ist auch schon alles. Marek, das männliche Model, liegt auf den Ellbogen aufgestützt neben ihr auf dem Bett und hält seinen Kopf andeutungsweise an Ivankas Busen. Wie gesagt, die Erotik soll sich im Kopf des Betrachters abspielen, so habe ich mir das gedacht. Auf diese Weise entsteht ein Foto, das Erotik und Verlangen ausdrückt, ohne vulgär zu wirken.

Doch der Gesichtsausdruck von Ivanka ist nicht unschuldig lasziv, wie ich es will, sondern geil wie bei einer billigen Nutte. Als ich ihr das auch direkt ins Gesicht sage, sieht sie mich nur mitleidig an und signalisiert mir unterschwellig, dass ich in meinem Alter ja überhaupt nichts mehr von Sex verstehe.

Aber ich lasse mich nicht provozieren und gebe Raul ein Zeichen, damit er die Szenerie anders arrangiert. Wieder blicke ich durch den Sucher und sehe ihren nackten Rücken. Sie kniet vor Marek, der jetzt steht und mit erhobenem Kopf in die Ferne blickt. Jetzt bekommt das Bild diese geheime Erotik, diesen unterschwelligen Sex, denke ich zufrieden und will noch die Tiefenschärfe über das Display korrigieren, ehe ich die beiden abschieße. Doch Marek sieht auf dem Display plötzlich ganz anders aus. Seine Haare sind mit einem Mal schwärzer als schwarz und seine Haut ist so braun wie Schokolade – ja, wie die Haut von Talvin.

„Stopp!“, rufe ich und hebe meine Hand. „Ich brauche noch eine Minute.“

Aus den Augenwinkeln sehe ich, dass Raul nervös die Stirn kraust und an seiner Unterlippe kaut. Der Kunde stößt sich von der rückwärtigen Wand ab und kommt mit verschränkten Armen langsam näher.

„Ist doch gut so, oder?" Fragend blickt er von Raul zu mir, doch ich kann mich jetzt nicht um ihn kümmern.

Langsam taucht die Erinnerung wieder auf, Stück für Stück, wie kleine Inseln, die ohne Ziel auf dem Meer der verdrängten Ereignisse dahintreiben.

Ja, ich erinnere mich. Ich wollte Talvin spontan überraschen, denn ich war zufällig in der Nähe der Operngasse. Talvin hatte mir zwar verboten, ihn unangemeldet zu besuchen, aber darüber setzte ich mich einfach hinweg. Aufgeputscht von meinen Fantasien bin ich wie immer die Treppe nach oben gesprintet, so schnell wie nie zuvor, da mir plötzlich alles viel zu langsam erschien für meine aufgestauten Energien, die mit einem Male so heftig wurden wie meine Sehnsucht nach Talvin.

Die grau gestrichene Stahltür zu seiner Dachterrassenwohnung stand weit offen und so konnte ich ohne Stopp durch das langgestreckte Wohnzimmer mit der breiten Fensterfront bis zu seinem Schlafzimmer laufen. Damals ist mir nicht aufgefallen, dass Talvin nirgends zu sehen war und dass man merkwürdigerweise aus dem Schlafzimmer eine männliche und eine weibliche Stimme hören konnte.

„Hallo ... Überraschung!", rief ich, riss ungestüm die Tür zum Schlafzimmer auf und erstarrte. Die Szene, die sich mir dort bot, brannte sich in mein Hirn und war doch bis zu diesem Augenblick verschüttet geblieben.

Talvin stand neben dem Bett, in dem wir uns so oft geliebt haben und ein Mädchen hockte vor ihm auf dem Boden, so als würde sie ihm einen blasen. Überall standen bunte Plastikeimer herum und das Mädchen trug Gummihandschuhe wie in einem Fetisch-Porno. Fassungslos registrierte ich die Gummihandschuhe, die ihre dünnen weißen Arme bis zum Ellbogen umhüllten. Ich sah ihren nackten, knochigen Rücken und ich atmete hektischer, denn die Luft wurde rasch dünner. Sowohl Talvin als auch das Mädchen waren durch mein lautstarkes Eintreten so überrascht, dass sie regungslos in ihren Positionen verharrten. Erst jetzt bemerkte ich ein großes Tinkerbell-Tattoo auf dem linken Oberarm des Mädchens. Beide blickten schuldbewusst zu Boden, die Atmosphäre knisterte, ich dachte an Fetisch-Sex und wusste sofort, was hier gespielt wird. In diesem Moment hätte ich Talvin umbringen können!

Langsam drehte sich das Mädchen ganz zu mir um, es war nicht nackt, wie ich zuerst angenommen hatte, sondern trug eines dieser rückenfreien Tops und darüber eine pervers aussehende Gummischürze. Auch den Blick, den mir dieses Mädchen zuwarf, werde ich ab jetzt nicht mehr vergessen: Ein Blick, der zugleich Entsetzen und Abscheu oder auch Mitleid ausdrücken konnte, in jedem Fall war es ein Blick, der sagt: Ich bin jung und gegen mich hast du keine Chance.

Ja, dieses Mädchen war wirklich verdammt jung, vielleicht neunzehn Jahre alt, aber das war keine Entschuldigung. Ich versuchte, meine Aggressionen zu unterdrücken und wollte sie einfach cool aus dem Schlafzimmer jagen. Doch als sie mit gesenktem Kopf einfach weghuschen und sich aus der Szene stehlen wollte, da konnte ich mich nicht beherrschen. Ich hasste sie für ihre Jugend und dafür, dass sie meinem Liebhaber so drastisch vor Augen geführt hatte, wie alt ich war. Dafür hasste ich sie am meisten.

„Verschwinde, du Schlampe!“, schreie ich, denn alles ist plötzlich so real und gegenwärtig. Mit der flachen Hand hole ich aus und will ihr eine Ohrfeige verpassen. Doch sie duckt sich geschickt, kriecht unter mir weg und mein Schlag geht ins Leere. Aber ich hole erneut aus und erwische sie voll an der Wange. Mit ihren Armen will sie mich noch abwehren und als ich zuschlage, gibt es ein klirrendes Geräusch.

Talvin steht noch immer wie erstarrt neben dem Bett und sieht verlegen zu Boden. Er trägt einen Overall, den ich noch nie an ihm gesehen habe und den er bereits halb ausgezogen hat. Oder besser fast wieder angezogen hat, denn wahrscheinlich hatten die beiden gerade Sex und ich habe sie dabei überrascht. Doch bevor ich alles so richtig begreifen kann, beginnt sich mit einem Mal die ganze Szenerie vor meinen Augen aufzulösen, das Schlafzimmer, der Spiegel an der Decke, die blauschwarzen Haare von Talvin, der mir durch die Wohnung hinterherläuft.

„Ich kann dir alles erklären! So warte doch!“, ruft er, doch ich habe genug gesehen. Ich brauche keine billigen Erklärungen. Wütend stoße ich mit meinem Fuß gegen einen der bunten Eimer und schmutziges Wasser läuft über meine teuren Pumps.

„Shit!“, fluche ich. „Das ist alles nur deine Schuld, du billige Nutte!“, schreie ich dem Mädchen hinterher. Sie ist bereits auf der Treppe und rast nach unten, spricht aufgeregt in einer fremden Sprache. Es klingt, als würde sie beten.

Einer der großen Scheinwerfer leuchtet grell auf, weil ich aus Versehen auf den Auslöser der Kamera gedrückt habe. Das blendend weiße Licht bringt mich wieder zurück in die Wirklichkeit. Diese Wirklichkeit ist ein Fotostudio mit einer Crew, die mich entgeistert anstarrt. Diese Wirklichkeit ist ein Fotoshooting, das ich komplett in den Sand gesetzt habe.

Dann ergreift Raul die Initiative. Er packt mich am Arm und schiebt mich durch die Tür hinaus auf die Eisentreppe. Meine Kamera schlägt dabei so fest gegen meine Brust, als wolle sie mir das Herz pulverisieren. Durch die geöffnete Tür sehe ich den Kunden, der kopfschüttelnd auf und ab geht. In der provisorisch mit einem Paravent abgeteilten Garderobe schluchzt Ivanka, das Model, dem ich eine Ohrfeige verpasst habe. Marek steht noch immer wie angewurzelt mit nacktem Oberkörper und aufgeknöpftem Jeans-Overall im hellen Studiolicht und versteht das alles nicht.

„Du weißt, dass du mit dieser Aktion den Job komplett vermasselt hast!“, zischt Raul mit mühsam unterdrückter Wut. „Und dass du uns alle um das Honorar gebracht hast! Der Kunde wird nach deinem Auftritt nie im Leben etwas für dieses Shooting bezahlen.“

„Es, es tut mir leid“, stammle ich und versuche die verdammte Kamera abzulegen, die mich schon wieder Richtung Abgrund zieht, doch ich bin zu nervös. „Ich muss wohl für einen Augenblick die Beherrschung verloren haben!“

„Die Beherrschung verloren? Du hast Ivanka beschimpft und angegriffen!“ Raul ist nicht mehr zu bremsen und schlägt voller Wut mit seiner Faust gegen die Mauer. „Dein Verhalten ist absolut letztklassig, Adriana!“ Raul, der letzte Freund, den ich noch habe, wendet sich von mir ab, das spüre ich. „Du bist komplett ausgerastet. Kannst froh sein, wenn dich Ivanka nicht bei der Polizei anzeigt. Du hast ihr eine Ohrfeige verpasst!“

Die Luft zum Atmen wird weniger, die Raul in seinem Zorn ständig inhaliert – Raul, der sich aufplustert und mir keinen Raum lässt. Der Schweiß rinnt mir in Bächen den Rücken hinunter, Raul drängt sich plötzlich eng an mich, starrt mich mit seinen dunklen Augen beschwörend an und drückt dabei die Kamera gegen mein Herz.

„Versuche die Angelegenheit wieder auszubügeln, Adriana. Ich bitte dich!“, flüstert er und seine Stimme bekommt etwas Flehentliches. „Ich brauche das Honorar. Ich bin vollkommen pleite!“

„Ich muss hier weg!“ Mehr bringe ich nicht heraus. Mein Kopf ist völlig leer und Raul saugt gierig die Luft rings um mich ein, um mich zu ersticken. Aber ich will nicht sterben, deshalb stoße ich ihn zur Seite, packe meine Kamera, laufe die eiserne Treppe hinunter, durch den Innenhof, hinein in die düstere Einfahrt.

„Ja, hau ab, Adriana!“, schreit Raul mir wütend hinterher. „Aber lass dich nie wieder bei mir sehen! Brauchst nicht glauben, dass ich dich aufnehme, wenn du wieder gekrochen kommst mit deinen Hirngespinsten. Hast du mich verstanden? Du brauchst nie wieder bei mir aufzutauchen!“

8

MITTWOCH - NACHMITTAGS

Ich habe soeben meine Existenz als Fotografin kaputtgemacht, mich mit meinem langjährigen Freund Raul überworfen und das Vertrauen zu meiner besten Freundin Marion verloren. Ich kann es drehen und wenden wie ich will, aber ich habe keine Freunde mehr, bin gestrandet in einer Welt ohne Sicherheit und ohne Liebe!

Es sind sinnlose Gedanken, die mir durch den Kopf schwirren, als ich durch die dunkle Einfahrt aus dem Fotostudio laufe. Wie aus dem Nichts taucht plötzlich eine riesige gescheckte Dogge mit einem glänzenden Stachelhalsband vor mir auf. Ihre riesige rosa Zunge hängt seitlich aus dem Maul und sie knurrt heiser, ohne sich von der Stelle zu rühren. Wie angewurzelt stehe ich vor der Dogge, deren Augen triefen und blutunterlaufen sind. Ächzend erhebt sich der Besitzer, der im Schatten der Mülltonnen auf dem Boden saß, und pfeift seinen Hund energisch zurück.

„Platz, Satan!“ ruft er mit rauer Stimme und der Hund gehorcht augenblicklich. Der Besitzer des Tieres ist ein alter stiernackiger Punk mit einer „Sex Pistols“-Lederweste, die vorne offen ist und so seinen stattlichen nackten Bierbauch zur Schau stellt.

„Hast du ein paar Euro für mich?“, nuschelt der Punk und stellt sich so, dass ich mich an der vermoosten und feuchten Wand vorbeidrängen muss. „Die Kommandos sind doch gut, findest du nicht?“

„Toll, wie Sie das hinkriegen“, stottere ich und durchwühle mit zitternden Fingern meine Lederjacke, finde einige Münzen, die ich einfach auf den Boden werfe, um endlich von hier wegzukommen. Draußen auf der Währinger Straße knallt mir die Nachmittagssonne so gnadenlos ins Gesicht, als würde sie mich für mein unprofessionelles Verhalten bestrafen.

Ich passiere eine Kindertagesstätte, deren Eingangstor bunt wie ein Regenbogen bemalt ist. Auch die Fensterrahmen tragen bunte Farben und die Fenster sind weit geöffnet, sodass ich in das große Spielzimmer sehen kann, wenn ich mich auf die Zehenspitzen stelle. Kinder lachen und spielen im Sonnenlicht und ein kleiner, vielleicht fünfjähriger Junge reitet auf einem braunen Schaukelpferd. Als er mich sieht, lächelt er und winkt mir mit beiden Händen zu, ich springe in die Luft und winke zurück. Das ist Paul, denke ich für einen kurzen Moment und bin glücklich, so glücklich wie schon lange nicht mehr.

„Paul“, rufe ich laut und winke. „Paul! Deine Mama ist wieder da!“

Jetzt habe ich endlich meinen Sohn wiedergefunden. Jetzt kann ich endlich wieder tief einatmen und mein Herzschlag normalisiert sich. Jetzt wird alles gut.

Dieser Zustand dauert aber nur kurz, denn plötzlich taucht eine Frau am Fenster auf. Sie hat einen blitzenden Nasenring und auf dem Kopf einen lila Turban. Das muss die Kindergärtnerin sein. Sie steht raumfüllend in der Fensteröffnung und verdrängt die Luft zu den Seiten.

„Suchen Sie jemanden?", fragt sie argwöhnisch und mustert mich von oben bis unten.

„Nein, nein!" Ich trete einen Schritt zurück und hebe beschwichtigend die Hände. „Der blonde Junge auf dem Schaukelpferd. Wie heißt er?"

„Warum wollen Sie das wissen?", erwidert die Kindergärtnerin und der Argwohn in ihrer Stimme verstärkt sich. „Warum haben Sie ‚Mama ist da!' gerufen? Sie sind doch gar nicht seine Mutter. Was wollen Sie also?"

„Nein, natürlich nicht! Es war dumm von mir, dass ich gerufen habe. Entschuldigen Sie bitte. Aber der Junge erinnert mich an meinen Sohn." Ich trete noch einen Schritt zurück, bin jetzt schon gefährlich nahe am Gehsteigrand. Autos und Lkws nutzen die kurzen Grünphasen und donnern mit aufheulenden Motoren knapp hinter mir vorbei. Nur noch ein kleiner Schritt zurück, dann stehe ich auf der Straße, würde von einem Fahrzeug erfasst und dieses elende Leben wäre vorüber. Doch ich will nicht aufgeben.

„Mein Sohn Paul ist im gleichen Alter gewesen." Ich hole tief Luft, denn mein Herzschlag beschleunigt sich wieder unerbittlich und macht das Atmen anstrengend. „Paul ist vor fünf Jahren gestorben."

„Oh, das tut mir leid!" Die Kindergärtnerin wirkt ehrlich betroffen. „Das war sicher schlimm für Sie."

„Ist es immer noch." Ich schniefe laut und schnappe nach Luft, als wäre ich kilometerweit gelaufen. „Ich komme einfach nicht darüber hinweg. Ich schaffe es nicht!" Kraftlos sinke ich in die Knie, sehe hinauf zu der Kindergärtnerin mit dem lila Turban, die sich jetzt aus dem Fenster lehnt.

„Der Junge heißt Sebastian." Die Kindergärtnerin lächelt und der Ring in ihrem linken Nasenflügel blitzt in der Sonne. „Möchten Sie nicht hereinkommen und den Kindern beim Spielen zusehen?

Vielleicht hilft Ihnen das und Sie können Ihren Schmerz besser verarbeiten."

„Meinen Sie das im Ernst?" Ich bin gerührt von so viel Verständnis und wische mir verstohlen die Tränen aus den Augen. Die Kamera ist mit einem Mal leicht und der Abgrund weit entfernt.

Sebastian ist ganz anders als Paul. Ihn interessieren keine Stofftiere, er will Techniker werden. Besonders meine Kamera fasziniert ihn und geduldig zeige ich ihm, wie sie funktioniert. Es ist das erste Mal, dass ich seit Pauls Tod mit einem Kind spiele und ich wundere mich, warum ich das nicht schon früher gemacht habe. Ich hatte immer Angst davor, endgültig zusammenzubrechen und den Verstand zu verlieren, wenn ich Jungs in Pauls Alter sehe. Aber das Gegenteil ist der Fall. Diese Begegnung macht mich glücklich. Auf einem niedrigen Tischchen liegen Malbücher und Comic-Hefte. Mein Blick bleibt an einem Peter-Pan-Comic hängen. Auf dem Cover die übliche Szene. Der grün gekleidete Peter Pan, Wendy in ihrem Nachthemd und die Fee Tinkerbell mit ihren hauchdünnen Flügeln und dem Zauberstab. Die Fee Tinkerbell. Aber ich komme nicht dazu, weiter darüber nachzudenken, denn Sebastians Mutter kommt, um ihren Sohn abzuholen.

„Ich habe Sie noch nie hier gesehen", begrüßt sie mich neugierig und setzt sich zu mir auf den Boden. „Tolle Kamera haben Sie da!"

„Ich bin Fotografin", antworte ich und streiche Sebastian über die blonden Haare. Dieser bemerkt es nicht einmal, so sehr ist er damit beschäftigt, an meiner Kamera herumzuschrauben.

„Das trifft sich aber gut." Sebastians Mutter, eine hübsche Frau Anfang dreißig mit einem offenen klaren Gesicht und kurzen brünetten Haaren, ist ganz außer sich vor Freude. „Sie könnten bei Sebastians fünftem Geburtstag fotografieren, das wäre wunderbar. Bringen Sie doch auch Ihr Kind mit."

Als sie meinen verwunderten Gesichtsausdruck bemerkt, fügt sie rasch hinzu: „Natürlich bezahlen wir Sie für die Fotos."

„Darum geht es nicht!", antworte ich traurig. „Ich habe kein Kind mehr. Mein Sohn ist vor fünf Jahren gestorben und Sebastian hat mich an ihn erinnert. Ich glaube nicht, dass ich an seinem Geburtstag fotografieren kann. Das schaffe ich einfach nicht."

„Oh, das tut mir aber leid. Verzeihen Sie, dass ich so taktlos war. Das verstehe ich natürlich." Sebastians Mutter blickt betreten zu Boden, weiß nicht, was sie noch sagen soll und dreht sich daher einfach auf dem Boden herum und beginnt mit den anderen Kindern zu spielen.

„Aber das konnten Sie ja nicht wissen", sage ich nach einer längeren Pause.

Langsam löst sich die dunkle Wolke auf, die schon den ganzen Tag meinen Verstand einhüllte und ich beginne mich zu entspannen. Vor Sebastian und den anderen Kindern zerlege ich meine Kamera, erkläre jedes einzelne Teil und schraube alles in Windeseile wieder zusammen.

„Du machst das wie die Killer mit ihren Waffen in meinem Videogame", schreit ein besonders aufgeweckter Junge in die Runde. Die Kindergärtnerin schenkt ihm einen missbilligenden Blick und auch Sebastians Mutter schüttelt den Kopf.

„So, ich denke wir müssen nach Hause, Sebastian!"

Die Magie der Unschuld ist verflogen, das spüre ich ganz deutlich und deshalb schnappe ich meine Kamera und stehe ebenfalls auf.

„War nett, Sie kennenzulernen!", sagt Sebastians Mutter und streckt mir die Hand hin. „Vielleicht treffen wir uns einmal wieder", sagt sie noch beim Hinausgehen. Aber ich weiß, dass ich sie nie wieder sehen werde und öffne ebenfalls die Regenbogentür.

„Somewhere over the rainbow! Das war Pauls Einschlaflied ...", flüstere ich beinahe unhörbar der Kindergärtnerin zu und deute auf die Regenbogentür. „Danke, dass Sie mir diese Freude ermöglicht haben!“

Ich bin wieder allein, so allein, dass es fast körperlich schmerzt, und zum ersten Mal kann ich Gregor, meinen Mann verstehen, der von einer intakten Familie träumt. Ja, eine Familie ist ein Hafen, der Schutz bietet und ein Anker, der auch ein so kaputtes Leben wie meins selbst im ärgsten Sturm nicht loslässt. Ich bin noch ganz aufgewühlt von der Begegnung mit dem kleinen Jungen Sebastian und brauche jetzt jemanden, der mich in den Arm nimmt und der mich tröstet. Ich will zu Gregor, meinem Mann. Warum ist er jetzt nicht da, wo ich ihn brauche?

Die Geschäfte, an denen ich vorbeihaste, sind heruntergekommen und schäbig. Viele sind auch leer und die Eingänge mit Brettern vernagelt. In der Aufregung habe ich die falsche Richtung gewählt und bin statt in die Innenstadt jetzt schon weit draußen am Gürtel, wo die Animierlokale und Pornokinos dicht an dicht stehen und die Diskontläden ihren Ramsch feilbieten. Wie benommen haste ich über den von der spätnachmittäglichen Hitze aufgeweichten Belag der Gehsteige, ignoriere meine schmerzenden Füße in den bunten jugendlichen Sneakers. Wenn ich könnte, würde ich sie mir von den Füßen reißen und barfuß über den zerplatzten Asphalt laufen, doch das geht natürlich nicht, das wäre verrückt.

Je weiter ich über den Gürtel hinausgehe, desto dünner wird die Luft. Die Reserven, die ich in meiner Lunge zuvor gespeichert habe, sind längst verbraucht und ich muss wieder um jeden Atemzug kämpfen. Schweißüberströmt bleibe ich stehen und starre durch ein verschmiertes Schaufenster. Meine Silhouette spiegelt sich im Licht der hinter den Häusern verschwindenden Sonne im Glas. Die Schrift am oberen Rand der Scheibe ist nicht zu entziffern, aber es ist ein Diskontladen, der indische Spezialitäten anbietet.

In diesem Moment sehe ich Talvin!

Jeder Zweifel ist ausgeschlossen – er ist es! Reflexartig hebe ich die Kamera, schalte auf Dauerfeuer, peng, peng, peng! Diesmal entkommst du mir nicht, diesmal bleibst du sichtbar als Beweis!

Talvin steht in dem Laden und betrachtet konzentriert den Inhalt eines Regals. In seiner Hand hält er eine Gewürzdose, die er prüfend ansieht. Seine blauschwarzen Haare trägt er zwar anders als zuvor, doch seine seidigen Wimpern, lang und dicht wie ein schwarzer Vorhang, sind dieselben. In dem weißen Mantel, den er trägt, wirkt er auf mich noch viel geheimnisvoller, viel dunkler, viel schöner und viel begehrenswerter.

Ich danke dem Schicksal, das mich heute geführt hat: Zunächst zu der Kindertagesstätte, wo ich durch die Begegnung mit Sebastian wieder neuen Mut geschöpft habe. Und jetzt dieses unverhoffte Zusammentreffen mit Talvin, damit ich mir endlich beweisen kann, dass ich keine Mörderin bin!

„Alles wird gut!"

Jetzt wird sich alles aufklären. Endlich kann ich beweisen, dass Talvin existiert! Atemlos öffne ich die Tür, die in den Laden führt. Ich verharre auf der Schwelle, schließe die Augen und sauge die Gerüche Indiens tief in meine Lungen. Ich werde Talvin keine Szene machen, sondern ihn nur bitten, mich zu begleiten. Zu meinem Mann. Ich will reinen Tisch machen. Ich werde meinem Mann alles beichten. Ich war in einem Ausnahmezustand. Jetzt bin ich wieder ganz bei mir. Jetzt bleibe ich für immer bei meinem Mann!

Eine dicke Inderin mit einem Kastenzeichen auf der Stirn sitzt im Sari an der Kasse und beobachtet mich argwöhnisch. Hinter ihr steht ein kleiner Flachbildschirm in einem Regal. Es läuft ein Bollywood-Film ohne Ton. Die Frau wird Talvins Mutter sein, denke ich und überlege den nächsten Schritt. Talvin hat mich noch nicht bemerkt. Er ist in der Zwischenzeit in den rückwärtigen Teil des Ladens gegangen, der im Halbdunkel liegt und stapelt Dosen mit Currypulver in die bereits übervollen Regale.

„Talvin!“, rufe ich und als er seinen Namen hört, sieht er überrascht auf und seine dunklen Augen blitzen, aber er kommt nicht zu mir.

„Ich bin's. Adriana!“ Freudig schwenke ich meine Kamera, so als wäre sie das einzige Indiz, an dem er mich wieder erkennen müsste. „Was ist los mit dir?“

Das Gesicht von Talvin ist im Schatten, denn er ist noch weiter in den dunklen Teil des Ladens zurückgewichen, als wäre er überrascht, mich zu sehen. Mit den Händen macht er eine abwehrende Bewegung, als ich näher komme und langsam verstehe ich. Er darf mich in Gegenwart seiner Mutter nicht berühren, geschwiege denn küssen, das wäre eine komplette Entweihung der Frau. So sind eben die gesellschaftlichen Spielregeln in Indien. Das hat er mir einmal erzählt. Aber jetzt habe ich keine Zeit, mich um die Etikette in Indien zu kümmern.

„Mein Gott, wie bin ich froh, dich hier zu finden,“ sage ich und packe ihn am Arm, rede einfach weiter. „Du musst sofort mit mir kommen! Man glaubt mir nicht, dass du existierst. Man hält mich für verrückt, bloß weil ich vor fünf Jahren einmal eine Dummheit begangen habe. Deshalb soll ich wieder in eine Klinik. Du bist mir doch nicht mehr böse, weil wir uns getrennt haben? Ich habe dir doch erklärt, dass mir dieser Schritt nicht leicht gefallen ist.““

Ich rede und rede und erst als ich Luft hole, fällt mir auf, dass Talvin bisher noch kein einziges Wort gesprochen hat. Das macht mich wütend. Er wird mir doch jetzt keine Schwierigkeiten bereiten, jetzt, wo ich ihn so dringend brauche!

„Talvin! Du musst mitkommen! Ich bestelle uns ein Taxi. Wir fahren sofort zu Marion und erzählen ihr alles. Sie wird das ...“

Für einen Moment bin ich unaufmerksam, weil ich mein Handy suche und diesen Augenblick nutzt Talvin, um sich von mir loszureißen und wieder nach hinten zu laufen. Doch ich erwische ihn noch an seinem weißen Kittel und er stolpert. Mit einem lauten Ratschen reißt der Ärmel ab und Talvin stürzt der Länge nach in ein Curryregal, das unter der Wucht seines Aufpralls krachend zusammenbricht. Im Fallen klammert sich Talvin reflexartig an ein seitlich stehendes Regal und reißt auch dieses um. Gläser mit Soßen und Gemüse zerspringen klirrend auf dem Steinboden, es herrscht das blanke Chaos.

Talvin rappelt sich wieder hoch und dreht sich zu mir. Seine Augenlider flattern und seine Lippen zittern. Der Ärmel seines weißen Arbeitsmantels hängt halb abgerissen herunter und der Stoff ist über und über mit Gewürzstaub und Soßen bekleckert. Anklagend und aggressiv fährt er mit seinem Zeigefinger in meine Richtung, so als würde er mich gerne an die Wand nageln.

„Ich kenne Sie nicht! Verschwinden Sie aus unserem Laden. Get out of here!", schreit er in einem merkwürdigen Mischmasch aus Deutsch und Englisch.

„Talvin, Talvin, Talvin! Ich bin's doch, Adriana!"

Aber er presst sich die Hände auf die Ohren und macht einen völlig konfusen Eindruck.

„Don't know you! Kenne Sie nicht!", ruft er immer wieder. „Lakshmi, call the police."

Talvin ist kleiner, als ich ihn in Erinnerung habe und er hat abgenommen seit unserem letzten Treffen. Wahrscheinlich hat er aus Kummer nichts mehr gegessen, aus Kummer darüber, dass ich ihn verlassen habe. Ich packe meine Kamera und ziele direkt auf Talvins Gesicht, das Blitzlicht blendet ihn und er stößt einen erstickten Schrei aus. Hinter mir höre ich ein Geräusch. Die Kamera im Anschlag wirble ich herum, Talvins Mutter steht mit dem Handy in der einen und einem handlichen Baseballschläger in der anderen Hand drohend hinter mir.

„Go away from my husband!“, schreit sie in gebrochenem Englisch und ich bekomme nur so viel mit, dass Talvin anscheinend ihr Ehemann ist. Er hat also seine Frau betrogen, so wie ich meinen Mann.

„You have to pay the price!“, kreischt sie und deutet mit dem Baseballschläger auf die zerbrochenen Gläser und die zerplatzten Gewürzsäckchen, die wie bunte Inseln in den Soßen schwimmen.

Weit entfernt höre ich das Martinshorn eines Streifenwagens, der sich rasch nähert.

„The police is coming!“ Talvins Ehefrau versperrt mit ihrer fülligen Figur den Eingang. Sie ist eine imposante Erscheinung in ihrem dicken schwarzen Haarknoten und der behaarten Warze über der Oberlippe. Durch die Scheibe der Auslage sehe ich ein Polizeifahrzeug, das quer über den Gehsteig rumpelt und mit rotierendem Blaulicht hält. Das blaue Licht wirft unruhige Kreise auf Talvins Gesicht und alles an ihm erscheint mir mit einem Mal fremd.

Doch ehe meine Welt in sich zusammenfällt, verschanze ich mich hinter meiner Kamera, die völlig mit feinem Gewürzstaub überzogen ist. Die Kamera ist alles, was mir noch geblieben ist. Mit dem Ärmel wische ich über das Objektiv, kann aber überhaupt nichts mehr erkennen. Trotzdem drücke ich ab und erlege Talvin, der sich wieder ganz nach hinten in den Laden verzogen hat und mit seinen langen braunen Händen durch die Luft greift, als würde er gleich den indischen Seiltrick vorführen. Peng, peng, peng. Mitleidlos schieße ich auf Talvin, speichere ihn auf meinen Karten, um einen sichtbaren Beweis dafür zu besitzen, dass er tatsächlich existiert und ich keine Mörderin bin.

Plötzlich packt mich eine Hand fest an der Schulter und zieht mir die Kamera weg.

„Au! Sie tun mir weh! Sind Sie verrückt?“, rufe ich panisch, denn das Band der Kamera schnürt mir die Luft ab.

„Machen Sie keine Schwierigkeiten und kommen Sie mit!“, kommandiert mich eine Frauenstimme, die trotz des Befehlstons traurig und einsam klingt. Langsam drehe ich mich um, sehe eine Polizistin in Uniform vor mir, deren Gesicht grau und abgearbeitet ist.

„Ich habe doch überhaupt nichts gemacht“, versuche ich mich zu rechtfertigen. „Ich hatte nur ein emotionales Gespräch mit einem Freund.“ Aber die Polizistin reagiert nicht darauf. Sie scheint mich nicht einmal zu hören.

„Das können Sie alles auf dem Revier erzählen. Jetzt kommen Sie erst einmal mit.“ Bestimmt zerrt sie mich am Arm durch den Laden, vorbei an Talvins Ehefrau, die mich hasserfüllt anfunkelt. Ob sie wohl ahnt, dass ich mit ihrem Mann geschlafen habe? Vor dem indischen Laden hat sich mittlerweile schon eine sensationslüsterne Menschentraube gebildet. Die Schaulustigen beginnen heftig zu applaudieren, als mich die Polizistin zum Streifenwagen zerrt. Ich habe keine Ahnung, warum das so ist.

Talvin ist nirgends zu sehen, er ist verschwunden wie eine Spukgestalt. Nur Talvins Ehefrau steht mit geballten Fäusten mitten in den Scherben der zerbrochenen Gewürzgläser, ihr Sari flattert im Luftzug der offenen Ladentür und ihre dunklen Augen, mit denen sie mich unentwegt anstarrt, glitzern vor Zorn.

9

MITTWOCH - ABENDS

Eine Verhaftung ist etwas sehr Erniedrigendes. Wie einem Schwerverbrecher werden einem die Hände auf den Rücken gedreht und man wird nach draußen zu dem wartenden Streifenwagen gestoßen. Zu allem Überfluss lässt der Fahrer das Blaulicht unentwegt rotieren, was natürlich die Schaulustigen magisch anzieht. Schnell bildet sich ein Ring mit sensationsgeilen Passanten um den Streifenwagen und wie eine Jahrmarktsattraktion wird man durch das Spalier dieser Gaffer gezerrt, um endlich in den Fond des Streifenwagens geschoben zu werden. Erst dann kann man durchatmen, den Kopf heben und seine Situation überdenken.

Die Polizistin, die mich festgenommen hat, heißt Isabelle Wagner und hat eine französische Mutter, die aus Grenoble stammt. Sie ist Mitte dreißig und sieht nicht aus wie eine Französin. Ihr Haar ist graubraun und nicht sehr füllig, das merkt man an dem dünnen Zopf, der ihr in den Nacken fällt. Die Lippen von Isabelle sind dünn und blutleer, geben ihrem Mund einen verbissenen Zug. Sie passen aber zu dem schmalen grauen Gesicht mit den beiden strengen Falten, die sich von der Nase bis zu den Mundwinkeln ziehen. Wenn sie ihre

Sonnenbrille abnimmt, ist man überrascht, denn ihre Augen sind bernsteinfarben, voller Wärme und sehr schön.

Isabelle lebt alleine und der Polizistenjob ist für sie der Anker, der ihr durch so manche Krise geholfen hat. Wenn einer ihrer Kollegen befördert wird oder Geburtstag hat, dann wird in der Kneipe neben dem Revier immer exzessiv gefeiert. Sind dann alle in Hochstimmung und haben genügend getrunken, dann geht Isabelle mit dem einen oder anderen Kollegen ins Bett, denn die Polizei ist für sie so etwas wie die Familie.

Diese Details aus dem Leben von Isabelle weiß ich zum Zeitpunkt meiner Verhaftung natürlich nicht.

„Ich hatte nur eine Unterredung mit meinem Geliebten", begehre ich auf, nachdem ich meine Personalien angegeben habe und der Fahrer den Wagen startet. „Besser gesagt, Talvin war mein Geliebter und ich habe die Beziehung zu ihm beendet."

„Wie sagten Sie, heißt Ihr Freund?", fragt die Polizistin mit teilnahmsloser Stimme.

„Talvin Singh! Er studiert hier in Wien Philosophie und stammt aus Chennai. Das ist das frühere Madras in Südindien", setze ich erklärend nach. „Sein Großvater betreute bis zu seiner Pensionierung die Bibliothek der Theosophischen Gesellschaft in Chennai. Er ist eine bedeutende Persönlichkeit in der gesamten Provinz."

„Tja, der Mann, den Sie attackiert haben, heißt aber Shukram Vishnu und er lebt mit seiner Frau erst seit Kurzem hier", klärt mich der Fahrer auf.

„Nein, Sie müssen sich irren", insistiere ich. „Das war eindeutig Talvin Singh aus Chennai und die Frau an der Kasse ist seine Mutter."

„Die Dame heißt Shukram Lakshmi und hat die Polizei gerufen, weil Sie ihren Mann bedroht und den Laden zerstört haben. Sie ist die Frau von Shukram Vishnu."

„Das, das kann nicht sein. Es ist sicher eine Verwechslung. Dieser Mann heißt Talvin Singh und ist mein Ex-Geliebter!" Aber die beiden beachten mich nicht weiter.

Ich klopfe mit der Faust auf die Rücklehne des Vordersitzes, um wenigstens irgendeine Reaktion bei den beiden Polizisten hervorzurufen. Die Polizistin dreht sich um, sieht durch mich hindurch und ihre Stimme erinnert mich an einen seelenlosen Roboter.

„Sie haben sich getäuscht! Und jetzt Ende der Unterhaltung. Lehnen Sie sich wieder zurück, sonst muss ich Ihnen Handschellen anlegen!"

Natürlich war der Mann Talvin Singh. Ich kann mich doch nicht so täuschen. Aber warum um alles in der Welt verbirgt er seine wahre Identität?

„Haben Sie sich seinen Ausweis zeigen lassen?", frage ich beharrlich. „Hatte er einen gültigen Pass, eine Aufenthaltsgenehmigung oder ein Visum oder was weiß ich?"

„Ich wüsste nicht, was Sie das alles angeht! Wir fahren jetzt auf das Revier. Dort setzen wir ein Protokoll auf. Sie haben sich einiges zuschulden kommen lassen. Es handelt sich um die Tatbestände Hausfriedensbruch, Sachbeschädigung und schwere Körperverletzung", leiert die Polizistin das ganze Repertoire an Straftaten herunter.

„Wieso schwere Körperverletzung?", frage ich völlig irritiert.

„Er wurde mit dem Rettungswagen ins Krankenhaus gebracht. Der Notarzt hat uns zuvor informiert, dass er sich durch Ihren Stoß den Arm gebrochen hat."

„Aber ich habe ihn nicht gestoßen!", erwidere ich. „Talvin Singh ist unglücklich gestürzt."

„Das können Sie auf dem Revier alles zu Protokoll geben", sagt die Polizistin mit eisiger Stimme. „Und sagen Sie nicht immer Talvin Singh. Der Mann heißt Shukram Vishnu. Merken Sie sich das!"

„Vishnu? Das ist doch sicher gelogen. Vishnu ist ein indischer Gott!“

Doch die Polizistin zuckt nur gelangweilt mit den Schultern und hört den knatternden Polizeifunk ab.

„Hast du eine CD dabei?,“ fragt sie nach einer längeren Schweigephase ihren Kollegen, der leise vor sich hin fluchend und kaugummikauend den verstopften Gürtel entlangschleicht. Immer wieder bläst er seinen Kaugummi zu kleinen Ballons auf und lässt sie mit einem lauten Schnalzen zerplatzen.

Immer und immer wieder, bis sich dieses Schnalzen in meinem Kopf festsetzt und ich plötzlich nicht mehr weiß, was richtig und was falsch ist. Hat diese Verwirrung vielleicht mit den Tabletten von Dr. Mertens zu tun, die er aus den USA mitgebracht hat? Diese kleinen rosa Pillen, die angeblich das positive Denken fördern. Ich habe heute Morgen eine davon genommen und gegen Mittag noch eine, um während des Fotoshootings positiv gestimmt zu sein. Nicht einmal die Hinweise auf dem Beipackzettel habe ich gelesen. Doch halt! Die Tabletten hat mir Dr. Mertens ja einfach so in einer kleinen Tüte zugesteckt.

„Das hebt Ihre Stimmung, Adriana!“

Ich erinnere mich genau. Er hat sie mir in die Hand gedrückt und dann seine Hand verschwörerisch darüber gelegt. Wenn nun aber die Nebenwirkungen so krass sind, dass ich mir bloß eingebildet habe, der Mann sei Talvin? Aber ich kann mich doch nicht so getäuscht haben!

„Also, was ist jetzt mit einer CD? Etwas mit einer positiven Musik, die uns auf andere Gedanken bringt“, fragt die Polizistin erneut ihren Kollegen.

„Sorry, die CDs hat alle mein Sohnemann einkassiert“ antwortet er nach einiger Zeit.

„Tja, das sind die Nachteile, wenn man Familie hat“, meint die Polizistin schlagfertig, doch ich höre einen leicht resignativen Unterton in ihrer Stimme. Der Fahrer grinst zustimmend und schnalzt erneut mit seinem Kaugummi.

„Na, da kann man nichts machen!“ Die Polizistin zuckt mit den Achseln und dreht sich zu mir um.

„Hör mal, Kleine, gib mir eine von deinen rosa Pillen. Ich will auch gut drauf sein!“

„Bitte?“

„Na, du hast schon richtig gehört. Eine der rosa Pillen, die Onkel Hans aus Amerika mitgebracht hat.“ Dabei zwinkert sie mir verschwörerisch zu und ihr Kollege lässt zustimmend seinen Kaugummi schnalzen.

Das ist einmal zu viel.

Ich flippe vollkommen aus und schlage mit der Stirn gegen die Seitenscheibe des Polizeifahrzeuges, denn ich will spüren, ob alles wirklich ist oder doch wieder nur ein Albtraum. Woher kennt die Polizistin Dr. Mertens, wieso nennt sie ihn Onkel Hans und wieso weiß sie von den rosa Pillen, die er mir gegeben hat? Weiß sie überhaupt davon oder bilde ich mir das alles nur ein? Vielleicht hat die Polizistin überhaupt nichts gesagt. ‚Das sind die Nebenwirkungen‘, schrillt es durch meinen Kopf. Du hörst Stimmen, die nicht mit dir reden, siehst Menschen, die es gar nicht gibt. Versuche einfach wieder klar und strukturiert zu denken. Konzentriere dich auf den nächsten Schritt, wisch dir endlich das Blut aus dem Gesicht, verhalte dich gefälligst normal.

Als mir das Blut aus der Platzwunde über die Stirn läuft, bremst der Fahrer den Streifenwagen mit quietschenden Reifen ab und fährt auf den Gehweg.

„Scheiße!“, flucht er laut. Die Polizistin springt aus dem Wagen, öffnet die hintere Tür, schiebt mich zur Seite und setzt sich neben mich. Isabelle Wagner, der Name steht auf dem kleinen Schildchen auf ihrer Uniform. Mit einem Mal hat sie ein Taschentuch in der Hand und wischt mir damit vorsichtig das Blut von der Stirn.

„Haben Sie gerade gesagt, dass Sie auch eine rosa Pille möchten, um wieder positiv zu denken?", flüstere ich.

„Wovon reden Sie? Welche Pillen haben Sie genommen? Stehen Sie unter Drogen?"

Das Gesicht von Isabelle Wagner wirkt durch die große verspiegelte Sonnenbrille, die sie auch jetzt nicht abnimmt, völlig verändert und in den Gläsern sehe ich mein Gesicht und das Blut, dass mir die Stirn hinunterläuft.

„Danke Isabelle!", wispere ich ihr zu. „In meiner Kamera sind die Bilder von Talvin, da können Sie sehen, dass ich mich nicht geirrt habe."

„Nennen Sie mich nicht beim Vornamen!", unterbricht mich Isabelle Wagner und rückt ein Stück von mir ab. „Geben Sie mir die Kamera, wir werden das auf dem Revier überprüfen. Und jetzt erzählen Sie mir, welche Pillen Sie genommen haben?"

„Ist das eine gute Idee?" Der Fahrer dreht sich wieder um und schmatzt beim Kauen.

„Wie meinst du das?", fragt Isabelle Wagner leicht verwirrt ihren Kollegen und drückt mir das Taschentuch in die Hand. „Pressen Sie das Tuch fest gegen die Stirn, dann hört die Blutung schneller auf. Ist ja bloß ein Kratzer."

„Also, was meinst du?", wendet sie sich erneut an den Fahrer, als sie wieder vorne eingestiegen ist.

„Ich meine, die Dame ist in einem psychisch sehr labilen Zustand. Außerdem scheint sie irgendwelche Tabletten geschluckt zu haben. Besser, wir bringen sie nach dem erkennungsdienstlichen Prozedere zunächst zur psychiatrischen Untersuchung auf die

Baumgartner Höhe. Sonst macht sie uns noch Probleme und wir sind schuld."

„Dann fahren wir doch gleich auf die Baumgartner Höhe und sparen uns die Formalitäten!", murmelt Isabelle Wagner.

„Manchmal bist du gar nicht so dumm, Isabelle!" Der Fahrer gibt grinsend Gas und reiht sich wieder in den Verkehr ein.

„Baumgartner Höhe?", frage ich zögernd. „Dort ist doch die allgemeine Nervenklinik!"

„Genau!", antwortet Isabelle Wagner kurz und knapp und dreht sich wieder nach vorne. „Bleiben Sie einfach ruhig sitzen. Wenn Sie sich noch einmal selbst verletzen, dann müssen wir Sie fixieren!", sagt sie missmutig und starrt durch das Fenster auf die langsam dunkler werdende Stadt. Wahrscheinlich denkt sie gerade an ihren leeren und einsamen Abend nach Dienstschluss.

Stimmen sind verzerrt zu vernehmen, kommen von irgendwo außerhalb meiner visuellen Wahrnehmung, daher weiß ich nicht, ob es ein Traum ist oder die Wirklichkeit. Ich versuche, mich zu konzentrieren, die einzelnen Sätze zu verstehen, denn so viel habe ich mitbekommen – es geht um mich.

„Hans, was sind das für Pillen, von denen die Polizistin gesprochen hat?"

„Mach dir keine Sorgen, Gregor. Das sind ganz harmlose Placebos, die Adriana ein positives Gefühl vermitteln sollen. Alles ganz harmlos!"

„Aber sie ist doch in diesem indischen Laden völlig durchgedreht!"

„Ja stimmt, das beunruhigt mich auch. Gregor, du musst an den Wahlkampf denken! Du bist unser aussichtsreichster Kandidat. Das neue Gesicht der Partei. Deine Frau ist ein Risikofaktor. Verstehst du das?"

„Was schlägst du vor?“

„Ich kenne den zuständigen Polizeipsychiater noch von der Studentenverbindung her. Adriana kommt in meine Klinik und bleibt dort so lange, bis die Wahl vorbei ist.“

„Aber das sind ja fast zwei Monate!“

„Und wenn schon. Ich habe Patienten, die sind schon jahrelang in meiner Klinik!“

„Ich will nicht in die Klinik!“, schreie ich und schlage wild um mich. Alles, was ich gehört habe, verschwindet plötzlich in irgendwelchen Schubladen meines Gedächtnisses und zurück bleibt nur die nagende Ungewissheit, ob ich mir dieses Gespräch bloß eingebildet habe.

„Adriana! Aufwachen! Ich bin es ... Gregor, dein Mann!“ Jemand rüttelt mich an der Schulter und langsam tauche ich wieder an die Oberfläche, komme aus meinem Totenreich zurück zu den Lebenden.

„Gregor? Wo bin ich?“, krächze ich, denn mein Hals ist wie ausgedörrt. „Was ist los?“

„Hans regelt das alles, mein Liebling! Du brauchst nicht hier zu bleiben. Es dauert nur noch eine Minute, bis Hans alle Formalitäten erledigt hat, dann kann ich dich mitnehmen!“

Ich starre meinen Mann verständnislos an und Gregor wiederholt ganz langsam, als wäre ich ein wenig zurückgeblieben.

„Hans ist hier, Liebling. Er spricht gerade mit dem diensthabenden Arzt. Du weißt doch, Dr. Mertens dein Psychiater.“

„Ich will nicht in die Klinik! Es sind die Pillen aus Amerika, die Dr. Mertens mir gegeben hat.“ Ich streife die schwere Bettdecke ab und will aufstehen, doch Gregor hält mich zurück. Er lächelt mich mitfühlend an, doch in seinen Augen entdecke ich einen eisigen Glanz.

„Ja ja, schon gut, Adriana. Du hattest einen schlimmen Zusammenbruch. Aber gleich ist alles vorbei. Dann bringen wir dich weg."

„Weg, wieso muss ich schon wieder weg?"

Stück für Stück fällt mir alles wieder ein. Ich habe mir in dem Streifenwagen die Stirn an der Scheibe blutig geschlagen und deshalb hat mich die Polizistin Isabelle Wagner sofort in die psychiatrische Klinik auf der Baumgartner Höhe gebracht. Dort hat man mich zu den Pillen befragt, aber ich wollte einfach nichts mehr davon hören. „Klar denken! Klar denken!" Das habe ich mir vorgesagt. „Keine Wahnvorstellungen mehr!" Ich konnte einfach nicht mehr stillsitzen, sondern bin in dem Behandlungszimmer ständig auf und ab gegangen, zuerst langsam, dann immer schneller. Es waren ein Arzt und Isabelle Wagner im Zimmer und die Fenster hatten engmaschige Gitter. Für drei reichte aber die Luft in dem engen Raum einfach nicht aus, deshalb wollte ich hinaus, um frei atmen zu können. Da ich mich auch nach wiederholter Aufforderung einfach nicht setzen konnte und langsam in eine Panik abdriftete, hat mir der Arzt ein Beruhigungsmittel gespritzt und ab diesem Zeitpunkt habe ich keinerlei Erinnerung mehr. Bis auf das eingebildete Gespräch zwischen Gregor und Dr. Mertens, bis jetzt.

„Wohin bringst du mich?"

Gregor scheint meine Frage nicht gehört zu haben, denn er starrt mit zusammengekniffenen Lippen auf sein Handy, auf das er gerade eine SMS bekommen hat.

„Der Parteivorsitzende", murmelt er. „Woher weiß der schon wieder über alles Bescheid?"

„Gregor! Wo bringst du mich hin?", wiederhole ich, doch im Augenblick bin ich für ihn nicht existent. Er hat nur Augen für sein Handy, das ständig piepst und eingehende SMS signalisiert. Zwecklos, ich komme einfach nicht durch und mit einem müden Seufzer gebe ich auf und lasse mich von meinen Gedanken treiben.

Wenn der Mann in dem indischen Laden nicht Talvin gewesen ist, wie alle behaupten, dann stehe ich wieder ganz am Anfang. Dann muss ich mich wieder mit meinen Erinnerungsfetzen beschäftigen und das ist gar nicht gut. Denn alleine schaffe ich das nicht mehr, dafür brauche ich den Rückhalt meines Mannes.

Es ist also der ideale Augenblick, um Gregor mein Verhältnis mit Talvin zu beichten. Und auch, dass ich dieses Verhältnis beendet habe. Am wichtigsten aber ist es, ihm von den Erinnerungsfetzen zu berichten, die mich jetzt schon seit Tagen heimsuchen. Diese Bilder, in denen ich mich selbst nackt und blutbeschmiert mit einem Messer in der Hand durch die Wohnung taumeln sehe. Ich muss ihm davon erzählen, dass ich in meiner Erinnerung sicher bin, Talvin ermordet zu haben.

„Gregor!", rufe ich lauter als normal, um eine Reaktion hervorzurufen. „Ich muss dir etwas sagen."

„Sofort mein Liebling, sofort! Ich muss nur noch schnell einen PR-Bericht freigeben", murmelt er abwesend. „Dann bin ich nur noch für dich da!"

Hektisch tippt er in sein Handy, liest den Text nochmals mit gerunzelter Stirn, korrigiert ihn und schickt ihn dann weiter. Mit sorgenvoller Miene steckt er das Handy zurück in seine Tasche und wendet sich mir zu.

„So, jetzt bin ich ganz bei dir, Adriana! Was möchtest du mir denn gerne sagen?"

„Ich habe diese Erinnerungsfetzen, in denen ich mit einem Messer durch eine Wohnung gehe und eine Leiche entdecke. Ich bin dann der fixen Meinung, diesen Mann ermordet zu haben. Ich bekomme das nicht aus meinem Kopf!", flüstere ich und dabei pocht mein Herz wie verrückt und ich habe Angst, dass es zerspringt. „Verstehst du, was ich damit sagen will? Ich habe einen Mord begangen!"

„Ganz ruhig, Adriana! Ganz ruhig! Du hast niemanden ermordet. Du hast nur einen kleinen Inder belästigt. Nicht einmal attackiert, wie die Polizei behauptet. Nein, nur ein wenig belästigt. Weil du in Behandlung bist, weil du einfach nervös bist."

„Du hörst mir nicht zu!" Meine Stimme bekommt schon wieder diesen leicht schrillen Unterton, den ich so verabscheue. „Ich habe meinen Liebhaber getötet." So jetzt ist es draußen, jetzt soll meinetwegen die Polizei kommen und mich verhaften.

„Reg dich nicht so auf, Adriana! Du machst noch die Schwestern auf dich aufmerksam!" Gregor tippt mir mit seinem Zeigefinger auf den Mund, um mich zum Schweigen zu bringen und macht keinen sonderlich beunruhigten Eindruck.

„Marion hat mir schon davon erzählt. Ich weiß auch, dass sie in dieser Wohnung war und dort nichts gefunden hat. Du siehst also selbst: Das hast du dir alles nur eingebildet."

Schon wieder Marion! Schon wieder hat sie Gregor etwas weitererzählt, diesmal von unserem Besuch in der Operngasse. Wahrscheinlich hat sie ihm auch von meiner immer stärker werdenden Angst vor geschlossenen Räumen berichtet. Das wollte ich vor Gregor immer geheim halten, ich wollte nicht als die verrückte Ehefrau gelten.

Doch von Marion bin ich nach wie vor grenzenlos enttäuscht. Nie hätte ich gedacht, dass sie mich so hintergehen würde.

„Marion hat mich verraten!", flüstere ich und presse die Lippen zusammen, denn es schmerzt doppelt, wenn ich es ausspreche.

„Tja, man kann eben in die Menschen nicht hineinschauen", pflichtet mir Gregor bei, um dann wieder den Faden des Gesprächs aufzunehmen. „Aber wie dem auch sei. Du siehst selbst, dass du in dasselbe Verhaltensmuster zurückfällst wie damals."

„Nein, es ist nicht so wie damals“, widerspreche ich. „Damals habe ich es mir eingebildet. Diesmal ist es real. Damals ging es darum, den Tod von Paul zu verarbeiten. Das war der einzige Grund, damals.“

„Damals, damals, damals!“, wiederholt Gregor und wird von einer Sekunde zur anderen plötzlich ungehalten. Sein Handy piepst und signalisiert wieder eine SMS. Nervös springt er auf, dreht wie besessen an dem Ring seiner Taucheruhr. Klack, klack, klack! Das hat er schon lange nicht mehr gemacht. Klack, klack, klack!

„Es gibt kein Damals, Adriana! Wir müssen nach vorne sehen. Du bist gestresst, der Job ist einfach zu viel für dich. Du musst endlich zur Ruhe kommen! Das kannst du am besten in der Klinik von Hans.“

„Ich will aber nicht in die Klinik!“, schreie ich mit überkippender Stimme. „Ich habe jemanden umgebracht. Verstehst du das nicht? Ich bin eine Mörderin!“

Eine Stunde später sitze ich in einem blendend weißen Zimmer der Privatklinik Mertens. Dr. Mertens, der als Hans fast schon ein Teil meiner Familie ist, sieht sich mit kummervoller Miene den Bericht des Polizeipsychologen von der Baumgartner Höhe an.

„Verdacht auf paranoide Schizophrenie“, murmelt er und lässt den Befund mit spitzen Fingern auf seinen vollkommen leeren Schreibtisch segeln. „Da hat der Herr Kollege aber ein wenig übertrieben.“ Er knipst sein Psychiaterlächeln an und streicht sich mit beiden Händen durch seine grauen und ungewöhnlich dichten Haare. Das macht er übrigens auch immer, wenn ich bei ihm eine Sitzung habe. Nach fast jedem Satz fährt er sich mit beiden Händen durch sein Haar. Wahrscheinlich, um die Aufmerksamkeit seines Gegenübers darauf zu richten. Auf diese dichten, schönen Haare. Denn sie sind das einzige hervorstechende Merkmal an Dr. Mertens. Ansonsten ist untersetzt und seine beeindruckende Nase ist vom exzessiven Rotweingenuss mit rötlich-blauen geplatzten Adern überzogen. Aber ich bin ja nicht hier, um mir über das Aussehen von Dr. Mertens den Kopf zu zerbrechen. Ich bin hier, weil mein Mann Gregor alle Hebel in Bewegung gesetzt hat, um mich aus der Polizeipsychiatrie zu holen und in einer diskreten Privatklinik bis nach dem Wahlkampf verschwinden zu lassen. So jedenfalls habe ich das Gespräch interpretiert, das noch immer in meinem Kopf herumgeistert. Aber ich hüte mich, Gregor oder Dr. Mertens zu erzählen, dass ich ihre Unterredung belauscht habe.

„Adriana", sagt Dr. Mertens mit seiner leisen zurückhaltenden Stimme. „Sie hatten einen schlimmen Zusammenbruch und brauchen einige Wochen absolute Ruhe. Deshalb habe ich gemeinsam mit Ihrem Mann beschlossen, Sie stationär in meiner Klinik aufzunehmen, um die Symptome, unter denen Sie leiden, von Grund auf behandeln zu können."

Warum reden einen Psychiater eigentlich immer mit dem Vornamen an und siezen einen trotzdem, geht es mir plötzlich durch den Kopf. Zeigen sie auf diese Weise ihre Überlegenheit?

„Ich hatte keinen Zusammenbruch!", versuche ich dagegenzuhalten, doch meine Verteidigungslinie bröckelt, das spüre ich ganz deutlich. „Das waren Ihre Tabletten."

„Welche Tabletten meinen Sie, Adriana?" Wie gewohnt streicht sich Dr. Mertens seine Haare zurück, wirkt keinen Augenblick lang überrascht.

„Die rosa Pillen aus Amerika, die Sie mir in einer kleinen Tüte zugesteckt haben." Ich habe beschlossen, mich nicht einschüchtern zu lassen. „Sie sollen angeblich das positive Denken unterstützen, haben aber schlimme Nebenwirkungen, bis hin zu Halluzinationen."

„Sehen Sie, Adriana!" Dr. Mertens lehnt sich entspannt in seinem Stuhl zurück und wippt langsam vor und zurück. „Sie sagen es ja selbst:

Sie hatten Halluzinationen. Deshalb glauben Sie auch, schlimme Dinge gemacht zu haben. Ihre Erinnerung spielt Ihnen einen Streich. Sie glauben, jemanden umgebracht zu haben. Oder sehen jemanden, den es gar nicht gibt, während des Fotografierens."

„Das wissen Sie also auch schon? Wer hat Ihnen davon erzählt?", frage ich verzweifelt und kann mir nicht erklären, wer über mein Ausrasten beim heutigen Fotoshooting geplaudert hat. „Das war nur eine leichte Überreaktion, sonst nichts. Wer also hat Ihnen das erzählt?"

„Das tut doch nichts zur Sache, Adriana!" Noch immer lächelt Dr. Mertens und sieht mich mit sorgenvoller Miene an. „Der Höhepunkt dieses ereignisreichen Tages war ja dann in dem indischen Laden, wenn ich richtig informiert bin. Wo Sie den indischen Besitzer für ihren eingebildeten Liebhaber gehalten haben."

„Das stimmt nicht", widerspreche ich trotzig und plötzlich fällt mir ein, dass ich Talvin in dem Laden fotografiert habe. „Wo ist meine Kamera? Da habe ich den Beweis. Ich habe Talvin Singh fotografiert und er ist auf den Bildern ganz deutlich zu erkennen."

„Ach ja, Ihre Kamera." Wieder fährt sich Dr. Mertens durch seine gewellten Haare. „Ihre Kamera hat Gregor mitgenommen. Die brauchen Sie ja hier nicht."

„Wieso nimmt Gregor meine Kamera mit? Sie ist ein Teil von mir. Das haben Sie selbst gesagt. Sie haben mir geraten, mich in die Arbeit zu stürzen, um zu vergessen." Der schrille Unterton in meiner Stimme entgeht mir nicht und auch Dr. Mertens merkt, dass ich wieder nervös werde.

„So beruhigen Sie sich doch, Adriana", versucht er mich zu beschwichtigen. „Gregor hat Ihre Kamera aufbewahrt, damit sie in dem allgemeinen Trubel nicht in falsche Hände gerät oder vielleicht sogar einem übereifrigen Polizisten in die Hände fällt."

„Aber ich brauche doch meine Kamera! Das haben Sie mir empfohlen. Damals vor fünf Jahren. Damals haben Sie gesagt, ich muss mir ein neues Leben aufbauen. Also wurde ich zu einer Jägerin."

„Da haben Sie aber etwas gründlich missverstanden, Adriana!" Dr. Mertens lächelt maliziös und das macht mich wütend.

„Was habe ich schon wieder nicht kapiert?", schreie ich und in den oberen Tonlagen bricht meine Stimme, hört sich gellend und blechern an, einfach grauenvoll.

„Sie sollten Motive einfangen, meinetwegen auch Männer, um sich dann zu vergewissern, dass diese auch existieren. Damit es Ihnen nicht so geht wie im Fall Björn."

„Björn! Natürlich läuft es wieder darauf hinaus! Sie denken, Talvin ist wie Björn, richtig?"

Dr. Mertens nickt kurz und knapp, schweigt aber.

„Talvin Singh lebt und was noch schlimmer ist: Meine Erinnerung hingegen sagt mir, dass ich ihn ermordet habe!" Hilfesuchend gestikuliere ich mit den Händen. „Das ist so verdammt absurd. Ich will beweisen, dass er lebt und gleichzeitig glaube ich, dass ich ihn getötet habe!"

„Sie sagen es ja selbst, Adriana, das ist absurd und nicht normal." Milde lächelnd lehnt sich Dr. Mertens in seinem bequemen Stuhl zurück, um so ein wenig Distanz zu schaffen, um die große leere Schreibtischplatte als eine Bastion gegen mich und meine Verrücktheit zu benutzen.

„Aber das bekommen wir schon in den Griff. Wenn Sie erst einmal auf die Therapie ansprechen, sehen Sie viele Dinge mit anderen Augen."

10

FREITAG - VORMITTAGS

Teilnahmslos liege ich im Bett in der Privatklinik und hänge an einem Tropf, der eine glücklich machende Lösung in meine Blutbahn befördert, um so mein Herz zu heilen, das vor Kummer beinahe auseinanderbricht. Obwohl ich keine Kamera mehr habe, fühle ich, wie mich eine unbekannte Kraft immer weiter Richtung Abgrund zieht. Dagegen kann auch die Glücksinfusion nichts machen.

Die Tür öffnet sich und Gregors Kopf schiebt sich herein. Er lächelt einstudiert und hält einen Blumenstrauß mit beiden Händen umklammert. Sein Handy piepst, aber er ignoriert die Meldung. Wahrscheinlich hat er seine attraktive PR-Assistentin damit beauftragt, einen neutralen Strauß zu besorgen – kein romantisches Bukett für Verliebte oder exotische Blumen für Kreative, sondern einfach eine bunte Mischung für eine durchschnittliche Frau, wie ich es in seinen Augen eben bin.

„Alles o. k.?" Gregor flüstert, wohl um andere Patienten nicht zu stören, obwohl das nicht nötig ist, denn ich liege ja alleine in einem Zimmer. Ich bin privilegiert. „Du hast ja über 24 Stunden lang geschlafen."

„Schon wieder 24 Stunden“, murmele ich matt mit schwerer Stimme und Gregor sieht mich verständnislos an.

„Na, vor einigen Tagen, als ich mir den Kopf an der Heckklappe angeschlagen habe, da habe ich ja angeblich auch 24 Stunden geschlafen!“ Ich muss mich lautstark räuspern, denn die Luft in dem Zimmer ist ausgesprochen trocken.

„Ach ja! Stimmt.“ Gregor versucht sich anscheinend zu erinnern, ist aber nicht ganz bei der Sache. „Es kommt mir nur so weit entfernt vor. Es ist ja viel passiert in der Zwischenzeit. Aber eines sollst du wissen: Es ist alles nur zu deinem Besten! Auch wenn es im Augenblick nicht so den Anschein hat, es geschieht, um unsere Familie, um dich zu schützen!“

Gedankenverloren lässt sich Gregor auf einem Stuhl nieder, der ebenfalls weiß ist, so wie alles in dieser Klinik. Gerade als er weiterreden will, piepst erneut sein Handy und kündigt schon wieder eine eingehende SMS an.

„Entschuldige. Dauert nur ganz kurz!“

Gregors Augen glitzern auf eine fremde Art, während er liest und immer wieder leckt er sich über die Lippen. Das ist neu, das hat er früher nie getan. Ehrlich gesagt, macht es ihn ein wenig unsympathisch.

„Was wolltest du mir noch sagen?“, frage ich, als er das Handy endlich wieder in seine Tasche steckt, doch Gregor ist mit seinen Gedanken ganz woanders.

„Was war das für eine SMS, die du soeben erhalten hast?“

„Ach, nichts Wichtiges, nur Brandt, der Imageberater der Partei!“ Gregor macht eine abwertende Handbewegung, lässt sich aber wie immer eine Hintertür offen. „Wenn es dringend ist, wird er sich schon noch einmal melden! Er ist natürlich nervös wegen der Wahl und will ständig wissen, ob meine Frau krank ist oder nicht.“

„Danke! Das ist ja ziemlich das Letzte, das ich hören will!“ Unwillkürlich rücke ich zur Seite, um aus dem Einflussbereich von

Gregors Ego zu kommen, aber es gelingt mir nicht, seine Aura ist zu mächtig.

„Verzeih, mein Liebling, das habe ich doch nicht so gemeint. Es ist nur ... Ich muss die Dinge beim Namen nennen. Auch für die Presse, wenn jemand dahinter kommt. Bis jetzt ist gottlob noch nichts durchgesickert.“ Zur Bestätigung klopft sich Gregor mit den Fingerknöcheln gegen die Stirn. Auch das habe ich noch nie bei ihm gesehen, auch das ist neu. Gregor ist innerhalb kürzester Zeit ein anderer Mensch geworden, jemand, den ich so nicht kenne.

„Wie lange muss ich noch hier bleiben?“, frage ich, um das Thema zu wechseln, um von Verrücktheiten wieder auf den normalen Alltag umzuschwenken.

„Einen oder zwei Monate. Hans, ich meine Dr. Mertens hat das zu entscheiden“, weicht er mir aus, studiert das Bild an der seitlichen Wand, aber in dem Rahmen ist nur eine weiße Fläche. Es ist der Strand von Marina Beach in Chennai. Da bin ich mir sicher. Ehe wieder die Bilder von Talvin und mir auftauchen, konzentriere ich mich auf das Wesentliche.

„Zwei Monate? Das kann doch nicht dein Ernst sein!“ Instinktiv rücke ich immer weiter von Gregor weg. „Man kann mich nicht gegen meinen Willen hier behalten.“

„Es geschieht doch nur zu deinem Besten, Adriana! Jetzt ist aber Schluss mit der Diskussion. Hans und ich haben das so beschlossen!“

„Das werden wir doch mal sehen!“, imitiere ich Gregors Entschlossenheit und drücke wütend die Klingel, die um den Handgriff gewickelt ist, der über meinem Kopf von einem Metallgestell baumelt. Eine äthiopische Schwester taucht so schnell und lautlos auf wie eine Fata Morgana. Ihre kaffeebraune Haut hebt sich intensiv von dem Weiß der Wände und dem Mobiliar der Klinik ab, als sie den Ärmel ihres weißen Schwesternkittels hochschiebt, um auf die Uhr zu sehen, während sie meinen Puls fühlt. Auch Talvin hatte eine braune Haut, obwohl er Inder war. Aber über Talvin darf ich nicht mehr sprechen. So wie ich auch über Björn nicht sprechen darf. Und natürlich darf ich auch über Paul nicht reden. Das ist bei Todesstrafe verboten. Die Liste wird immer länger.

„Frau See", gurrt die Schwester mit samtweicher Stimme, die perfekt zu ihrem exotisch schönen Gesicht passt. In blauen Kinderbuchstaben hat sie ‚Noori' auf ihre weiße Uniform gestickt. „Sie dürfen sich nicht aufregen. Ich hole gleich den Doktor."

Es ist, als könne sie Gedanken lesen, denn ich habe noch überhaupt nicht nach Dr. Mertens gefragt, aber wahrscheinlich hat sie meinen hilfesuchenden Blick richtig gedeutet. Ich habe keine Ahnung ob Noori ihr Vor- oder Nachname ist.

„Noori? Ein schöner Name."

„Das ist der Name meiner Mutter. Ich stamme aus der weiblichen Linie. Meine Schwester heißt Selassi, nach dem männlichen Zweig. So ist es Sitte bei uns", antwortet sie auf meine Frage und bleckt ihre kleinen weißen Zähne, die mich an ein Nagetier erinnern. Ganz schön kompliziert, denke ich und verliere rasch wieder das Interesse.

Als Noori, die Krankenschwester verschwunden ist, wissen Gregor und ich im ersten Augenblick nicht, was wir reden sollen. Die peinliche Stille in meinem Krankenzimmer ist geradezu greifbar. Gregor scheint seinen eigenen Gedanken nachzuhängen, seine Augen flackern und immer wieder leckt er sich über die Lippen. Ich will natürlich auch nicht allzu schwierig wirken. Schließlich will ich so schnell wie möglich diese Klinik verlassen, um wieder in mein altes Leben zurückzukehren.

In welches Leben eigentlich? Was ist überhaupt mein altes Leben? Ist es die Zeit vor dem Tod meines Sohnes oder die Zeit danach? Die Zeit, in der mir niemand glaubt, in der mich meine Freunde verraten.

Die Zeit, in der ich ohne Familie bin und keinen Hafen anlaufen kann, der mir Schutz bietet? Zum Glück reißt mich Dr. Mertens aus diesen trüben Gedanken. Mit überbordender Energie stürzt er in das Krankenzimmer, umfasst Gregors ausgestreckte Hand mit seinen beiden Händen und drückt sie fest, so wie ich das sonst nur aus der Kirche kenne, wenn der Pfarrer den Hinterbliebenen eines Toten kondoliert. Bin ich für Gregor und Dr. Mertens bereits so gut wie tot?

„Wie geht es uns denn heute?“ Aufgekratzt setzt sich Dr. Mertens an mein Bett und fährt sich mit gespreizten Fingern durch seine Haare. Prüfend sieht er mir in die Augen, fühlt meinen Puls, obwohl das die äthiopische Krankenschwester erst vor einer Minute getan hat.

„Sie sehen aber schon viel besser aus, Adriana!“ Er unterstreicht seine Diagnose mit einem aufmunternden Lächeln. „In zwei Wochen sind Sie wieder völlig auf dem Damm. Dann überlegen wir, welche Therapie wir anwenden.“

„Wieso Therapie? Mir geht es gut. Ich bin nur völlig außer Atem!“

Nachsichtig tätschelt mir Dr. Mertens die Hand. „Ist ja gut, Adriana! Natürlich fühlen Sie sich viel besser, im Vergleich zu den Tagen zuvor. Aber wir müssen vorsichtig sein. Wollen keinen Rückfall provozieren.“

„Wieso halten Sie mich hier gegen meinen Willen fest, Dr. Mertens?“, frage ich heiser und greife nach dem Plastikbecher mit lauwarmem Wasser, der neben mir auf dem Nachttisch steht.

„Wie kommen Sie darauf, dass Sie gegen Ihren Willen hier festgehalten werden, Adriana?“ Dr. Mertens schüttelt überrascht den Kopf. „Sie selbst haben doch Ihre Einwilligung gegeben, dass wir Sie hier behalten sollen, bis Sie wieder ganz gesund sind.“

Dr. Mertens will nicht mit mir darüber diskutieren, denn er erhebt sich und verlässt das Zimmer. Zuvor tätschelt er mir noch aufmunternd die Wange. „Das kriegen wir schon in den Griff!“

Wenn ich meinen Kopf zur Seite drehe, kann ich aus meinem Fenster direkt auf den Besucherparkplatz sehen. Gregor geht mit weit ausholenden Schritten auf seinen Wagen zu, wahrscheinlich war er noch bei Dr. Mertens, um über mein weiteres Schicksal zu bestimmen, denke ich zynisch.

Aus einem weißen Fiat 500 steigt eine hübsche Frau mit schwarzen Haaren. Ich kneife die Augen zusammen, um sie besser sehen zu können. Jetzt wäre meine Kamera mit dem Teleobjektiv nötig, aber die hat ja Gregor an sich genommen. Trotzdem erkenne ich die Frau an ihren Bewegungen. Es ist Marion, meine beste Freundin. Jetzt hat sie Gregor entdeckt und läuft auf ihn zu. Winkt mit den Händen wie eine verliebte Frau, so jedenfalls interpretiere ich ihr Verhalten. Ich richte mich im Bett auf, um die Szene besser beobachten zu können. Marion steht vor Gregor und deutet mit ihrer Hand in meine Richtung. Sie redet anscheinend ununterbrochen und der Wind treibt ihr die schwarzen Haare ins Gesicht. Gregor antwortet und lächelt charmant, streicht Marion dabei mit seinen Händen über die Schultern. Sie sind so völlig versunken in ihr Gespräch, dass sie die Welt ringsherum vergessen und erst hochschrecken, als ein Auto hupt, denn sie verstellen die Ausfahrt. Marion hakt sich bei Gregor unter und zieht ihn über den Parkplatz. Sie redet hektisch auf ihn ein. Plötzlich bleibt Gregor stehen und sieht zu Marion hinunter. Auf mich macht diese Szene den Eindruck, als würde er sie gleich küssen. Sie stehen eng beisammen, fast schon innig. Es ist ein knisternder Moment, denke ich und verspüre einen Stich im Herzen. Dann schlingt Gregor seinen Arm um Marions Schulter und sie gehen einträchtig weiter über den Parkplatz, bis sie aus meinem Blickfeld verschwunden sind.

Langsam drehe ich meinen Kopf auf die andere Seite, starre auf die weiße Wand meines Krankenzimmers und beginne lautlos zu weinen.

Am späten Nachmittag sind alle verschwunden. Dr. Mertens und nicht einmal Noori, die äthiopische Krankenschwester, kommen mehr in mein Zimmer. Noch immer hänge ich an der Infusion, der mit aufreizender Langsamkeit eine rosa Flüssigkeit in meine Venen tröpfeln lässt, die mich glücklich machen soll. Aber das gelingt nicht, denn solange mein Kopf unglücklich ist, ist es auch mein Herz. Und wenn mein Herz unglücklich ist, dann bin ich es doch in jedem Fall.

„Marion, Marion, Marion!“ Wie eine Beschwörung stoße ich ihren Namen aus. Ich denke an eine Zeit, als wir uns als Schülerinnen mit Voodoo beschäftigt haben, einfach weil es so unglaublich cool war. Jetzt wünsche ich mir eine Puppe, die wie Marion aussieht und liebend gerne würde ich tausend Nadeln in diese Puppe stechen und sie für ihren Verrat mit einem Fluch belegen, der sie über den Tod hinaus verdammt.

Wenn ich nur wüsste, was sie auf dem Parkplatz mit Gregor besprochen hat! Und warum hat sie mich eigentlich nicht besucht, das muss doch einen Grund haben.

Ich presse die Augen fest zusammen, um meine Bildergalerie aufzurufen, diese überbelichteten Bilder, auf denen ich das blutige Messer in der Hand hielt. Ich habe es aufgehoben. Natürlich. Zuvor lag es noch auf dem Boden. Es gibt kein Bild in meinem Gedächtnis, das zeigt, dass ich Talvin tatsächlich erstochen habe. Er könnte natürlich auch bereits tot gewesen sein, als ich erwacht bin und ihn gefunden habe.

Woher weiß ich überhaupt, dass Talvin an keiner Uni studiert? Marions Ex-Freund hat es recherchiert. Angeblich. Ich habe mich auf das Wort von Marion verlassen. Marion war auch in der Dachgeschosswohnung, das jedenfalls hat sie mir am Handy gesagt und ich habe es einfach so geglaubt. Aber was ist, wenn Marion lügt?

Einmal im Kopf, breitet sich dieser Gedanke aus wie ein Flächenbrand. Alle Informationen kommen von Marion. Ob es Gregor oder Dr. Mertens ist, sie wissen nur von Marion, dass Talvin nicht existiert und ich infolgedessen wieder unter einer Wahnvorstellung leide wie damals bei Björn. Das Ablaufmuster ist auffällig gleich und Marion weiß natürlich über den Fall Björn Bescheid. Deshalb ist es für sie auch ein Leichtes, mir jetzt dieselben Symptome im Zusammenhang mit Talvin unterzuschieben.

Doch welches Motiv könnte Marion haben? Im Augenblick fällt mir nichts ein. Sie hat Talvin ja nicht einmal gekannt, sondern nur einmal flüchtig gesehen. Aber das hat sie abgestritten! Merkwürdig, weshalb hat sie das getan? Jetzt erinnere ich mich auch wieder an Rauls Bemerkung, dass er Marion mit einem arabisch aussehenden Mann in einer Bar gesehen hat. Der Mann könnte auch ein Inder, könnte Talvin gewesen sein. Doch wozu der ganze Aufwand, wenn ich Talvin doch verlassen habe? Das ergibt alles keinen Sinn.

Aber ich darf mich nicht ausschließlich auf Marions Wort verlassen, ich muss selbst herausfinden, wo Talvin ist. Es muss doch noch einen anderen Weg geben, die Existenz von Talvin zu beweisen. Irgendwo muss es einen Hinweis geben, dass er existiert hat. Etwas ist immer vorhanden.

Konzentriert durchforste ich mein geistiges Bildarchiv. Mein Schädel pocht, so schnell rasen die Bilder an meinem geistigen Auge vorbei. Doch ich kann nichts finden!

Dann gelange ich zu der Szene, als ich Talvin mit diesem Mädchen im Schlafzimmer überrascht habe. Diese Bilder überlappen sich mit jenen des Fotoshootings. Das vermasselte Fotoshooting, nach dem ich meine kleine Karriere als Fotografin wohl endgültig begraben kann. Genauso wie meine langjährige Freundschaft zu Raul. Ich sehe das Schlafzimmer mit den vielen bunten Plastikeimern. Das Mädchen mit den Fetischhandschuhen und der perversen Gummischürze, das vor Talvin in eindeutiger Stellung kniet. Ich erkenne einen nackten Rücken und eine Schulter mit einem Tattoo. Die Szene gefriert zu einem einzelnen Bild. Das Bild wird groß aufgezoomt. Mein Blick richtet sich auf das Tattoo. Es ist ein Tinkerbell-Tattoo. Deshalb hat mich in der Kindertagesstätte auch die Peter-Pan-Geschichte so interessiert. Jetzt fällt mir endlich der Zusammenhang ein. Tinkerbell, die Fee, die Peter Pan und Wendy begleitet. Wenn dieses Mädchen existiert, dann kann sie die Existenz von Talvin bestätigen!

Aber wie finde ich dieses Mädchen, wo finde ich Tinkerbell? Flattert sie wie die Märchenfee durch die nächtliche Stadt? Ist sie auf der Suche nach dem Kick, mit ihren Fetischgummihandschuhen? Es ist wie die berühmte Suche nach der Nadel im Heuhaufen. Ich habe nicht den geringsten Anhaltspunkt. Wahrscheinlich ist sie gar nicht aus Wien, sondern aus Bratislava, Prag oder Riga, denn sie hat in einer osteuropäisch klingenden Sprache geredet, als sie die Treppe hinuntergelaufen ist. Also wieder in meinem Bilderarchiv zurückblättern bis zu der Szene, in der ich im Schlafzimmer aufgetaucht bin.

„See you at the Red Room!“, höre ich das Mädchen in schlechtem Englisch mit hartem osteuropäischem Akzent noch rufen. Sie trifft Talvin also öfter im „Red Room“, einem Club für Models, Fotografen und Werbeleute. Sie ist groß und dünn, sieht aus wie ein Model, das könnte hinkommen. Ich brauche also nur die Modelagenturen abzuklappern, um sie aufzuspüren. Oder ich gehe in den „Red Room“ und warte dort, bis sie auftaucht. Plötzlich fühle ich mich leicht und beschwingt. Dieses Mädchen ist das Licht am Ende des Tunnels. Diese Tinkerbell-Fee zu finden, ist ab sofort mein Ziel. Der Gedanke daran gibt mir neuen Lebensmut und putscht mich mit frischer Energie auf.

Noori, die äthiopische Krankenschwester, steht mit einem Mal vor mir. Mit geübten Handgriffen zieht sie den Infusionsschlauch aus der Kanüle auf meinem Handrücken, hängt einen neuen Beutel an die Stange. Diesmal ist die Flüssigkeit violett und diese Farbe assoziiere ich aus unerklärlichen Gründen mit dem Tod.

„Nein, bitte nicht diese Infusion!“, rufe ich und verberge meine Hand unter der Bettdecke. „Violett erinnert mich ans Sterben.“

„Wieso reden Sie vom Sterben, Frau See?“ Noori zieht ihre glatte gewölbte Stirn in Falten. „Das ist eine farblose Lösung, mit der Sie wieder zu Kräften kommen!“

Sie hat tatsächlich recht, die Flüssigkeit ist farblos und die violette Farbe kommt von den Blüten eines großen Strauchs, dessen Äste draußen bis ans Fenster reichen.

„Es hat so täuschend echt ausgesehen!“, stammle ich und spüre, dass ich ganz rot im Gesicht werde. „Es tut mir ja so leid!“

„Ist schon gut, Frau See!“ Noori sieht mich mit ihren großen samtenen Augen skeptisch an. Was hat ihr Dr. Mertens über mich erzählt? Das ich komplett verrückt bin? Dass sie vor mir auf der Hut sein muss, da ich im Begriff bin, auszurasten. Das ich am Rande des Abgrunds balanciere und jederzeit abstürzen kann?

Du brauchst keine Angst vor mir zu haben Noori, denke ich. Ich bin völlig klar im Kopf, denn jetzt habe ich ein Ziel. Jetzt muss ich dieses Mädchen mit dem Tinkerbell-Tattoo finden. Dann kann ich beweisen, dass Talvin Singh existiert hat. Dann werde ich auch erfahren, ob ich eine Mörderin bin!

11

FREITAG - ABENDS

Die Klinik von Dr. Mertens ist ein Ort des Schreckens. Alle Wände sind weiß, die Türen lassen sich nur von einer Seite öffnen und die Fensterscheiben sind aus flexiblem Kunststoff, der sich nicht zerbrechen lässt. Das Licht ist ständig gedimmt und aus versteckten Lautsprechern kommt unablässig Computermusik, die den Puls verlangsamen soll. Doch an alle diese Dinge gewöhnt man sich und kann sie daher auch akzeptieren. Niemals gewöhnt man sich jedoch an das permanente Verständnis der Ärzte, Schwestern und Pfleger und an die wohlwollende Herablassung der Psychiater.

Da Dr. Mertens der Leiter der Klink ist und ich seine Patientin, bin ich privilegiert. Ich habe ein Einzelzimmer und mit Noori eine eigene Krankenschwester, die sich ausschließlich um mich kümmert. Aber Nooris Aufgabe ist es auch, mich nicht aus den Augen zu lassen, um zu verhindern, dass ich aus der Klinik flüchte. Sie gibt sich zwar immer unglaublich freundlich, so als würde sie mich verstehen, aber ich muss mich vor ihr in Acht nehmen.

Im Moment sitze ich auf einer weißen Toilette, die ich nicht versperren kann und höre die Schritte von Noori, die bedächtig vor der

Tür auf und ab geht. Ich habe einen Erstickungsanfall vorgetäuscht und Schleim gespuckt, um aus meinem Zimmer zu gelangen. Doch jetzt fehlt mir der Plan, wie ich unbemerkt aus der Klinik flüchten kann. Ein Handy summt diskret. Es gehört Noori. Sie spricht leise und vollkommen unverständlich, wahrscheinlich in ihrer Landessprache.

„Beeilen Sie sich Frau See! Ich warte draußen!", ruft sie mir zu und flüstert dann wieder in ihr Handy. Ihre Stimme wird leiser, sie hat die Toilette verlassen, ist hinaus auf den Korridor gegangen, um ungestört telefonieren zu können. Vorsichtig öffne ich die Tür, sehe dann hinaus auf den Korridor. Weißer Boden, weiße Decke, weiße Bilder an den Wänden. Das Einzige, was sich von diesem weißen Horror abhebt, sind Nooris schwarze Haare und ihre kaffeebraune Haut. Noori wendet mir den Rücken zu, telefoniert noch immer. Da sich mein Zimmer im Erdgeschoss befindet, bin ich auch sofort bei der Rezeption, wie die Aufnahmestation hier genannt wird. Durch die hohen Glastüren sehe ich die Luxuslimousinen auf dem Parkplatz verführerisch glitzern.

Lautlos hält auf der Straße außerhalb des Klinikgeländes ein Autobus und Fahrgäste steigen aus. Das normale Leben ist keine hundert Meter Luftlinie von mir entfernt, für mich aber unerreichbar. Für mich befinden sich diese Menschen auf einem anderen Stern. Die Rezeption ist im Augenblick unbesetzt und jetzt wäre es durchaus möglich, schnell den Türöffner zu betätigen und einfach zu verschwinden. Aber das funktioniert natürlich nur in meiner Fantasie, denn ich habe keine Ahnung, wo sich der Türöffner befindet und außerdem sind überall in den oberen Ecken Kameras installiert und links und rechts vom Eingang blinken die matten Strahler von Bewegungssensoren. Die Klinik ist wie der Hochsicherheitstrakt eines Gefängnisses. Ein kurzer Blick in den Korridor zeigt mir, dass Noori noch immer telefoniert. Sie hat mir erzählt, dass ihre Mutter krank sei.

Es ist also etwas Ernstes, sonst würde sie ihre Aufsichtspflicht nicht so lange vernachlässigen.

Lautlos schleiche ich im Zickzack von der Rezeption zurück, um von den Kameras nicht erfasst zu werden. Bevor ich wieder in den Gang mit den Toiletten einbiege, sehe ich links eine offene Tür. Es ist der Aufenthaltsraum für die Patienten. Ein großer Flachbildfernseher läuft ohne Ton und die Bilder vermischen sich mit dem gedimmten Licht zu einem stummen Kammerspiel. Zwei Frauen in weißen Poloshirts sitzen mit dem Rücken zu mir an einem verchromten Designertisch mit weißer Platte und spielen Karten. Zunächst halte ich sie für Patienten, doch dann sehe ich das große Logo auf ihren Polohemden. Sie gehören zum Reinigungspersonal, das abends und nachts in der Klinik für Ordnung sorgt.

Mich haben sie nicht bemerkt, so vertieft sind sie in ihr Kartenspiel. Ihre weißen Mäntel mit dem Logo der Leihpersonalfirma haben sie ausgezogen und an einen Haken neben der Tür gehängt. Das ist die Gelegenheit für mich. Ohne zu überlegen, greife ich mir einen Kittel, ziehe ihn blitzschnell über und bin auch schon wieder draußen auf dem Korridor. Weit hinten sehe ich Noori, die noch immer telefoniert. Wahrscheinlich redet sie mit ihrem älteren Bruder, dem sie einen Großteil ihres Verdienstes schickt, damit er die Geschwister ernähren, aber vor allem die kranke Mutter ärztlich versorgen lassen kann. Jeder hat eine Familie, für die es sich zu leben lohnt, nur ich habe niemanden.

Aber ich will beweisen, dass ich nicht verrückt bin, deshalb muss ich auch die Klinik verlassen. Ich muss das Mädchen mit dem Tinkerbell-Tattoo finden und sie wird mir bestätigen, dass ich mir das Verhältnis mit Talvin nicht eingebildet habe. In der Tasche des Arbeitsmantels finde ich ein großes Tuch mit Blumenmuster, das ich mir um den Kopf schlinge. Jetzt sehe ich aus wie eine der vielen

Leiharbeiterinnen, die wie lautlose Geister in der Nacht die weißen Zimmer der Klinik saugen, wischen und putzen. Ich klopfe mit der Faust auf die Rezeption, hänge mir einen Teil des Tuchs über Kinn und Mund, bin jetzt eben eine muslimische Reinigungskraft. Klopfenden Herzens warte ich auf die Nachtschwester, die aus einem der hinteren Zimmer nach vorne zur Rezeption schlurft. Sie registriert mich nicht wirklich, denn mit dem Kittel und dem Kopftuch bin ich für sie unsichtbar. Mit gelangweilter Miene tippt sie einen Code ein und die großen Glastüren in die Freiheit öffnen sich für mich mit einem leisen Zischen und ich trete hinaus in den weichen dämmrigen Abend.

Es ist noch niemals vorgekommen, dass jemand aus der Klinik geflüchtet ist. Warum sollte man das auch tun? Man bekommt die Medikamente, die einen in einen permanenten Glückszustand versetzen und kann zwischen drei Menüvorschlägen wählen, die alle unglaublich wenige Kalorien haben. Die Klinik ist eben spezialisiert auf labile Frauen ohne Selbstbewusstsein wie mich, die sich ausschließlich über Gewicht und Aussehen definieren. Aber das ist jetzt vorbei. Ich bin in Freiheit und habe ein Ziel. Draußen auf dem Parkplatz bleibe ich kurz stehen, um mich zu beruhigen, um meinen Puls wieder zu normalisieren. Gierig sauge ich die warme Abendluft ein, jetzt werden auch die Schatten bereits länger, die Dämmerung verdrängt das helle Licht und die Nacht kündigt sich an.

Mit gesenktem Kopf gehe ich die Straße entlang, die von der Klinik wegführt. Nicht zu schnell, aber auch nicht zu langsam. Ich will in der Masse verschwinden, mich einfach auflösen, um unerkannt nach dem Mädchen mit dem Tinkerbell-Tattoo zu suchen. Aber mit meinem Arbeitsmantel, dem Kopftuch und den weißen Hausschuhen bin ich natürlich eine auffällige Erscheinung. Überhaupt fällt mir auf, dass mich die Passanten neugierig anstarren und mir mit einer gewissen Aggressivität begegnen. Immer mehr Passanten kommen mir entgegen, aber in meine Richtung geht niemand! Das heißt, ich bin auch hier in der Stadt vollkommen allein.

‚Das sind nur die Symptome Ihrer Krankheit, Adriana. Keine Sorge, das bekommen wir medikamentös in den Griff!', würde Dr. Mertens sagen, wenn ich ihm davon erzähle, aber ich habe nicht vor, das zu tun. Die Wirkung der Medikamente, die man mir verabreicht hat, klingt langsam ab und ich fühle mich leicht und frei. Ich winke einem Taxi, überlege es mir aber dann doch und verschwinde wieder in der Dunkelheit, wie ein Gespenst. An einer menschenleeren Haltestelle steige ich in einen Autobus und fahre ziellos zwei oder drei Stationen durch die nächtliche Stadt. Als ich einmal zufällig nach vorne sehe, bemerke ich, dass mich der Fahrer durch den Rückspiegel beobachtet. Ich bin der einzige Fahrgast und noch dazu ohne Fahrschein. Also steige ich einfach bei der nächsten Station aus und suche mir doch ein Taxi. Gebe meine Adresse an, weil es ja egal ist. Man sucht so oder so schon nach mir, Noori hat sicher bereits Alarm geschlagen und Gregor ist schon auf dem Weg in die Klinik. Der beste Ort, um mich zu verstecken, ist also zuhause, denn niemand rechnet damit, dass ich ausgerechnet dort hingehe. In meiner gewohnten Umgebung kann ich dann einen Plan schmieden, um zu beweisen, dass Talvin Singh existiert.

Habe ich das Mädchen endlich gefunden, folgt der nächste Schritt. Dieser ist dann die direkte Konfrontation mit Marion Winter. Ich werde sie fragen, warum sie mich belogen hat, denn ich habe ja dann den Beweis, dass Talvin existiert. Aber dafür muss ich zunächst noch das Mädchen mit dem Tattoo finden.

Nach einer längeren planlosen Fahrt mit einem russischen Taxifahrer, dem ich den Weg ansagen musste, stehe ich jetzt hinter der Hecke des winzigen Gartens auf der Rückseite unseres Reihenhauses. Es brennt kein Licht und ich stoße einen Seufzer der Erleichterung aus. Das ist der Hafen, in dem ich Schutz finde, der mich in dieser stürmischen Nacht aufnimmt. Obwohl niemand im Haus zu sein scheint, bin ich vorsichtig und beschließe durch die hintere Gartentür hineinzugehen. Der Schlüssel für die Tür liegt – wenig originell – unter einem Blumentopf.

Gerade als ich den Schlüssel suche, um über die Terrasse in unser Wohnzimmer zu gelangen, wird die Terrassentür aufgeschoben und zwei Männer treten nach draußen. Im spärlichen Schein der Straßenlaterne, die ihr Licht bis auf unsere Terrasse wirft, erkenne ich Gregor und Brandt, den arroganten Imageberater der Partei. Beide flüstern und deshalb kann ich kein Wort verstehen, aber dem Tonfall nach scheint es sich um ein ernstes Gespräch zu handeln.

Warum waren die beiden Männer im dunklen Wohnzimmer? Ich kann mir keinen Reim darauf machen. Jetzt stehen sie auf der Terrasse und Brandt raucht eine Zigarette. Langsam geht er über die Pflastersteine auf die Gartentür zu. Ich halte den Atem an und mache mich so klein wie möglich, aber die Chance, dass er mich nicht sieht, wenn er durch die Gartentür auf die Straße tritt, ist minimal. Doch kurz vorher bleibt er stehen, dreht sich zu Gregor um, der noch immer auf der Terrasse steht und beide Hände in den Taschen seiner Anzughose hat.

„Du hast alles im Griff, Gregor?“ Brandts Stimme klingt zweifelnd, so als würde er genau das Gegenteil denken.

„Natürlich! Hans hat sein privates Wachpersonal bereits ausgeschickt, um sie zu suchen. Ich bin in ständigem Kontakt mit ihm.“

Jetzt spricht Gregor lauter und so kann ich auch jedes Wort verstehen. Man sucht also bereits nach mir. Was habe ich denn auch anderes erwartet? Das ist ein völlig normaler Vorgang!

„Na, hoffentlich finden die sie bald! Ich weiß nicht, wie lange ich die Medien noch von dieser Sache fernhalten kann! Deine Frau war schon immer ein Problem. Du hast gesagt, dass sich ihr Zustand gebessert hätte. Und jetzt diese Wahnvorstellungen. Wieso muss sie sich ausgerechnet vor dieser entscheidenden Wahl einen Liebhaber einbilden. Auch der Parteivorsitzende ist darüber nicht erfreut, wie du dir ja vorstellen kannst."

Wütend drückt Brandt seine Kippe mit dem Absatz aus, klopft sich eine neue Zigarette aus der Packung, zündet sie aber nicht an, sondern lässt sie zwischen seinen Fingern kreisen, während er weiterspricht.

„Nun, wenigstens haben wir den Polizeibericht verhindern können! Gut, dass Atzbach, unser Anwalt, ein Golfpartner des Polizeipräsidenten ist. Niemand erfährt etwas über diesen Zwischenfall in dem indischen Laden. Weder die Medien noch die Funktionäre. Hast du das verstanden, Gregor?" Brandt macht eine Pause und zündet sich doch hektisch seine Zigarette an. „Was sagt denn Mertens zu diesen Wahnvorstellungen?", fragt er Gregor, ohne dabei die Zigarette aus dem Mund zu nehmen.

„Hans meint, es handelt sich um das Weglaufen von der Verantwortung. Adriana macht sich noch immer Vorwürfe, damals zu feige gewesen zu sein, einen Fehler begangen zu haben oder schuld zu sein und das tragische Ereignis hat sie deshalb bis heute nicht verkraftet."

„Was für ein tragisches Ereignis meinst du?"

„Den Tod unseres ... na, du weißt schon!"

Klack, klack, klack. Plötzlich höre ich überdeutlich, wie Gregor den Ring an seiner Taucheruhr nervös hin und her dreht, so wie damals.

„Ach das! War eine schlimme Sache für euch beide, der Tod eures Sohnes", sagt Brandt völlig ungerührt. „Du hast ja damals gerade mit dem Parteivorsitzenden telefoniert."

„Lassen wir das jetzt!“, würgt Gregor schnell das Thema ab und dreht weiter an seiner Uhr, derart lange, bis es selbst Brandt zu viel wird.

„Kannst du damit aufhören, Gregor? Dieses Klacken macht mich noch wahnsinnig. Also, was sind deine weiteren Schritte?“

„Hans hat versprochen, Adriana bis nach der Wahl in seiner Klinik zu behalten. Offiziell ist sie auf Kur, das erzählt A. M. auf Anfrage auch der Presse.“

„Oh, A. M. deine junge PR-Assistentin. Bumst du sie regelmäßig?“

In diesem Moment geht auf der gegenüberliegenden Straßenseite eine Tür auf und ein Hund beginnt laut zu kläffen. Ich kann Gregors Antwort nicht mehr hören, denn ich muss schnellstens verschwinden, ehe die Frau mit ihrem Hund mich auf dem Boden entdeckt. Gebückt schleiche ich von der Gartentür weg, an den Hecken der anderen Reihenhäuser entlang, bis ich mich endlich im Schatten eines großen Alleebaums aufrichten kann. In meinem Kopf rotieren die Gedanken und ich schaffe es nicht, sie in ein geordnetes Schema zu bringen. Gregors Partei will, dass ich bis nach der Wahl in der Klinik von Dr. Mertens verschwinde, um Gregors Kandidatur nicht zu gefährden. Er ist ja der Sympathieträger der Partei und ohne ihn sieht es für die Wahl schlecht aus. Aber ich lasse mich trotzdem nicht als verrückt abstempeln. Ich werde beweisen, dass mein Liebhaber existiert.

Erschöpft presse ich meine Stirn gegen die knorrige Rinde des Straßenbaums, bemühe mich, meine Situation nüchtern zu analysieren und unterdrücke den immer stärker werdenden Drang, einfach loszuheulen. Meine beste Freundin Marion belügt mich, meinen langjährigen Freund Raul habe ich tief beleidigt und jetzt höre ich, dass mich mein Mann mit seiner PR-Assistentin betrügt. Das ist so klischeehaft, billig und geschmacklos!

Erst jetzt lasse ich meinen Tränen freien Lauf.

12

FREITAG - NACHTS

Der Club „Red Room" ist laut, heiß und überfüllt. Ich werde von dem wummernden Beat und der Partystimmung vorwärtsgetrieben, bis ich an dem Bartresen lande. Der Barkeeper mustert mich interessiert, während er meine Bestellung aufnimmt und ich schenke ihm mein schönstes Lächeln. Es schmeichelt meinem Ego, dass ich auf Männer noch immer begehrenswert wirke. Hinter der Bar hängt ein großer Spiegel, in dem ich mich unauffällig betrachte, während ich an einem Glas Weißwein nippe. Obwohl ich noch immer die Nachwirkungen der Infusionen und Tabletten spüre, finde ich mich in der weichen, indirekten Beleuchtung erstaunlich gut aussehend. Meine blonden Haare schimmern und durch die Plateausandalen wirke ich groß und beeindruckend. Fehlt nur noch die Kamera für mein Selbstbewusstsein, aber ich habe sie zuhause nicht gefunden. Wahrscheinlich hat sie Gregor noch in seinem Wagen.

Auf den ersten Blick erinnert nichts mehr an die Frau, die noch vor wenigen Stunden Insassin einer privaten Nervenklinik gewesen ist und ziemlich am Ende war. Im Augenblick strotze ich vor Selbstsicherheit. Zwar habe ich das Mädchen mit dem Tinkerbell-Tattoo noch immer nicht gefunden, aber ich gebe die Hoffnung nicht auf, dass sie doch noch hierherkommt. Irgendwie bin ich davon überzeugt, dass mir in dieser Nacht alles gelingt.

Meine Gedanken schweifen zurück. Kurz nachdem Brandt das Haus verlassen hat, machte sich auch Gregor auf den Weg. Wahrscheinlich fährt er zu A. M., dachte ich bitter, als ich in das Haus ging, mich ausgiebig duschte und umzog. Aber als mir einfiel, dass auch ich ihn mit Talvin betrogen habe, verrauchte meine Wut. Nicht so schnell wegstecken konnte ich hingegen das Gespräch, das ich belauscht hatte, vor allem Gregors unterschwellige Anschuldigung, dass ich die Schuld an dem Tod von Paul trage.

Doch ich bin nicht alleine schuld! Immer wieder ließ ich dieselbe Szene ablaufen, die sich in meinem Gedächtnis eingebrannt hat und nie wieder gelöscht werden kann. Paul klettert auf den Felsen herum, ich blättere gelangweilt in einem Magazin, in respektvollem Abstand zum Meer, denn ich liebe zwar das Wasser, aber nur aus der nötigen Entfernung. Gregor steht an der Strandbar und telefoniert mit dem Parteivorsitzenden höchstpersönlich, was anscheinend eine große Auszeichnung ist. Paul turnt noch höher den Felsen hinauf, bis er das Plateau erreicht, von dem aus die guten Schwimmer und natürlich auch Gregor einmal ins Meer gesprungen sind. Oben warnt ein Schild vor den gefährlichen Unterströmungen, die für ungeübte Schwimmer tödlich sein können. Paul winkt und tanzt auf der Plattform umher und geht vor bis an den Rand. Er beugt sich weit nach vorne, sieht hinunter auf das trügerisch blaue und so unschuldig wirkende Meer. Wahrscheinlich überlegt er noch ein paar Sekunden, doch dann nimmt er all seinen Mut zusammen und springt.

„Juhuhu Mama!“, kreischt er. „Jetzt bin ich genauso stark wie Papa!“ Dann ist er auch schon unten und im Wasser verschwunden.

„Nein Paul, nicht!", schreie ich und rase über den Kieselstrand. Doch es ist bereits zu spät. „Gregor! Hilfe!", brülle ich in Panik und er blickt zwar überrascht hoch, hört aber nicht auf, zu telefonieren. Stattdessen nimmt er seine Taucheruhr vom Handgelenk und legt sie auf den Tresen, dreht an dem Ring. „Nur eine Minute! Er taucht ja gleich wieder auf", ruft er mir beruhigend zu, um sich dann wieder seinem Telefonat zu widmen. In der Zwischenzeit müsste Paul längst wieder aufgetaucht sein und wie ein Sieger über das ganze Gesicht strahlen. Er ist ja trotz seiner fünf Jahre ein guter Schwimmer. Hektisch trample ich durch das Wasser, weiß aber, dass die Stelle, an der er unterging, sehr tief ist und dass ich nicht schwimmen kann. Überhaupt habe ich eine Abneigung gegen das Wasser und es kostet mich große Überwindung, durch die seichte Bucht zu laufen, um den Weg abzukürzen. Die Stelle, wo Paul auf dem Wasser aufgeschlagen ist, habe ich mir natürlich genau gemerkt. Jetzt ist sie vielleicht hundert Meter von mir entfernt, für mich aber unerreichbar.

„Gregor! Hilfe, unser Sohn ertrinkt!", schreie ich panisch und mache auch andere Badegäste auf mich aufmerksam. Erst jetzt erkennt auch Gregor den Ernst der Lage, er lässt Handy und Uhr auf dem Tresen zurück und springt sofort ins Wasser, krault mit kräftigen Zügen zu der Stelle, die ich ihm zeige. Doch es ist bereits zu spät. Für ein beschissenes Telefonat hat Gregor das Leben seines Sohnes geopfert.

Der nette Barkeeper schenkt mir ein weiteres Glas Weißwein ein.

„Sind Sie verabredet?", fragt er mich beiläufig, während er zwei kichernden Mädchen Gläser mit Aperol über die Theke schiebt. Flirten ist die beste Therapie gegen das Traurigsein, denke ich und drehe mich zu dem Barkeeper.

„Ja! Ich bin mit der Fee Tinkerbell verabredet“, sage ich und proste ihm zu.

„Oh, dann müssen Sie Wendy sein und ich bin Peter Pan“, antwortet er schlagfertig.

„Sie kennen die Geschichte?“ Ich nehme einen großen Schluck Weißwein und sprühe vor Energie, fühle mich so jung wie schon lange nicht mehr. „Sie wollen also auch niemals erwachsen werden?“

„Ich möchte niemals das kindliche Denken verlieren!“ Er beugt sich über die Theke und stützt sein Kinn auf die Hand, ignoriert die Bestellungen der anderen Gäste. Seine Augen sind grün und leuchten. „Kinder überlegen nie. Springen einfach ins kalte Wasser, ohne nachzudenken. Das imponiert mir.“

„Springen von einer Klippe und sind tot!“, sage ich mechanisch und mein inneres Feuer erlischt.

„Wie meinen Sie das?“, fragt der Barkeeper irritiert und richtet sich wieder auf.

„Ach nichts!“, wiegle ich ab und nehme mein Glas. „War nett, mit Ihnen zu plaudern!“ Dann drehe ich mich um und beobachte die Gäste. Ich will mich ablenken und nicht an meinen toten Sohn denken.

Plötzlich entdecke ich Raul in der Menge und bin unglaublich froh, ein bekanntes Gesicht zu sehen.

„Raul!“, rufe ich und winke mit dem Arm, kämpfe mich durch die vielen Gäste bis zu ihm vor. „Ich freue mich ja so, dich zu sehen! Kannst du mir noch einmal verzeihen? Ich weiß, mein Verhalten war absolut unprofessionell!“ Doch als ich ihm einen Kuss auf die Wange drücken will, wendet er sich brüsk ab, streicht sich mit der Handfläche über seine schimmernde Glatze.

„Adriana! Du hast vielleicht Nerven! Glaubst wohl, damit wäre alles geregelt. Ist es aber nicht, also lass mich gefälligst in Ruhe!“ Er verdreht die Augen nach oben, so als wäre ihm entfallen, was er eben noch sagen wollte. Dann macht er eine abweisende Handbewegung, dreht sich um und lässt mich einfach stehen.

„Kannst du mir nicht noch einmal verzeihen?" Ich begreife überhaupt nichts mehr. Raul, der umgänglichste Mensch auf Erden, serviert mich eiskalt ab. Obwohl ich mich doch für mein Verhalten bei dem Fotoshooting entschuldigt habe. Das kann er doch nicht machen! Ich packe ihn am Arm und ziehe ihn zu mir zurück.

„Ich habe mich doch entschuldigt. Was willst du denn noch von mir? Soll ich auf Knien hinter dir herrutschen?" Ich bin wohl sichtlich gekränkt, denn Raul seufzt und sieht zu mir hoch.

„Das fragst du noch, Adriana?" Mitleidig schüttelt er den Kopf. „Bist du wirklich so durchgeknallt, dass du überhaupt nichts mehr mitbekommst? Ich fliege aus meiner Wohnung, wenn ich bis zum Ersten des Monats keinen Job bekomme. Aber jetzt sind alle in Urlaub und es gibt nichts zu tun!" Erneut wischt er sich den Schweiß von seiner Glatze. „Die Gage für den Unterwäschejob hätte mich perfekt über den Sommer gebracht."

Natürlich spielt er auf das Fotoshooting an, das ich vor einigen Tagen vermasselt habe. Jetzt kann ich ihm nicht einmal Geld borgen, da ich ja selbst fast pleite bin und meine Kreditkarten im Safe in der Klinik liegen. Zuhause habe ich nur ein paar hundert Euro gefunden. Ich nestle einen Hunderteuroschein aus der Tasche, halte ihn Raul entgegen.

„Hier Raul, mehr habe ich im Moment leider nicht!"

„Du kotzt mich an, Adriana!", sagt Raul gekränkt, nimmt den Schein aber trotzdem.

Die Pillen von Dr. Mertens haben diese Halluzinationen bei mir ausgelöst. Das muss ich ihm noch erklären, dann wird er die ganze Geschichte hoffentlich vergessen. Raul ist ja im Grunde nicht nachtragend. Deshalb verstehe ich seine noch immer extrem ablehnende Haltung irgendwie nicht, lenke aber doch ein, weil ich ihn nicht noch mehr verärgern will.

„Es tut mir leid! Ich habe mich unprofessionell verhalten. Aber es gibt eine Erklärung dafür!", schreie ich ihm ins Ohr, denn plötzlich hat der DJ die Musik lauter gedreht, um allen zu zeigen, dass der Abend jetzt erst so richtig losgeht. „Es waren die Nebenwirkungen der Tabletten, die man mir verschrieben hat."

„Ist schon gut, Adriana! Reden wir ein andermal darüber. Ich habe jetzt einen Termin und wenn alles so läuft, wie ich hoffe, dann bin ich in ein paar Tagen wieder flüssig," antwortet Raul geistesabwesend und sieht an mir vorbei zum Ausgang. Gönnerhaft klopft er mir noch auf die Schulter und verschwindet dann in den Gang, der zu den hinteren Räumen mit den Spieltischen führt. Wahrscheinlich will er das entgangene Honorar beim Pokern zurückgewinnen. Bevor er sich in eines der Spielzimmer verzieht, bleibt er noch einmal kurz stehen und schaut erneut zu einem Stehtisch gleich beim Eingang. Unwillkürlich folge ich seinem Blick, kann aber kein bekanntes Gesicht entdecken. Für einen kurzen Augenblick glaube ich zwar, Marion erkannt zu haben, aber als ich genauer hinsehe, unterhalten sich nur unbekannte Männer und Frauen an dem Tisch. Doch ein dünnes, aschblondes Mädchen in einem schwarzen Tanktop kommt mir irgendwie bekannt vor. Sie balanciert mit einem Sektglas in der Hand durch die vielen Menschen und als sie sich zu einem der Stehtische dreht, um jemanden zu begrüßen, sehe ich ihre nackte Schulter.

Ich erkenne das Tinkerbell-Tattoo deutlich auf ihrer weißen Haut und ein Irrtum ist nicht möglich. Meine Fee schwirrt hier durch die Bar! Hektisch bahne ich mir meinen Weg durch die Menge, dränge die Gäste rücksichtslos zur Seite, will so schnell es geht zu ihr gelangen. Endlich habe ich jemanden gefunden, der bezeugen kann, dass Talvin Singh existiert. Jetzt lehnt das Mädchen an der Bar, direkt neben dem Gang, durch den Raul zu den Spieltischen verschwunden ist.

Soll ich Raul bitten, als Zeuge zu fungieren? Aber nein, das würde die ganze Sache nur unnötig verkomplizieren. Das Mädchen braucht nur zu bestätigen, dass Talvin existiert, egal ob sie ein Verhältnis mit ihm hatte oder nicht. Sie muss nur in meine Handykamera bestätigen, dass es Talvin Singh aus Chennai gibt und dass sie ihn kennt. Das Leben kann im Grunde so einfach sein und ich spüre, wie meine positive Stimmung langsam wieder zurückkehrt.

Jetzt hat mich auch das Mädchen bemerkt und das kurze Aufblitzen in ihren Augen zeigt mir, dass auch sie mich erkannt hat. Mein Herz rast vor Aufregung. Jetzt endlich kann ich beweisen, dass ich mir die leidenschaftlichen Augenblicke mit Talvin nicht eingebildet habe. Das Mädchen stellt ihr leeres Sektglas auf die Theke und dreht es unschlüssig zwischen ihren Fingern. Hektisch krame ich in meiner Tasche nach meinem Handy, um sofort alles bei der Hand zu haben, wenn ich mit dem Mädchen spreche. Als ich es endlich gefunden habe und aufsehe, ist meine Tinkerbell-Fee verschwunden.

„Shit!“, fluche ich laut vor mich hin, aber meine Stimme wird von der dröhnenden Musik überlagert. In der Mitte der Bar beginnen jetzt einige Männer ausgelassen zu tanzen, nehmen mich in die Mitte, bilden einen Kreis um mich und lächeln mir zu. Zu jeder anderen Zeit hätte mir das gefallen, aber im Augenblick ist die Situation denkbar ungünstig.

„Lasst mich bitte durch!“, rufe ich und knipse ein Haifischlächeln an, doch die Männer feiern den Abschluss eines großen Geschäfts und da darf es keinen Spielverderber geben. Erst als ich einem der Geschäftsleute ziemlich energisch auf die Schulter klopfe, öffnet sich der Kreis und ich kann nach draußen.

Schon bin ich an der Bar vorbei. Auf der Theke steht noch immer das leere Sektglas von Tinkerbell, ich habe mir also nichts eingebildet. Ich gehe nach hinten in den Gang. Die Wände sind blutrot gestrichen und eine Neonröhre flackert. Links sind die Toiletten. Auch die Wände in der Toilette sind blutrot gestrichen. Ein Mädchen sitzt auf einem vergoldeten Hocker und sprüht mir Parfum aus einem silbernen Flakon auf die Arme.

„Ist hier ein Mädchen mit einem Tinkerbell-Tattoo hereingekommen?", frage ich sie, doch sie zuckt nur mit den Achseln, scheint mich nicht verstanden zu haben. Mit dem Fuß stoße ich die einzelnen Türen der Toilettenkabinen auf. Nichts. Dann wieder hinaus, diesmal in die Männertoilette. Dort geht es hoch her. Hier sind die Wände schwarz wie die Hölle, nur die Leitungsrohre sind golden gestrichen. Über dem Urinal hängt ein Monitor, in dem eine völlig abgenudelte Kopie von Emmanuelle läuft und unter einem vergoldeten Barockspiegel ziehen sich zwei Männer eine Koks-Line hoch. Als ich vorbeigehe, klopft mir einer der Männer auf den Hintern und ich unterdrücke den Drang, ihm eine zu scheuern. In einer offenen Toilette küssen sich ein Junge und ein Mädchen. Beide sind bereits halbnackt und lassen sich durch mich nicht im Geringsten von ihrem Treiben ablenken. Die Musik aus der Bar ist hier nur noch als dumpfes Basspochen zu spüren. Auch hier keine Spur von meiner Fee Tinkerbell.

Ratlos stehe ich in dem blutroten Gang. Die defekte Neonröhre zischt und knistert, eine schwarze Katze springt fauchend von einem Bord, als ich vorbeigehe.

Rechts hinten sind noch zwei Räume, in denen mehrere Spieltische stehen. Hier wird angeblich nicht um echtes Geld gespielt, sondern um Jetons, für die es dann Drinks des Hauses gibt. Der treibende Bass und die monotonen Stimmen der Spielleiter, die den Ablauf koordinieren, versetzen mich in eine fast tranceartige Stimmung.

Raul sitzt an einem der hinteren Tische, eine junge Frau mit aschblondem Haar in einem schwarzen glänzenden Blazer beugt sich zu ihm hinunter und flüstert ihm etwas ins Ohr. Das könnte meine Fee Tinkerbell sein, aber natürlich bin ich mir nicht sicher, denn zuvor trug das Mädchen ja nur ein Tanktop. Raul murmelt etwas und sieht plötzlich in meine Richtung. Das Mädchen dreht mir jetzt den Rücken zu und verschwindet schnell durch eine schmale Tür am Ende des Raumes.

„Wer war das?", frage ich Raul und meine Stimme bekommt wieder diesen charakteristischen schrillen Ton.

„Spionierst du mir jetzt nach?" Raul klingt süffisant, die einvernehmliche Wellenlänge, die sonst zwischen uns herrschte, ist wohl für immer verloren gegangen und das ist meine Schuld.

„Wer das war, will ich wissen!", zische ich und blecke meine Zähne wie ein Wolf.

„Es war jemand, der mich um einen Gefallen gebeten hat! Und jetzt lass mich bitte in Ruhe, Adriana! Verstehst du? Ich will eine Zeit lang nichts mehr von dir hören oder sehen!"

„Ich bin aus der Klinik geflüchtet!" Plötzlich bricht alles aus mir heraus und ich erzähle Raul von meiner Flucht und natürlich auch von Talvin, der verschwunden ist.

Mit einem Seufzer legt Raul die Karten auf den Tisch.

„Ich passe!", ruft er in die Runde, dreht sich dann zu mir, fasst mich an den Schultern.

„Hör mir zu, Adriana!" Er fixiert mich mit seinen dunklen Augen. „Was du mir da erzählst, ist sehr interessant. Vielleicht kann ich dir helfen! Wir treffen uns später in meiner Wohnung! Marion hat auch schon etwas angedeutet, aber ..."

„Was? Marion hat mit dir geredet?" Ich muss mich zwingen, nicht laut loszuschreien! „Wahrscheinlich weiß bereits die ganze

Stadt darüber Bescheid. Und du hältst mich jetzt wohl für komplett verrückt!"

„Du sollst mich ausreden lassen", unterbricht mich Raul. „Ja, sie hat mir von deinem Problem erzählt, ohne allerdings ins Detail zu gehen. Sie macht sich eben Sorgen um dich. Ist ja auch irgendwie verständlich, denn wozu hat man sonst Freunde. Obwohl du das nicht zu schätzen scheinst. Also dann bis später in meiner Wohnung. Komm in zwei Stunden, aber nicht früher. Du hast doch noch den Schlüssel?"

„Natürlich!", nicke ich und drücke Rauls Hand.

Unter den missbilligenden Blicken des Spielleiters senkt Raul seine Stimme, sodass sie zu einem heiseren Flüstern wird.

„Wir müssen dringend reden, Adriana! Ich habe jetzt über vieles nachgedacht und glaube, dass ich im Begriff bin, einen großen Fehler zu machen."

Unheil braut sich über meinem Kopf zusammen, das spüre ich, als ich Raul verlasse. Lange sehe ich ihm in die Augen, es ist wie ein Abschied für immer. Im blutroten Gang mit der flackernden Neonröhre sitzen jetzt überall Paare auf dem Boden, trinken aus Sektflöten und betatschen sich gegenseitig wie bei einer Orgie. Der wummernde Beat lässt den Boden vibrieren und die Wände zittern. Vorne aus der Damentoilette kommt eine schwarzhaarige Frau, die im flackernden Neonlicht nur undeutlich zu sehen ist. Trotzdem glaube ich, Marion zu erkennen.

„Marion!", rufe ich auf gut Glück, doch die Frau reagiert nicht und ist auch schon im Gewühl der Bar verschwunden, ehe ich sie erreichen kann. Na wenn schon!, denke ich und schlängle mich im Rhythmus der Beats durch das aufgeheizte Publikum. Die Suche nach meiner Tinkerbell-Fee habe ich aufgegeben, jetzt interessiert mich, was mir Raul so dringend zu erzählen hat. Mein Gefühl sagt mir, dass es mit dem Verschwinden von Talvin zu tun hat und dass ich knapp davor bin, dieses Rätsel zu lösen.

Ich fühle mich aufgekratzt und gleichzeitig erschöpft, als ich aus der Bar hinaus auf die Straße trete. Gierig atme ich die warme Nachtluft ein und beschließe, ein wenig ziellos durch die Straßen zu streifen, ehe ich in Rauls Wohnung gehe. Ein Polizeiauto fährt mit Blaulicht an mir vorbei und ich muss unwillkürlich an Isabelle Wagner, die einsame Polizistin denken. Ich ahne nicht, dass ich sie noch in dieser Nacht wiedersehen werde.

13

FREITAG - NACHTS

Isabelle Wagner, die Polizistin mit den bernsteinfarbenen Augen, stößt einen genervten Seufzer aus und schüttelt den Kopf. Ihre Gesichtsfarbe ist noch grauer als die Tage zuvor und sie sieht wie immer unglaublich müde aus. Das Funkgerät, das sie in den Gürtel gehakt hat, knistert und spuckt unverständliche Laute aus. Der verkommene Innenhof des Hauses ist mit einem rot-weiß-roten Polizeiband abgesperrt und ein Mann in einem Einweg-Schutzanzug stapft auf dem unregelmäßigen Kopfsteinpflaster umher. Der Fundort der Leiche ist mit Klebeband umrissen und nummerierte Kärtchen weisen auf verdächtige Indizien hin, die von der Spurensicherung bereits eingetütet wurden. In einem zu einem mobilen Verhörraum umgebauten Kastenwagen der Polizei sitzt eine Zeugin, die gleichzeitig Hauptverdächtige sein könnte und das bin ich.

„Sie schon wieder! Was ist passiert?"

Isabelle Wagner klemmt sich eine widerspenstige Strähne ihres dünnen Haares hinter das Ohr und sieht mich fragend an. Ein Notarzt hat mir ein Beruhigungsmittel gespritzt, mich aber für vernehmungsfähig erklärt. Als ich die Stimme von Isabelle Wagner höre, wische ich mir schnell die Tränen aus dem Gesicht, schniefe kurz und drehe mich überrascht zu ihr um.

„Ich tausche immer die Nachtdienste", kommt Isabelle Wagner meiner Frage zuvor. „Ich kann sowieso nicht schlafen. Also was genau ist geschehen?"

„Raul ist tot!", bringe ich gerade noch hervor, dann beginne ich erneut, hemmungslos zu schluchzen. „Das ist alles so entsetzlich!"

Ein trauriges Lächeln huscht über das graue Gesicht von Isabelle Wagner, deren Alter ich nur schwer schätzen kann. Aber ich denke, sie ist Mitte dreißig und ernährt sich ausschließlich von Tiefkühlkost. Wozu sollte sie auch kochen, wenn es niemanden gibt, mit dem sie Tisch und Bett teilt.

Aber im Augenblick interessiert mich das nicht, denn ich bin noch immer völlig fassungslos über den Tod von Raul. Total apathisch beantworte ich ihre Fragen, kann einfach nicht glauben, was passiert ist. Noch drei Stunden zuvor habe ich mit Raul gesprochen und jetzt ist er tot und seine Leiche ist schon weggebracht worden. Dann fasse ich mir ein Herz und erzähle Isabelle Wagner alles, was bisher geschehen ist. Ich spreche über Talvin, der plötzlich aufgehört hat zu existieren und über das Mädchen mit dem Tinkerbell-Tattoo, das seine Existenz beweisen könnte. Ich berichte von Raul und seinen merkwürdigen Andeutungen nur wenige Stunden vor seinem Tod. Isabelle Wagner hört mir schweigend zu und gibt keinen Kommentar ab.

„Isabelle, kommst du mal?" Ihr Kollege befragt gerade den Mann, der mich angeblich auf dem Balkon gesehen hat, als Raul gesprungen ist. Er hat bemerkt, dass Isabelle Wagner mich kennt und will eine mögliche Voreingenommenheit verhindern. Deshalb wechseln sie sich in der Befragung ab. Der Polizist schlingert bedrohlich langsam auf mich zu, steht breitbeinig wie eine Machokarikatur vor mir, hakt zu allem Überfluss auch noch seine Daumen in den Gürtel.

Pistole, Handschellen und Schlagstock glänzen im Licht der grellen Scheinwerfer, welche die Spurensicherung überall aufgestellt hat. Unter seinen Achseln bilden sich riesige Schweißflecken und sein Testosteron ist körperlich spürbar. Über mir klappern ständig die Fensterläden, doch nirgends wird Licht angedreht. Die Bewohner des Hauses verfolgen die Szene im Dunkeln wie im Kino. Er genießt seinen großen Auftritt, denn seine Kollegen von der Kriminalpolizei sind noch nicht eingetroffen. Es deutet im Moment ja alles auf Selbstmord hin, deshalb haben sie die Befragung zunächst an ihn delegiert.

Der Kollege von Isabelle Wagner ist ein anderer Polizist als damals in dem indischen Laden und ich merke sofort, dass er mich unsympathisch findet. Als ich ihm von meiner Suche nach dem Mädchen mit dem Tinkerbell-Tattoo erzähle, runzelt er die Stirn, hält mich für ziemlich überspannt. Hellhörig wird er erst, als ich auf meine Unterhaltung mit Raul zu sprechen komme und darauf, dass mir Raul so dringend etwas erzählen wollte.

„Sie sind also in die Wohnung gekommen und haben noch gesehen, wie Herr de Castro vom Balkon gesprungen ist?“

„Nein, das habe ich nicht gesehen! Ich habe ihn unten im Hof liegen sehen!“, antworte ich und blättere in meinem geistigen Bildarchiv. Raul wohnt im dritten Stock eines sanierungsbedürftigen Altbaus im zentralen, aber doch etwas heruntergekommenen zweiten Bezirk. Daher sind auch die Mieten hier noch relativ günstig. Ich war in einem Programmkino, um die Zeit totzuschlagen, das kann ruhig nachgeprüft werden, denn ich habe mich mit der Kassiererin über den Film unterhalten. Dann bin ich ziellos am Donaukanal entlangspaziert, habe aber keinen Menschen getroffen, bis ich in Rauls Wohnung gekommen bin. Halt, doch ... da war eine Frau, deutlich kleiner als ich, die kurz zuvor aus dem Haus ging. Oder war es das Nebenhaus? Jedenfalls hat sie sofort die Straßenseite gewechselt, als sie mich sah und ist dann schnell verschwunden. Das sage ich auch dem Polizisten, doch der hört mir nur mit mäßigem Interesse zu.

„Wie sind Sie in die Wohnung gelangt?" Der Polizist liest die Frage von einem Block ab, den Isabelle Wagner auf dem schmalen Tisch im Verhörwagen liegen gelassen hat.

„Ich habe einen Schlüssel für die Wohnung." Das müsste sich mit meiner früheren Aussage decken. Als ich die Tür aufschloss, spürte ich sofort diese unheilschwangere Atmosphäre. Die Luft in Rauls Wohnung war abgestanden und schnürte mir die Kehle zu. Was muss mir Raul bloß Wichtiges mitteilen?, dachte ich unentwegt und verrannte mich in den Gedanken, dass er vielleicht das fehlende Stück meiner Erinnerung kannte, dieses entscheidende Puzzleteil und mich fragen wollte, warum ich Talvin getötet habe.

„Ich habe mich über den Balkon gebeugt, das stimmt. Aber Raul lag schon im Hinterhof!", bleibe ich bei meiner Aussage, die im Widerspruch zu der des anderen Zeugen steht. Dieser gab nämlich zu Protokoll, dass ich mich über den Balkon gebeugt hätte, während Raul nach unten stürzte. Was aber natürlich nicht stimmt.

Denn ich habe Raul nicht in der Wohnung getroffen. Unser kurzes Gespräch war am Pokertisch, dafür gibt es Zeugen. Später habe ich nicht mehr mit Raul gesprochen oder verwechsle ich schon wieder alles? Habe ich mit Raul nicht nur am Pokertisch, sondern auch in der Wohnung geredet? Wenn wir uns gestritten hätten, dann nur wegen meines unprofessionellen Verhaltens oder wegen Rauls Spielsucht, die ihn in den Ruin trieb. Es kann nicht mehr als ein leichter Stoß gewesen sein, ohne böse Hintergedanken, aber mit fatalen Folgen. Doch an so etwas will ich nicht denken und konzentriere mich lieber wieder auf die Fragen des Polizisten.

„Und Sie haben niemanden gesehen, auch nicht im Treppenhaus?", wiederholt er die Frage, die mir bereits Isabelle Wagner gestellt hat.

„Nein. Aber das habe ich doch schon alles Ihrer Kollegin erzählt", antworte ich leicht gereizt, denn Rauls Tod geht mir ziemlich nahe und ich will endlich alleine sein mit meiner Trauer. „Warum wiederholen Sie all diese Fragen?"

„Ganz ruhig, junge Frau, ganz ruhig bleiben!" Der Kollege von Isabelle Wagner zündet sich ultracool mit einem Zippofeuerzeug eine Zigarette an.

„Raul war bis über beide Ohren verschuldet. Wahrscheinlich hat er auch heute Abend wieder alles verspielt. Dann hat er die Panik bekommen und keinen Ausweg mehr gesehen", lasse ich mich aber mit meinen Hypothesen nicht bremsen. „Wenn ich früher hier gewesen wäre, dann hätte ich ihm noch helfen können! Aber so war er alleine mit seinen Problemen und ist in den Tod gesprungen."

„Klingt ziemlich einleuchtend!", stimmt mir der Polizist zu und ich fühle mich auf der sicheren Seite. Doch sein spöttisch hochgezogener Mundwinkel sagt mir, dass er noch ein Ass im Ärmel hat.

„Übrigens, das hatte der Tote in seiner Hand." Er fingert einen kleinen Plastikbeutel aus der Brusttasche seines Uniformhemdes. „Wie erklären Sie sich das, Adriana See?" Dabei betont er meinen Vornamen überdeutlich.

Ich starre auf den Papierfetzen in der Folie und alles beginnt sich zu drehen. Darauf steht in Rauls fein ziselierter Handschrift: „Warum nur, Adriana? Warum nur?"

14

SAMSTAG - FRÜHMORGENS

Der Schock ist groß, wenn man plötzlich in einer Gemeinschaftszelle mit randalierenden Frauen, illegalen Prostituierten und weiblichen Schlägern konfrontiert wird. Da genügt oft schon ein einziger falscher Blick und man wird zusammengeschlagen, niedergetreten und getötet, noch ehe die Polizei eingreifen kann.

Der Wachbeamte, der uns eigentlich im Auge behalten soll, ist aber so von seinem zerfledderten Pornoheft gefangen, dass wir ungehindert abhauen könnten, wenn die Gittertür zu unserer Zelle offen stehen würde.

Weshalb ich hier bin? Ganz einfach, der Polizist, der meine Aussage aufgenommen hat, war der Meinung, dass der Zettel, den Raul in der Hand gehalten hat, mich überaus verdächtig machen würde. Ich konnte mir keinen Reim auf diese Worte machen: „Warum nur, Adriana? Warum nur?“ Die beiden Sätze waren von einem größeren Stück Papier abgetrennt worden und deshalb komplett aus dem Zusammenhang gerissen. Das habe ich ihm auch sofort gesagt, doch wie schon öfter hat er nur gelangweilt mit den Achseln gezuckt.

Er bleibt skeptisch und lässt mich deshalb hier in dieser Zelle mit den anderen Frauen schmoren, bis ich mit einer anderen Version meiner Geschichte auftauche oder die Kriminalpolizei sich um mich kümmert. Noch hat Raul offiziell Selbstmord begangen, aber der Polizist hat so seine Zweifel und verdächtigt mich. Auch Isabelle Wagner, die Polizistin mit dem nicht vorhandenen Privatleben, kann mir nicht helfen, da sie Angst vor ihrem Kollegen hat, so jedenfalls interpretiere ich ihre Passivität.

Ich drücke mich vorne bei den Gitterstäben herum, um sofort loszuschreien, wenn ich angegriffen werde. In der Zelle gibt es weder Fenster noch Klimaanlage und die Luft ist daher auch dementsprechend schlecht. Aus den Augenwinkeln beobachte ich die anderen Frauen, die entweder teilnahmslos am Boden hocken oder mit ihren Fäusten gegen unsichtbare Gegner kämpfen. Eine junge Prostituierte, die höchstens sechzehn Jahre alt ist, fixiert mich mit ihren glanzlosen Augen, die auf eine schwere Drogenabhängigkeit schließen lassen. Als Fotografin kenne ich diesen Blick, ich habe das bei Models schon oft gesehen.

Nachdem ich diesem Mädchen ein aufmunterndes Lächeln geschenkt habe, drehe ich mich wieder den Eisenstäben zu, versuche das Chaos der letzten Tage irgendwie in eine sinnvolle Ordnung zu bringen. Begonnen hat alles damit, dass ich zuhause in meinem Bett aufgewacht bin und diese Erinnerungsfetzen hatte. Ich lief nackt und blutüberströmt durch die Wohnung meines Liebhabers und fand seine Leiche. Daneben lag ein Messer, das ich in die Hand nahm, dann wieder fallen ließ. Ich habe Erinnerungslücken und weiß daher nicht, ob ich meinen Liebhaber Talvin Singh ermordet habe oder nicht. Als ich das nachprüfen will, stellt sich heraus, dass ein Talvin Singh angeblich überhaupt nicht existiert und sich unser Verhältnis nur in meinem Kopf abgespielt hat. Das klingt allerdings ziemlich unwahrscheinlich und viel zu weit hergeholt, um wahr zu sein.

„Alles wiederholt sich“, flüstere ich gegen die Wand und denke dabei an Björn. Der große, blonde Schwede Björn brachte mir vor fünf Jahren das Segeln bei und nahm mir die Angst vor dem Wasser. Bei Sonnenuntergang lagen wir oft auf dem Bootssteg seines kleinen Ferienhauses in den Schären außerhalb von Stockholm und liebten uns, während die Wellen gegen die Pfeiler des Stegs rauschten. Björn zeigte mir auch, wie aufregend Sex im Wasser sein kann. Durch Björns Liebe konnte ich die Tragödie um meinen Sohn Paul vergessen, der knapp zwei Wochen zuvor ertrunken war. Eines Tages ist Björn mit seinem Boot alleine hinaus aufs Meer gefahren. Stunden später fand die Küstenwache ein auf dem Meer treibendes leeres Segelboot und identifizierte mich anhand der Bootsnummer als Mieter. Völlig aufgelöst erzählte ich der Polizei, dass mein Freund Björn Swedenborg verschwunden und wahrscheinlich über Bord gegangen ist. Die Suche nach Björn dauerte über eine Woche und neben Küstenwache und Polizei waren auch zwei Marinehubschrauber im Einsatz. Auch in den Medien wurde groß darüber berichtet. Doch dann stellte ein Polizeischüler fest, dass ein Björn Swedenborg nie existiert und ich also gelogen hatte. Aber ich leugnete bis zuletzt, so lange, bis es keinen Ausweg mehr gab. Mein Mann Gregor weiß natürlich von dieser Affäre, denn er hat mich ja auch in Begleitung unseres Familienfreundes Hans von der schwedischen Polizei abgeholt und in die Klinik gebracht. Der Parteivorsitzende war alles andere als begeistert, so jedenfalls schilderte mir Gregor die Situation viel später und um Haaresbreite hätte ich damals Gregors Zukunft in der Partei ruiniert. Doch das ist längst vorbei, jetzt ist Gregor der Star und die Partei kann im laufenden Wahlkampf nicht auf ihn verzichten. Wenn ich keine Schwierigkeiten mache ...

Der Schmerz kommt so unerwartet, dass ich vor Überraschung keinen Ton hervorbringe. Es ist der Dorn meiner Gürtelschnalle, der in meiner Handfläche steckt, genau dort, wo ich mir vor Tagen an dem rostigen Geländer die Haut aufgerissen habe. Die kleine sechzehnjährige Prostituierte zieht den Dorn geschickt aus der Wunde, hält ihn mir jetzt an den Hals, ist bereit, sofort erneut zuzustechen. Ihre drogensüchtigen Augen glänzen jetzt euphorisch und ich weiß, dass sie mich jederzeit umbringen kann.

„Ich ficke nicht mit Frauen, verstehst du? Also mach mich nicht an, du perverses Stück Dreck!", zischt sie mir ins Ohr und will mir zwischen die Beine greifen. „Lass mich in Ruhe, sonst kommen meine Jungs und machen dich alle!"

„Adriana See! Los, kommen Sie!" Der Wachbeamte sperrt die Zelle auf und winkt mich nach draußen. Erst jetzt fällt ihm auf, dass ich an der Hand blute und mein Gürtel seitlich an meiner Jeans herunterbaumelt. „Ach du Scheiße!", rutscht es ihm heraus. „Da hat jemand vergessen, ihr den Gürtel abzunehmen!", schreit er erbost nach hinten, doch niemand reagiert darauf.

„Sie wollte mich umbringen!", schluchze ich und deute auf das ausgemergelte Mädchen, das in ihrem ultrakurzem Minirock und dem pinken Nickipullover auf Schulmädchen macht. Der Wachbeamte sieht mich überrascht an und schüttelt den Kopf.

„Also, mir ist nicht aufgefallen, dass sich die Kleine von der Stelle gerührt hat", murmelt er und schiebt mich in einen hellerleuchteten Gang.

„Wenn ich es doch sage!", insistiere ich. „Das Mädchen hat mich angefallen, weil sie glaubt, ich bin eine Lesbe und will etwas von ihr."

„Aha, und stimmt das?", fragt der Beamte völlig teilnahmslos.

„Nein, das sage ich doch! Sie hat das nur geglaubt und mich dann mit meinem eigenen Gürtel attackiert."

„Wie soll das gehen, wenn Sie den Gürtel an Ihrer Hose tragen? Das müssen Sie doch bemerkt haben. Oder haben Sie bewusst Ihren Gürtel und Ihre Hose geöffnet …" Den Rest der Frage lässt er unausgesprochen im Raum stehen und lächelt wissend.

„Schon gut, schon gut!", murmele ich und lecke über die Wunde in meiner Handfläche. Ich bin zu müde, um mit dem Mann weiterzudiskutieren. Willenlos lasse ich mich voranschleppen, bis wir in einen großen Raum mit mehreren Schreibtischen gelangen. Die Schreibtische sind bis auf zwei unbesetzt und der Polizeibeamte schiebt mich zu einem von ihnen und drückt mich auf einen Stuhl. Der Kollege von Isabelle Wagner sitzt mir gegenüber und verschränkt die Hände hinten im Nacken. Die Schweißflecken unter seinen Achseln sind noch größer geworden, doch als er meinen Blick bemerkt, macht er keinerlei Anstalten, seine Arme herunterzunehmen. Isabelle Wagner sehe ich nirgends – zu meinem Bedauern.

„Was haben wir denn da?", sagt er und schnellt abrupt nach vorne. Er greift zu einem Blatt Papier und beginnt, daraus eine Zeugenaussage laut vorzulesen. Es ist die Aussage des alten Mannes, der mich angeblich am Balkongeländer gesehen hat, als Raul hinunterstürzte.

„Das stimmt so nicht", wiederhole ich schon zum dritten Mal und erkläre erneut meine Version der Geschichte. Dann holt er den Papierfetzen mit Rauls Schrift hervor und wieder kann ich nur ratlos mit den Achseln zucken. Intuitiv merke ich, dass sich der Polizist in eine Sackgasse manövriert hat, denn der Zeuge ist über achtzig Jahre alt. Das sehe ich nach einem schnellen Blick auf das Protokoll und der Papierfetzen wurde von einem größeren Blatt abgerissen. Die Beweislage ist also ausgesprochen dünn.

Als ich hinter mir ein Geräusch höre, drehe ich mich reflexartig um. Es ist Isabelle Wagner, die mit einem Kaffeebecher durch den Raum schleicht. Ich bin gerührt, dass sie an mich denkt, denn ein starker Kaffee wird meine Lebensgeister wieder heben. Doch Isabelle Wagner stellt den Kaffee vor ihren Kollegen, der ihr freundlich den Hintern tätschelt.

„Bist ein Schatz, Isabelle!"

Isabelle Wagner lächelt gekünstelt und als ich zu ihr hochschaue, erwidert sie meinen Blick mit ihren bernsteinfarbenen Augen. Ein Hoffnungsschimmer. Vielleicht glaubt sie meine Geschichte und ich kann weg, ehe Gregor Wind von der ganzen Sache bekommt.

„Sie scheinen ja mächtige Fürsprecher zu haben, Frau See!", sagt der Polizist, nachdem er aufreizend laut den heißen Kaffee geschlürft hat. „Der Zwischenfall in dem indischen Laden oben am Gürtel wurde zu den Akten gelegt. Ist das in Ordnung, Isabelle? Was meinst du?" Er dreht sich zu Isabelle Wagner, die jedoch verlegen zur Seite blickt.

„Wenn die da oben das so beschließen, dann richte ich mich danach!"

„Das nenne ich ja eine tolle Einstellung für eine Polizistin!", ereifert sich ihr Kollege und wendet sich dann wieder mir zu.

„Der Selbstmord Ihres Freundes stinkt gewaltig, Frau See. Glauben Sie mir, ich spüre das in meinen Eiern!" Grinsend lehnt er sich zurück und erwartet von mir eine empörte Antwort. Aber diesen Gefallen tue ich ihm nicht.

„Ich kann nur immer meine Aussage wiederholen: Ich bin in die Wohnung von Raul de Castro gekommen und da war niemand. Anschließend bin ich auf den Balkon und habe ihn unten im Hof liegen gesehen."

„Ja, ja! Ich weiß schon und der Zettel in seiner Hand ist bloßer Zufall!" Wütend schlägt er mit der flachen Hand auf die Schreibtischplatte. „Wie auch immer. Sie können hier warten, bis sie abgeholt werden."

„Wer soll mich denn abholen?“, frage ich erstaunt. „Niemand weiß doch, dass ich hier bin!“

„Jemand hat wieder einmal für Sie interveniert. So wie beim ersten Mal. Sie haben wirklich verdammtes Glück, Frau See. Ihr Mann kommt und nimmt Sie mit. Er hat gerade angerufen. Besser gesagt, anrufen lassen!“, verbessert sich Isabelle Wagners Kollege. „Ihr Mann scheint ja ein hohes Tier zu sein.“

„Wieso weiß er, dass ich hier bin?“, frage ich zaghaft, aber der Polizist winkt mich wortlos mit einer Handbewegung von seinem Schreibtisch nach hinten und verscheucht mich wie ein lästiges Insekt.

„Für Sie ist die Sache noch lange nicht ausgestanden, Frau See! Beziehungen hin oder her!“, ruft er mir noch wütend hinterher und knallt meine Akte auf seinen Schreibtisch.

„Nehmen Sie dort auf der Bank Platz und warten Sie auf Ihren Mann. Provozieren Sie meinen Kollegen bloß nicht“, flüstert mir Isabelle Wagner warnend zu.

Sie ist mit ihren Anzeigen fertig und wartet jetzt auf den Kollegen der zweiten Schicht, der sich gerade eine rührselige Geschichte der minderjährigen Prostituierten anhören muss. Isabelle Wagner lehnt an der Wand und starrt ins Nirgendwo, ihr Gesicht ist in dem grellen Neonlicht kalkweiß. Einige Strähnen ihrer graubraunen Haare haben sich aus dem Zopf gelöst und hängen dünn und kraftlos auf ihre Schultern. Sie hat ein hübsches Gesicht, dem es aber an Energie und Lebenslust fehlt. Natürlich bemerkt sie sofort, dass ich sie beobachte. Langsam kommt sie zu mir herüber, setzt sich neben mich auf die Bank.

„Was gibt’s?“, fragt sie kurz angebunden. „Ihre Geschichte ist ja wirklich sehr abenteuerlich. Man könnte sie fast glauben“, eröffnet sie das Gespräch, ohne mich dabei anzusehen. Sie hat den Kopf gesenkt und stiert auf die quadratischen Kacheln, die dem Vorraum des Polizeireviers einen unglaublich elenden Touch geben.

„Diese Geschichte stimmt", sage ich leise und erzähle ihr alles nochmals von Anfang an, genauso wie ich es ihr schon in dem Hinterhof erzählt habe. „Es kann nicht sein, dass dieser Mann nicht mehr existiert. Das ist einfach unmöglich!", flüstere ich, obwohl niemand in der Nähe ist, der uns zuhören könnte. „Bitte, bitte, helfen Sie mir, das Mädchen mit dem Tinkerbell-Tattoo zu finden. Sie hat mich erkannt und sie wird mir sagen, was hier eigentlich gespielt wird."

„Warum interessiert es Sie so, ob Ihr Liebhaber existiert oder nicht?" Isabelle Wagner fixiert noch immer die schmierigen Fußbodenkacheln. „Sie haben ihn doch verlassen, wollten wieder zurück zu Ihrem Mann, zurück in die schützenden Arme Ihrer Familie."

„Das haben Sie aber schön gesagt!", mache ich Isabelle Wagner ein Kompliment, denn genauso ist es ja, ich will zurück in den ruhigen Hafen unserer kleinen Familie. Dorthin, wo alles seinen richtigen Weg geht und keine Überraschungen mehr auf mich lauern.

„Sie haben meine Frage nicht beantwortet!", nimmt sie den Faden wieder auf. „Warum interessiert Sie das alles noch immer?"

Das ist der springende Punkt. Soll ich ihr erzählen, dass ich noch immer diese Erinnerungsfetzen habe und glaube, meinen Liebhaber ermordet zu haben? Dass ich denke, er liegt in der Dachterrassenwohnung in der Operngasse und verwest langsam, bis nichts mehr von ihm übrig bleibt, nur noch die Gedanken an ihn und die Bilder in meiner Fotogalerie, die aber nach und nach verblassen, bis sie sich schließlich völlig auflösen und selbst ich der Meinung bin, dass Talvin Singh nie existiert hat?

Aber das kann ich der Polizistin natürlich nicht sagen, deshalb schweige ich auch, nage an der Unterlippe wie ein kleines Mädchen.

„Können Sie keine Nachforschungen für mich anstellen?", raune ich und bin jetzt beinahe unhörbar. „Sie können doch den gesamten

Polizeiapparat nutzen, um herauszufinden, ob ein Talvin Singh existiert." Überrascht blickt Isabelle Wagner auf, hat mit dieser Frage anscheinend nicht gerechnet.

„Das ist völlig ausgeschlossen! Ich kann den Polizeiapparat doch nicht für private Recherchen missbrauchen."

„Bitte! Bitte!", flehe ich sie an und versuche, Augenkontakt zu ihr herzustellen.

„Nein, das geht nicht!", antwortet Isabelle Wagner nach einer Weile und zwirbelt nervös eine Strähne ihres dünnen Haares zwischen ihren Fingern. „Ich bin nur eine kleine Streifenpolizistin und kann überhaupt nichts für Sie tun."

„Aber mein Freund war tot, bevor er mir etwas Wichtiges über den verschwundenen Talvin Singh mitteilen konnte. Ich bin mir sicher, dass es darum ging. Warum begeht außerdem jemand Selbstmord, wenn er doch noch eine Verabredung hat? Das ergibt doch keinen Sinn!"

Das scheint Isabelle Wagner nachdenklich zu stimmen. Unbewusst legt sie ihre Hand auf meinen Arm und klopft sanft mit den Fingern. Ihre Nägel sind kurz und unlackiert, einige bis zum Nagelbett abgebissen.

„Warten Sie! Ich kenne einen Inspektor bei der Kriminalpolizei, der ist mir noch einen Gefallen schuldig. Ich werde ihm Ihre Geschichte erzählen, vielleicht interessiert es ihn und er stellt ein paar Nachforschungen an. Alles natürlich nur in ganz bescheidenem Rahmen."

„Natürlich! Natürlich!" Ich packe ihre Hände und will sie küssen, doch sie reißt sie abrupt weg.

„Hören Sie auf. Sie sind doch komplett verrückt!", zischt sie verhalten und sieht sich schnell um, ob jemand etwas bemerkt hat. „Erzählen Sie keiner Menschenseele davon, sonst bin ich für immer Streifenpolizistin. Diese Vorstellung würde ich einfach nicht aushalten." Sie greift in ihre Hosentasche und zieht eine völlig zerdrückte Visitenkarte hervor.

„Hier haben Sie meine private Adresse und meine Handynummer!", sagt sie und hält mir die dünne Karte hin. „Ich weiß nicht, warum ich das tue. Also stecken Sie die Karte ein, ehe ich es mir anders überlege."

Seufzend sieht Isabelle Wagner auf die Uhr an der Wand, die gleich vier Uhr morgens anzeigt, dann schlurft sie zu ihrem Kollegen, der noch immer dabei ist, die Identität und das wahre Alter der jungen Prostituierten zu knacken. Als sie sich wieder zu mir auf die Wartebank setzt, ist ihr Gesicht um noch eine Nuance grauer und ihre Augen knapp vor dem Erlöschen.

„Ich stamme aus Grenoble", beginnt sie ohne Einleitung. „Eine hässliche Stadt, die in den sechziger Jahren erbaut wurde und fast nur aus Hochhäusern besteht, die von hohen Bergen eingekesselt sind. Dort bin ich aufgewachsen."

Isabelle erzählt von ihrem trostlosen Leben und gerade, als ich sie in den Arm nehmen will, um sie zu trösten, wird die Tür aufgerissen und der Duft eines teuren Rasierwassers strömt mir entgegen.

„Adriana! Tut mir leid, dass du warten musstest. Aber ich war auf einer Wahlveranstaltung draußen auf dem Land."

Gregor eilt auf mich zu, zieht mich an den Schultern hoch, drückt mich so fest, dass mir die Luft wegbleibt. Er riecht gut und sieht unglaublich ausgeschlafen aus, obwohl es vier Uhr morgens ist. Isabelle Wagner, die in ihrer unschicken, aber praktischen Uniform neben mir sitzt, registriert er nicht einmal. Gregor hat nur Augen für mich.

„Du hast hoffentlich mit niemandem geredet?", fragt er leise und zieht meinen Kopf am Kinn hoch, um in meinen Augen die Wahrheit lesen zu können.

„Man hat mich zum Selbstmord von Raul befragt“, antworte ich wahrheitsgemäß und mit dieser Antwort scheint Gregor zufrieden zu sein. Er holt sich einen Becher mit Wasser aus dem Spender neben der Tür und trinkt hastig wie ein Verdurstender.

„Wie dem auch sei, deine Aussage ist eh in jedem Fall ungültig, da du ja psychisch labil bist.“ Mit einer Handbewegung würgt er meinen empörten Protest ab und deutet auf einen geschniegelten Mann, der mich wie eine unbekannte Spezies Mensch interessiert durch seine randlose Brille betrachtet.

„Das ist Dr. Atzbach, der Anwalt der Partei! Er wird alles regeln!“

Dr. Atzbach nickt mir zu, ohne mir jedoch die Hand zu reichen. Aufrecht wie ein Soldat geht er nach hinten in den großen Raum mit den vielen Schreibtischen, kramt währenddessen in seiner Aktentasche und hält dem Macho-Kollegen von Isabelle Wagner ein Schriftstück unter die Nase.

„Jetzt aber raus hier, bevor jemand von der Presse Wind davon bekommt!“, zischt Gregor und packt mich fest am Arm. „Wie schön ist es doch, zu wissen, dass die Familie immer hinter einem steht. Findest du nicht, Adriana?“

Ich bin mir nicht sicher, ob das zynisch gemeint ist oder nicht und riskiere einen kurzen Seitenblick auf Gregor, der den leeren Wasserbecher energisch zusammendrückt. Als er mich von der Bank hochzieht, fällt sein Blick zum ersten Mal auf Isabelle Wagner.

Gregor runzelt die Stirn und kneift die Augen zusammen, um das Namensschildchen auf ihrer Uniformbluse besser lesen zu können.

„Isabelle Wagner. Sie sind doch die Polizistin, die meine Frau gegen die Scheibe des Polizeiwagens gestoßen hat?“ Mit seiner rechten Hand schiebt er mich hinter seinen Rücken und baut sich vor Isabelle Wagner auf, die zusammengesunken auf der Bank sitzt und ihre Finger knetet, weil sie nicht recht weiß, was sie mit ihren Händen anfangen soll.

„Das wird noch ein Nachspiel haben! Eine Dienstaufsichtsbeschwerde nach sich ziehen!“ Gregor drückt sich gerne in diesem Stenogrammstil aus, das unterstreicht sein Macher-Image. Verächtlich sieht er auf die Frau hinunter, wie auf ein kleines hässliches Insekt. „Versuchen Sie bloß nicht, mir ans Bein zu pinkeln!“, flüstert er noch gefährlich leise und drückt aggressiv den Plastikbecher in seiner Hand noch weiter zusammen. Isabelle Wagner hebt den Kopf und in ihren Augen ist plötzlich ein Feuer, das ich so noch nie bei ihr gesehen habe. Auch Gregor zuckt überrascht zurück, verzieht dann aber nur zynisch den Mund und spuckt in den zerknautschten Becher. Angeekelt lässt er ihn dann direkt vor die Füße von Isabelle Wagner fallen. „Das ist für Sie!“

„Gregor, bitte!“, versuche ich ihn zu besänftigen, doch er lässt seine flache Hand durch die Luft sausen, signalisiert mir, dass ich mich nicht einmischen soll. Isabelle Wagner reagiert nicht auf diese Provokation, sondern schiebt den zerdrückten Becher wortlos mit ihrem schwarzen abgewetzten Schnürschuh unter die Bank. Ihre dünnen Haare wehen in der Zugluft und in der reizlosen Uniform ist sie ein Bild des Jammers.

„Entschuldigen Sie!“, rufe ich hinter Gregors Rücken hervor, der mir mit dem Ellbogen einen leichten Stoß gibt.

„Halt dich da raus, Adriana!“

Doch ehe er Isabelle Wagner weiter demütigen kann, stößt Dr. Atzbach wieder zu uns.

„So, alles erledigt, wir können dann los!“, sagt er und beugt sich dann zu Gregor. „Die Presse hat noch nichts von der ganzen Sache mitbekommen.“

„Na, das nenne ich Glück. Ich habe ja A. M. vorsorglich mitgenommen, falls ein Journalist aufgetaucht wäre."

„Wer ist A. M.?", frage ich scheinheilig, obwohl ich es bereits weiß. Sie ist die Pressesprecherin meines Mannes. Jung, hübsch und blond und wird von meinem Mann regelmäßig gebumst. So hat es Brandt, der Imageberater, treffend auf den Punkt gebracht hat.

„Alina Mayer, meine PR-Assistentin", antwortet mein Mann ganz nebenbei ohne die geringste Verlegenheit, während er sein Smartphone überprüft. Vielleicht mache ich mir auch zu viele Gedanken, denn er wirkt völlig unschuldig. Für den Moment lasse ich die Sache auf sich beruhen, will nur noch nach Hause, in den schützenden Hafen der Familie.

An der Sicherheitsschleuse müssen wir einen Augenblick warten, bis uns der zuständige Beamte die Tür öffnet und während wir dort stehen, sehe ich Isabelle Wagner mit einem dicklichen Mann reden. Ob das der Inspektor ist, der ihr noch einen Gefallen schuldet? Spricht sie mit ihm bereits über das mysteriöse Verschwinden von Talvin Singh? Ich weiß es nicht. Als ich ihr zum Abschied zuwinke, wendet sie schnell den Kopf zur Seite und spricht weiter, als würde sie mich nicht mehr kennen. In der Hand hält sie den zerknüllten Becher, den Gregor ihr vor die Füße geworfen hat. Sie wird ihn tatsächlich in den Papierkorb entsorgen. Arme Isabelle Wagner, ich hätte das an ihrer Stelle nicht getan.

„Ach ja, da ist noch etwas!" Wir stehen auf dem Parkplatz und Dr. Atzbach geht auf seinen Mercedes zu, neben dem eine junge und sehr attraktive Blondine steht, die hastig die Zigarette mit ihrem Pumps austritt, als sie uns bemerkt. Das ist also A. M., mit der mein Mann ins Bett geht.

„Adriana, hörst du mir überhaupt zu?"

„Entschuldige bitte Gregor, aber die letzten Stunden waren ziemlich anstrengend für mich!"

„Natürlich, natürlich! Wie konnte ich das nur vergessen. Trotzdem, es ist wichtig!" Gregor ist ganz treusorgender Ehemann, lässt aber nicht locker.

„Was ich dir noch sagen will, Adriana …" Er macht eine verlegene Pause, was so gar nicht zu ihm passt.

„Ja?" Plötzlich bin ich wachsam, Angst, Müdigkeit und die Leere in meinem Kopf sind wie weggeblasen. Es bahnt sich etwas Entscheidendes an.

„Marion hat mir Fotos geschickt!" Gregor räuspert sich, das Thema ist ihm sichtlich unangenehm. Warum wartet er damit nicht, bis wir zuhause sind? Warum müssen diese unangenehmen Dinge immer auf nächtlichen Parkplätzen geklärt werden?

„Was für Fotos? Wovon sprichst du überhaupt?"

„Stell dich doch nicht so begriffsstutzig an, Adriana. Marion war doch für dich in dieser Wohnung, wo angeblich der Inder gelebt hat."

„Ja und?" Ich bin nicht weiter überrascht, dass Marion Gregor immer tiefer in die Sache hineinzieht, die zu Beginn allenfalls nur eine Angelegenheit zwischen ihr und mir gewesen ist.

„Sie hat dort auch Fotos gemacht und die hat sie mir gemailt. Da kannst du dich dann selbst davon überzeugen, dass die Wohnung unbewohnt ist."

„Mir hat sie davon aber nichts gesagt!" Ich versuche, mich an das letzte Gespräch mit Marion zu erinnern. Es war das Telefonat vor dem Fotoshooting. Da war keine Rede von Fotos, die sie gemacht hat.

„Na und wenn schon, wird sie eben vergessen haben." Gregor schiebt mich zu seinem Wagen und winkt A. M. zu, die sich nicht einmal bei mir vorgestellt hat. Sie steigt in einen roten Mini Cooper, das Auto, das ich so gerne gehabt hätte. „Bis morgen!“, ruft ihr Gregor noch betont kumpelhaft zu. Er war schon immer ein schlechter Lügner.

Plötzlich wird mir alles zu viel. Die letzten Stunden brachten mich an den Rand eines Nervenzusammenbruchs. Mein bester Freund hat Selbstmord begangen und welches Spiel treibt meine beste Freundin? Alles was ich will, ist Ruhe. Ich möchte schlafen und als ein komplett neuer Mensch wieder erwachen. Ich will jemand anderer sein. Alles einfach vergessen, denn ich habe keine Kraft mehr. Ich will nicht so enden wie Raul und einsam in einem Hinterhof sterben. Ich will leben und nicht von meinen ständigen Erinnerungen getötet werden. Es ist an der Zeit, dass ich eine Entscheidung treffe.

„Gregor, bitte bring mich wieder in die Klinik zu Dr. Mertens. Ich will wieder gesund werden!“, seufze ich und spüre, dass sich mein Widerstand auflöst und ich wie Wachs in den Händen von Gregor bin. Doch es kommt ganz anders, als ich mir gedacht habe.

„Dafür ist es jetzt zu spät, Adriana! Das hättest du dir früher überlegen müssen. Mit deiner Flucht aus der Klinik hast du viel zu viel Aufsehen erregt! Man kennt dich dort als meine Frau und die Presse wird Wind davon bekommen, dass eine Politikergattin in der Nervenklinik ist.“

Widerlich leckt sich Gregor über die Lippen, aber ich bin zu kraftlos, um dagegenzuhalten.

„Brandt und der Parteivorsitzende finden, das Sicherste für die Partei ist, wenn du zuhause gepflegt wirst. Da kannst du dich am besten erholen. Niemand wird sich für dich interessieren und nach der Wahl sehen wir weiter. Mit der Zeit erkennst du hoffentlich, dass deine sogenannten Erinnerungen nur böse Träume gewesen sind."

Ein böser Traum, ja das ist mein Leben im Augenblick wahrlich und ich hoffe, dass ich bald aus diesem Albtraum erwache und nichts davon Wirklichkeit ist. Daran glaube ich ganz fest.

15

MONTAG – ABENDS

Vor einer Woche habe ich mir eingebildet, meinen Liebhaber getötet zu haben. Aber jetzt ist alles anders. Ich habe akzeptiert, dass meine vermeintliche Affäre mit Talvin Singh bloße Fantasie ist. Habe eingesehen, dass alles nur in meinen Gedanken existiert. Bin jetzt eine brave Patientin, die nicht mehr versucht, irgendwelchen Trugbildern hinterherzujagen.

Wie ist es dazu gekommen?

Gregor hat mir Fotos der Wohnung gezeigt, die Marion aufgenommen hat. Es stimmt, es ist die Wohnung aus meinen Albträumen, aber sie sieht tatsächlich komplett unbenutzt aus. Nirgends gibt es Blutspuren und im Schlafzimmer wirkt auch das Bett leer und unbenutzt. Ein trauriges Bild. Die Fotos habe ich nur unter Aufsicht von Gregor betrachten dürfen. Seinen Blick im Nacken, habe ich mich durchgeklickt und mir verboten, Situationen mit Talvin aus meiner Kopfgalerie aufzurufen und mit jenen Bildern zu vergleichen, die so seelenlos und verloren wirken.

„Adriana, du siehst also selbst, es gibt nichts, was auch nur im Entferntesten mit deinen Fantasien zu tun hat“, sagt Gregor im Brustton der Überzeugung, ehe er zu einer TV-Talkshow über Familienwerte aufbricht. Ich bin jetzt zuhause und es ist das erste Mal, dass Gregor mich alleine in unserem Haus zurücklässt. Bisher waren immer Brandt und einige andere Mitarbeiter der Partei bei uns aufgetaucht, hatten sich mit Gregor in sein Arbeitszimmer zurückgezogen, während ich teilnahmslos im Bett lag und gehorsam die Tabletten schluckte, die Dr. Mertens mir verschrieben hat.

Ich bin nicht ganz alleine, das stimmt so nicht, denn auf Anraten der Partei hat Gregor eine Pflegerin engagiert, die sich ständig um mich kümmert. Sie ist dick und fleischig, und wenn sie mein Zimmer betritt, riecht sie intensiv nach kaltem Zigarettenrauch. Als ich sie darauf anspreche, beharrt sie darauf, nicht mehr als drei Zigaretten täglich zu rauchen, aber das glaube ich ihr nicht. Sonst redet sie kaum ein Wort mit mir und ich weiß nur, dass sie Frieda heißt und in ihrer Jugend am Heumarkt als Catcherin gearbeitet hat. Nachdem sie sich die Schulter gebrochen hat, ließ sie sich zur Spezialpflegerin umschulen. Spezialpflegerin ist eine hübsche Umschreibung für ihr eigentliches Aufgabengebiet: Gregor hat sie als Aufpasserin engagiert, damit ich keine Dummheiten mache.

„Kannst du mir die Bilder von der Wohnung auf den Computer spielen?“, frage ich ihn, ehe er das Haus verlässt.

„Adriana, du sollst nicht ständig an deine Albträume erinnert werden. Deshalb lautet die Antwort des Familienoberhauptes: Nein!“

Das sollte wohl lustig gemeint sein, aber für mich klingt es nach Entmündigung.

„Ist schon in Ordnung!“ Ich winke erschöpft ab, im Grunde ist es mir auch einerlei, ob ich die Bilder habe oder nicht.

„Ich bin spätestens um zehn Uhr zurück“, brüllt Georg von unten durch das ganze Haus. „Du kannst dir die Talkshow ja im Kabelfernsehen ansehen.“

Aber das ist das Letzte, was ich jetzt tun werde. Ich will nur noch zurück in mein Bett und schlafen, schlafen, schlafen.

Im Wohnzimmer wird der Fernseher eingeschaltet. Wie fast alle Frauen ist auch Frieda total von meinem Mann beeindruckt und will die Sendung auf gar keinen Fall verpassen.

„Schon wieder eine Wählerstimme mehr“, hat mir Gregor zugeflüstert, nachdem sie um eine Autogrammkarte gebeten hatte, und dabei verschwörerisch geblinzelt.

Die vielen Tabletten, die mir Dr. Mertens verschrieben hat, machen mich völlig benommen und mir fällt das Denken ziemlich schwer. Aus dem Wohnzimmer höre ich Gregors Stimme, aber ich kann nicht unterscheiden, ob sie aus dem Fernseher kommt oder er selbst schon wieder von der Talkshow zurück ist.

Früher bin ich immer von einem Thema zum anderen gesprungen, jetzt hänge ich an einem Gedanken, bis ich ihn vollkommen ausgelutscht habe. Einer dieser Gedanken, die sich endlos in die Länge ziehen, kreist um die Fotos in der Wohnung. Es waren diese seelenlosen Bilder, die von Marion gemacht wurden. Weit hinten in meinem Schädel ist eine nebulöse Information gespeichert, die mit diesen Fotos zu tun hat. Irgendetwas daran ist mir aufgefallen, als ich sie durchgeklickt habe, aber ich kann nicht sagen, was es gewesen ist.

Als ich erwache, ist es heller Tag. Ich öffne die Augen und sehe meinen mit einem schmutzigen Leintuch verhüllten Körper in einem Spiegel an der Decke. Während ich umständlich und mit schmerzendem Kopf aus dem Bett steige, löst sich das Leintuch, aber ich bin zu müde, um mich wieder darin einzuhüllen. Langsam stehe ich auf, öffne die Tür, die in das Wohnzimmer führt. Durch die riesige Glasfront knallt die Morgensonne so unbarmherzig herein, dass ich die Augen schließen muss, um nicht blind zu werden. Vorsichtig tappe ich weiter zu der

Kochinsel, die wie der Bug eines Schiffes mitten in den Raum ragt. Ich stoße mit dem Fuß an ein Hindernis. Ehe ich nach unten sehe, streift mein Blick wie zufällig den Messerblock, der auf der Arbeitsplatte steht. Ein Messer fehlt und ich weiß auch, warum. Es liegt am Boden neben einem toten Mann, dessen Bein ich soeben berührt habe. Das Messer liegt neben meinem toten Liebhaber. Automatisch hebe ich es auf, es liegt gut in meiner Hand, ist ein schön gearbeitetes Designerstück, nur ist es jetzt blutbeschmiert und eine Mordwaffe.

Plötzlich habe ich das Gefühl, als wäre noch jemand in der Wohnung. Ich will mich noch umdrehen, doch jetzt wird alles zunächst schwarz, dann blendend weiß und überbelichtet und schweißgebadet wache ich erst jetzt wirklich auf.

Es ist zwei Uhr morgens und langsam lässt auch die Wirkung der Tabletten nach. Das wattige Gefühl im Kopf verschwindet, dafür setzt ein nervöses Kribbeln ein, so als würde eine Horde Ameisen unter meiner Haut ihre Bahn ziehen. Mit weit aufgerissenen Augen liege ich im Bett, versuche, so gut es geht, die Ameisenhorde zu ignorieren und überlege.

Gregor hat mir die Fotos auf seinem Smartphone gezeigt. Ich brauche jetzt also nur die Bilder von seinem Smartphone auf meinen Laptop zu schicken, dann kann ich sie morgen in aller Ruhe durchsehen. Der Messerblock hat sich in meinem Denken eingenistet und ich habe keine Ahnung, warum das so ist.

Gregor wälzt sich unruhig im Bett hin und her, während ich im Badezimmer sein Sakko inspiziere und das Smartphone in der Außentasche finde. Ich scrolle mich durch die verschiedensten Bilder von langweiligen Parteiveranstaltungen mit übergewichtigen Funktionären. Ein Fotoordner heißt PR und der interessiert mich besonders. Was ich sehe, bestätigt nur meine Ahnungen. Auf den letzten drei Fotos ist die junge A. M. zu sehen. Sie lacht in die Kamera und ihre Augen blitzen verliebt. Einmal drückt sie einen kleinen Hund an ihre Wange und grinst verzückt, ein anderes Mal steht sie neben einem grauen Esel, der aber den Kopf von ihr wegdreht. Auf allen Bildern trägt sie ein hautenges T-Shirt mit dem Parteilogo darauf und sie sieht wirklich verdammt gut aus!

Warum nur speichert Gregor diese Bilder auf seinem Handy? Es kann nur einen Grund geben und der ist mehr als offensichtlich. Aber wozu aufregen? Im Augenblick habe ich Wichtigeres zu tun, als mit sexy A. M. zu konkurrieren. Jetzt muss ich die anderen Bilder finden. Nach einigem Hin und Her finde ich den richtigen Ordner, muss aber jedes Bild einzeln auf meinen Laptop schicken und das macht jedes Mal einen leisen Piepton.

„Adriana? Wo bist du?"

Gregor ist aufgewacht und ich hocke im Bad auf dem Boden und checke sein Smartphone. Das kann böse enden, sehr böse sogar. Ich beginne heftig zu zittern und meine Fingerspitzen sind ganz feucht vor Nervosität. Marion hat unendlich viele Fotos von der Wohnung geschossen, warum hat sie mir davon nichts erzählt?

„Shit, shit, shit!", fluche ich leise vor mich hin, als ich die Bettdecke im Schlafzimmer rascheln höre. Richtig, Gregor kann nur in gestärkter Bettwäsche schlafen, das liegt so in seiner Familie, gibt er lächelnd als Grund an. Ist doch verrückt, oder?

„Adriana? Bist du im Bad?" Schritte nähern sich dem Badezimmer und mein Herz beginnt vor Aufregung, wie wahnsinnig zu pochen.

„Ich, ich kann nicht schlafen. Frauenbeschwerden!" Dieses Zauberwort hilft immer, denn sofort höre ich, wie Gregor vor der Tür stehen bleibt, umdreht, wieder zurück ins Bett plumpst und das Licht ausknipst.

„Bleib aber nicht zulange wach, Adriana! Sonst kannst du nicht wieder einschlafen."

Endlich habe ich alle Fotos an meinen Laptop gemailt und die Versand-Mails auf Gregors Handy gelöscht. Ich muss mich sehr beherrschen, nicht auch die Bilder von sexy A. M. zu löschen, aber dann wüsste Gregor, dass ich an seinem Handy gewesen bin.

Gregor ist bereits wieder eingeschlafen, als ich neben ihm ins Bett schlüpfe und mich in meinen Gedanken hemmungslos Talvin hingebe. Ich starre in den Spiegel an der Decke über dem Bett und unsere Körper sind ein grafisches Muster, beinahe schon ein Mandala. Sein dunkler Rücken, der vor Schweiß glänzt, und seine muskulösen Pobacken kontrastieren perfekt mit meinen langen schlanken Beinen, die ich seitlich unter seinem Körper beinahe waagrecht wegstrecke, damit ich ihn intensiver in mir spüren kann. Sein Kopf mit den schimmernden schwarzen Haaren liegt in meiner Halsbeuge und meine bleichen Arme mit den zu Krallen gespreizten Fingern ziehen ein Muster aus Liebe und Geilheit über seinen schweißnassen Rücken. Beide kommen wir gleichzeitig und ich will die Augen offen halten und mich dabei im Spiegel betrachten, schaffe es aber nicht, denn die Welle, die mich überrollt, löscht sämtliche rationalen Gedanken in mir aus und bei der kleinsten Bewegung durchzuckt mich ein sinnlicher Schauer.

Nackt und mit glühender Haut gehe ich leichtfüßig in das Wohnzimmer zum Küchentresen, um Talvin und mir einen Drink zu holen. Spielerisch streiche ich dabei mit meiner Handfläche über die Griffe der Messer in dem wie ein Holzstock geformten Messerblock. Ich konzentriere mich auf diese Szene, denn ich habe das Gefühl, ein entscheidendes Detail übersehen zu haben. Also noch einmal, nur diesmal viel, viel langsamer.

„Der Messerblock!“, rufe ich plötzlich und halte mir gleich darauf die Hand vor den Mund, denn Gregor wälzt sich im Schlaf unruhig zur Seite.

„Der Messerblock!“, flüstere ich nochmals, denn ich muss das Wort aussprechen, um es nicht zu vergessen. Mit klopfendem Herzen warte ich, bis Gregor wieder entspannt auf dem Rücken liegt und sich sein breiter Brustkorb rhythmisch hebt und wieder senkt. So betrachte ich ihn mehrere Minuten lang, während in meinem Kopf das Wort „Messerblock“ hämmert und pocht. Dann schleiche ich aus unserem Schlafzimmer, die Treppe nach unten und suche meinen Laptop. Der steht in Gregors Arbeitszimmer. Doch als ich die Klinke herunterdrücke, bemerke ich, dass die Tür abgesperrt ist. Was will Gregor vor mir verbergen? Warum versperrt er sein Arbeitszimmer vor mir? Will er mich aus seinem Leben ausschließen, um vielleicht mit dieser A. M. ein neues Leben zu beginnen, um sich zu verjüngen?

‚Ruhe Adriana!‘, ermahne ich mich selbst. Darum geht es im Augenblick nicht. Es geht um diesen verdammten Messerblock! Du musst dir das Wort merken, hast du verstanden? Ich haste barfuß zurück nach oben in unser Schlafzimmer, wo Gregor wieder ruhig und entspannt schläft. Auf Zehenspitzen schleiche ich an seinen Nachttisch, sehe die Schlüssel an dem Stahlring, der die Form einer Handschelle hat und den ich Gregor zum Hochzeitstag geschenkt habe. Ich glaube, die Handschelle ist ihm noch immer ein wenig peinlich, aber aus Loyalität zu mir verwendet er den Schlüsselbund täglich.

Gregor ist paranoid, denke ich, als ich den Schlüssel zu seinem Arbeitszimmer in das Schloss stecke und die Tür öffne. Er versperrt sein Zimmer, nimmt den Schlüssel mit und denkt, damit ist alles gesichert. Aber nichts ist sicher. Als Erstes werde ich mir am nächsten Tag einen Schlüssel nachmachen lassen, damit ich ungehindert Zugriff auf Gregors Unterlagen habe. Das Passwort seines Laptops kenne ich ja auch, es ist der Vorname des Parteivorsitzenden, wie originell!

Jetzt aber schnappe ich mir zunächst meinen Laptop, schleiche damit ins Wohnzimmer, öffne das Mailprogramm und warte, dass die Fotos, die ich mir von Gregors Handy geschickt habe, geladen werden. Das dauert und langsam werde ich wieder nervös. Es gilt, an die fünfzig Fotos zu betrachten und genau zu studieren, denn auf einem der Fotos habe ich den Messerblock entdeckt, da bin ich mir sicher. Im Schnelldurchlauf scrolle ich durch alle Bilder. Natürlich finde ich nichts und bin nahe daran, die Suche aufzugeben. Doch dann konzentriere ich mich auf die Aufnahmen des Küchenbereichs – und da sehe ich es: eine Aufnahme des Küchentresens, der kunstvoll wie ein Schiffsbug in den Wohnraum ragt. Ich sehe die Espressomaschine, die im Licht funkelt und blitzt, sehe einige Alessi-Accessoires und unscharf im Hintergrund den Messerblock! Ich zoome das Bild größer, bis sich alles in kleine Pixel auflöst und ich überhaupt nichts mehr erkennen kann. Deshalb wieder zurück und ganz langsam vergrößern: Jetzt erkenne ich das Detail! In dem Messerblock stecken vier Messer. Aber in meiner Erinnerung gab es zunächst fünf Messer. Das war ungefähr eine Woche vor Talvins Verschwinden. Mit diesem fehlenden Messer habe ich meinen Liebhaber erstochen und es auf den Boden geworfen – so jedenfalls könnte es gewesen sein, wenn ich mich erinnern würde.

Weshalb stecken aber in dem Messerblock nur vier Messer? Wenn sich alles nur in meiner Fantasie abgespielt hat, wie mir alle erklären wollen, wo ist dann das fünfte Messer? Das kann einfach kein Zufall sein. In meiner Erinnerung sehe ich die fünf Messer. Es war erst eine Woche, bevor ich beschlossen habe, mich von Talvin zu trennen. Das fehlende Messer ist die Mordwaffe! Ich sehe es auch immer ganz klar vor mir. Ein Irrtum ist ausgeschlossen. Aber wo ist dieses Messer? Habe ich es weggeworfen?

Egal wie man es dreht und wendet, ich weiß nur, dass ich morgen bei der Polizei eine Aussage machen werde. Ich kann mit dieser Ungewissheit einfach nicht mehr weiterleben! Ich werde vor der Polizei ein Geständnis ablegen. Ich werde aussagen, dass ich höchstwahrscheinlich meinen Liebhaber ermordet habe.

„Hallo Isabelle Wagner. Ich bin's, Adriana See!"

Ich sitze auf der Toilette im Erdgeschoß unseres Hauses und warte darauf, dass mich die Polizistin Isabelle Wagner nach dem Grund meines Anrufs fragt. Ich muss flüstern, damit mich mein schlafender Mann nicht hören kann, sage ich entschuldigend und es klingt, als würde mich Gregor ständig bevormunden oder als hätte ich Angst vor ihm. Doch Isabelle Wagner fragt nicht weiter und lässt mich reden.

„Ich weiß jetzt, dass ich nicht verrückt bin! Ich habe ein Indiz dafür, dass ich mir das alles nicht eingebildet habe!"

„Ach ja, was für ein Indiz?" Isabelle Wagner versteht schnell und stellt keine unnötigen Fragen, das schätze ich an ihr.

„Ich habe mich an den Messerblock erinnert. Talvin und ich hatten Sex, dann bin ich aufgestanden und habe die Messer berührt. Es steckten fünf Messer darin. Das war ungefähr eine Woche, bevor er verschwunden ist."

„Frau See, wissen Sie eigentlich, wie spät es ist?" Isabelle Wagners Stimme wird härter und unwillkürlich krümme ich mich zusammen, umfasse mein Businesshandy mit beiden Händen, damit mir meine Gedanken nicht entgleiten.

„Aber meine beste Freundin hat Aufnahmen von der Wohnung gemacht und auf einem der Fotos ist der Messerblock zu sehen. Da waren aber nur noch vier Messer in dem Block. Die Mordwaffe fehlt also, mit der ich meinen Liebhaber erstochen habe!"

„Moment, Moment!“, unterbricht mich Isabelle Wagner schnell. „Welche Mordwaffe? Wen haben Sie erstochen? Wovon reden Sie eigentlich?“

Jetzt habe ich einen Fehler gemacht, das spüre ich ganz deutlich. Jetzt ist in Isabelle Wagner die Polizistin erwacht, die einen spektakulären Fall wittert, um damit endlich den lähmenden Streifendienst hinter sich zu lassen. Ich will aber nicht, dass sie mich jetzt aus meinem Haus abholt und von meiner Familie trennt. Deshalb schwäche ich meine unbedachte Aussage auch sofort deutlich ab.

„Nicht das, was Sie denken, Isabelle Wagner. Es ist nur ein ständig wiederkehrender Erinnerungsfetzen. Aber das werde ich Ihnen morgen alles gerne selbst erzählen!“, bremse ich ihren Enthusiasmus. „War der Mann, mit dem Sie vor vier Tagen geredet haben, der Inspektor, den Sie kennen? Haben Sie ihn um Nachforschungen gebeten?“

„Wann können Sie morgen auf dem Revier sein?“ Isabelle Wagner geht überhaupt nicht auf meine Fragen ein, auch das ist Kalkül, sie ist eben durch und durch Polizistin.

„Passt Ihnen zehn Uhr?“, frage ich förmlich, so als würde ich mit einem Kunden einen Fototermin vereinbaren. Als ich keine Bestätigung höre, frage ich schnell nach. „Es ist aber auch schon früher möglich!“

„Nein, nein! Zehn Uhr passt vorzüglich, Frau See.“ Isabelle Wagner schweigt und scheint nachzudenken. „Können Sie mir die Fotos mailen?“ fragt sie dann. „Meine Mailadresse müsste auf der Visitenkarte stehen, die ich Ihnen damals gegeben habe.“

Plötzlich klopft es laut an der Tür.

„Frau See? Sind Sie da drinnen? Mit wem sprechen Sie? Antworten Sie, sonst breche ich die Tür auf!“ Frieda, die Pflegerin, rüttelt so fest an der Klinke, dass die ganze Tür erzittert.

„Ich kann nicht schlafen!“, antworte ich absichtlich besonders träge. „Von den vielen Tabletten bekomme ich immer schreckliche Magenschmerzen. Deshalb bin ich auch hier unten. Außerdem habe ich Frauenbeschwerden.“

„Interessiert mich nicht! Kommen Sie heraus!“, antwortet Frieda völlig unbeeindruckt im Kasernenton. „Sonst wecke ich Ihren Mann und öffne die Tür gewaltsam.“

Ich bin mir sicher, dass Frieda ihre Drohung wahr macht, wenn ich nicht sofort reagiere.

„Einen Augenblick!“ Ich drücke die Spülung und öffne nur wenige Sekunden später die Tür.

Frieda steht mit vor der Brust verschränkten Armen im Flur und sieht mich von oben bis unten an.

„Mit wem haben Sie gesprochen?“

„Mit niemandem! Ich führe öfter Selbstgespräche!“ Genervt zucke ich mit den Schultern, will an ihr vorbei wieder nach oben in mein Schlafzimmer. Doch Frieda hält mich mit eisernem Griff zurück.

„Ich soll auf Sie aufpassen, Frau See“, sagt sie ruhig und bestimmt. „Damit Sie keine Dummheiten mehr machen! Also was haben Sie hier in Ihrem Bademantel?“

Frieda deutet auf die verräterische Ausbuchtung und wartet meine Antwort gar nicht erst ab. Mit einer blitzschnellen Handbewegung langt sie sofort in die Tasche meines Bademantels und zieht ein Päckchen Tampons heraus.

„Ich habe Ihnen doch zuvor gesagt, dass ich Frauenbeschwerden habe!“ Wütend schüttle ich Friedas Hand ab, drehe mich um und gehe betont gelassen den Flur entlang. Mit Friedas zweifelnden Blicken in meinem Rücken steige ich langsam die Treppe hoch und bin froh, als ich mich endlich wieder in meinem Schlafzimmer befinde. Gregor schläft tief und fest und hat von alledem nichts mitbekommen. Ich lasse den Bademantel einfach zu Boden fallen und ziehe vorsichtig das Handy aus meinem Slip. Frieda hat mir zwar schon früher mein privates Handy abgenommen, aber nicht gewusst, dass ich auch ein Businesshandy besitze. Auch Gregor hat nicht daran gedacht, einfach weil es ihn nie interessiert hat, was ich arbeite. Das ist ein Vorteil für mich, denn so bin ich nicht völlig von der Außenwelt abgeschnitten, denn ich kann telefonieren. Doch wen sollte ich eigentlich anrufen? Außer Marion habe ich niemanden mehr. Ich verstecke das Handy schnell unter meinem Kopfpolster und starre schlaflos an die Decke. Morgen ist ein entscheidender Tag, denke ich und mein Herz pocht, denn mir ist nicht klar, was da auf mich zukommt. Doch Marions Foto ist der Beweis, dass ich mir nicht alles eingebildet habe.

Schon wieder Marion! Auch diese Fotos der Wohnung hat Marion gemacht. Mir hat sie nichts davon erzählt. Warum nur? Alle Informationen stammen also ausschließlich von Marion. Weshalb engagiert sich Marion so für mich? Weil sie meine beste Freundin ist und mir helfen will. Oder gibt es einen anderen Grund dafür? Mit diesen Zweifeln schlafe ich schließlich ein.

16

DIENSTAG - VORMITTAGS

„Ich will einen Mord gestehen, an den ich mich zwar nur fragmentarisch erinnern kann. Trotzdem kann ich mit dieser Ungewissheit einfach nicht mehr leben!“ Das wird die Einleitung zu meiner Aussage bei der Polizei sein. Meine Erinnerung an diesen blutigen Morgen, als ich mit dem Messer in der Hand vor Talvins Leiche stand, wird von Tag zu Tag stärker, ist so realistisch, dass ich sogar den Messergriff in meiner Hand spüren kann. Nur das entscheidende Stückchen Erinnerung fehlt noch, dieses winzige Puzzleteil, das den tatsächlichen Mord zeigt. Es ist früh am Morgen, ich liege in meinem Bett und spiele in Gedanken die Situation durch, die mich bald erwarten wird. Aus dem Bad höre ich Gregors volle Stimme, er singt laut und falsch, es ist so wie früher und fast bereue ich es, in der Nacht mit Isabelle Wagner telefoniert zu haben. Doch ich bleibe bei meinem Entschluss, vor dem Inspektor eine Aussage zu machen.

Im Grunde liebe ich Gregor nach wie vor, deshalb wollte ich ja auch das Verhältnis mit Talvin beenden. Beim Sex ist Gregor das genaue Gegenteil von Talvin. Gregor ist hart und direkt, Talvin ist sanft und nähert sich auf Umwegen. Während sich das Spiel mit

Gregor ausschließlich um die schnelle Triebbefriedigung dreht, erregt mich Talvin auch durch seine Erzählungen über die betörende Welt von Indien.

Was soll ich also tun? Mich einfach wieder mit den Tabletten von Dr. Mertens vollstopfen und dahindämmern, bis Gregor abends nach Hause kommt und mich in seine starken Arme nimmt? Oder vielleicht Frieda, die schweigsame Pflegerin überlisten, die unten im Wohnzimmer mit vollem Mund eine Talk-Show kommentiert, in der es um Sex zwischen älteren Paaren geht?

Während ich grübelnd in meinem Bett liege, fällt mir plötzlich wieder ein, dass ich meinen Laptop noch im Wohnzimmer stehen habe. Ich konnte ihn nicht wieder zurück in Gregors Arbeitszimmer bringen. Ob Gregor etwas bemerkt hat? Gut möglich, dass er nicht weiter darauf geachtet hat. Er ist ja immer so intensiv mit seinem Wahlkampf beschäftigt, dass er überhaupt nicht wahrnimmt, was um ihn herum passiert.

Jetzt erinnere ich mich auch wieder an die Schnappschüsse von A. M. auf Gregors Handy und eine siedend heiße Welle der Eifersucht überschwemmt mich. Einmal daran gedacht, kann ich die Fotos nicht mehr aus dem Kopf bringen. Sexy A. M. mit dem kleinen Hund, dann mit dem entzückenden Esel, die sie beide aufdringlich herzt und umarmt. Unverblümt verliebt lacht sie in Gregors Richtung und streckt ihren Busen in dem zu engen Partei-T-Shirt nach vorne.

Gregor steht noch immer im Badezimmer. Jetzt aber hat er aufgehört zu singen und telefoniert. Am Klang seiner Stimme merke ich, dass es ein wichtiges Telefonat ist. Während er spricht, trommelt er nervös mit den Fingerspritzen auf den Waschtisch und verlagert ständig sein Gewicht von einem Bein auf das andere.

„Brandt kommt gleich vorbei!“, sagt er zu mir, als er wenig später vor seinem Kleiderschrank steht und sich anzieht. „Wir müssen einige

Punkte aufeinander abstimmen, es beginnt ja jetzt die heiße Phase des Wahlkampfs."

„Du bleibst also vormittags hier?", frage ich und richte mich im Bett auf. Das bringt meinen ganzen Plan durcheinander und die Panik beginnt sich in meinem Körper auszubreiten. „Wieso bist du nicht in der Parteizentrale?"

„Adriana, davon verstehst du nichts! Die Parteizentrale taugt nicht für einen Wahlkampf. Brandt hat eine eigene Wahlkampfzentrale in der Stadt installiert, in dem alle Fäden zusammenlaufen. Dort ist auch das gesamte Team, das ausschließlich für den Wahlkampf zuständig ist."

„Also auch A. M", sage ich spitz.

Gregor kämmt sich die Haare und studiert dabei sekundenlang mein Gesicht.

„A. M. gehört zu meinem Team. Warum fragst du?"

„Ach, nur so! Ich habe sie ja vor ein paar Tagen vor dem Polizeirevier gesehen. Hübsche Frau mit einem hübschen Auto. So einen Mini wollte ich auch. Damals, du erinnerst dich doch noch?"

„Worauf willst du hinaus, Adriana?"

„Das ist nur Smalltalk, Gregor, ganz ohne Hintergedanken!", antworte ich gelangweilt und setze eine gleichgültige Miene auf. „Heute ist so ein schöner Tag, da könnte ich ja einen Spaziergang machen." Ich mache diese Bemerkung ganz nebenbei, so als wäre es mir überhaupt nicht wichtig.

„Völlig ausgeschlossen!" Mit einem energischen Ruck zieht Gregor seinen Krawattenknoten zusammen, so als wolle er sich selbst strangulieren. „Du weißt genau, was Dr. Mertens gesagt hat. Die nächsten zwei Monate musst du dich absolut schonen. Im Haus bleiben und deine Medikamente nehmen. Da gibt es keine Abweichung!"

„Ist ja gut! War nur so eine Frage!“ Beleidigt verziehe ich das Gesicht und drehe mich zur Seite.

„Es ist doch nur zu deinem Besten, Adriana!“, lenkt er ein. „Am Nachmittag kannst du dich ja mit Frieda in den Garten setzen. Das ist gestattet.“

„Zu gütig!“, erwidere ich zynisch. „Wirklich zu gütig. Mit einer ehemaligen Preisboxerin, die wie eine Gefängniswärterin auf mich aufpasst.“

„Jetzt hör mal zu, Adriana!“ Gregor hebt die Stimme, wird mit einem Mal emotional. „Ohne mich wärst du vielleicht im Gefängnis gelandet, vergiss das nicht!“

„Du hast mich doch nur vom Revier abgeholt, weil du Angst hast, dass die Presse Wind davon bekommt.“ Reiß dich zusammen, Adriana, mach nicht noch alles schlimmer, denke ich, sage aber genau das Gegenteil. „Weil sonst in der Zeitung stehen könnte: Ist die Frau des Politstars eine gefährliche Verrückte?“

„Weißt du was? Es ist mir zu blöde, weiter mit dir darüber zu diskutieren! Du verlässt das Haus auf gar keinen Fall, deshalb habe ich Frieda ja auch engagiert.“ Gregor will noch etwas sagen, doch in diesem Augenblick piepst sein Handy und kündigt eine SMS an. Als er die Nachricht gelesen hat, steht ihm der Schweiß auf der Stirn.

„Ich muss noch verschiedene Unterlagen für Brandt vorbereiten. Wenn du etwas brauchst, dann rufe einfach nach Frieda. Sie sitzt unten im Wohnzimmer.“

Aber ich brauche nichts außer meiner Freiheit. Langsam fühle ich mich wie eine Gefangene in meinem eigenen Haus. Jeder meiner Schritte wird überwacht, es gibt kein Entrinnen. Die Zeit vergeht wie im Flug, schon ist es zehn Uhr. Jetzt sollte ich eigentlich mit Isabelle Wagner auf dem Revier sitzen und meine Aussage machen. Aber daraus wird nichts. In der Zwischenzeit ist auch Dietmar Brandt, der

Imageberater der Partei, gekommen und verschanzt sich mit Gregor in dessen Arbeitszimmer, um die nächsten Schritte für die heiße Phase des Wahlkampfes zu besprechen.

„Wo bleiben Sie?“ Die SMS ist von Isabelle Wagner und es ist zehn Uhr dreißig. Als ich antworten will, steht Frieda breitbeinig in der Tür. Sie hat wie üblich beide Arme vor der Brust verschränkt und erkennt die Situation sofort.

„Geben Sie das Handy her, Frau See!“ Auffordernd streckt sie mir die Hand entgegen und ich habe nur noch Zeit, schnell die SMS zu löschen.

„Mit wem wollten Sie gerade telefonieren?“

„Mit meiner Freundin Marion!“, lüge ich und ärgere mich im selben Moment, dass ich so bereitwillig Auskunft gebe. Zum Glück hat Frieda nichts von der SMS mitbekommen. Es weiß also noch niemand von meinem nächtlichen Gespräch mit Isabelle Wagner.

Etwas später läutet unten die Türglocke und ich höre, wie Frieda öffnet, weiß aber nicht, wer kommt, denn ich kann nicht verstehen, was sie sagt. Das ist wahrscheinlich einer von Brandts Assistenten, der weitere wichtige Unterlagen bringt. Ich hoffe nur, dass ich am Nachmittag Gelegenheit habe, mit Isabelle Wagner Kontakt aufzunehmen, um ihr zu erklären, warum ich nicht kommen konnte. Aber vielleicht vergesse ich die ganze Angelegenheit mit meiner Aussage auch wieder und denke einfach nicht mehr an Talvin, sondern konzentriere mich auf die Zukunft mit meinem Mann. Aber wie immer kommt es ganz anders.

„Bist du noch ganz bei Trost, Adriana?“ Gregor stürmt in mein Schlafzimmer und ist sichtlich bemüht, nicht laut loszubrüllen. Hinter ihm steht Brandt, der mich mit seinem öligen Charme begrüßt und dann schweigt.

„Unten steht diese unverschämte Polizistin in Uniform und will mit dir sprechen. In Uniform! Du weißt, was das bedeutet? Die Nachbarn bekommen etwas mit und bald auch die Medien. Alles nur noch eine Frage der Zeit!"

„Ich weiß nicht, warum Isabelle Wagner hier ist. Weshalb will sie mit mir sprechen?", frage ich naiv, doch Gregor nimmt mir diese Rolle nicht ab.

„Stell dich nicht so blöde an, Adriana!", zischt er. „Du weißt genau, was ich meine. Diese graue Maus will mit dir reden. Was will sie von dir? Hast du mit ihr gesprochen? Wann war das?"

„Ich habe nicht mit ihr gesprochen!", leugne ich hartnäckig, obwohl ich weiß, dass ich auf verlorenem Posten stehe. Brandt hat in der Zwischenzeit sein Handy hervorgeholt und wählt eine Nummer. Er geht aus dem Zimmer und ich kann daher nicht verstehen, mit wem er spricht. Gregor sieht mich noch einmal empört an und stürmt dann die Treppe hinunter. Ich höre ihn mit Isabelle Wagner leise diskutieren. Doch schon nach wenigen Augenblicken rast er wieder nach oben und bleibt mit geballten Fäusten vor meinem Bett stehen.

„Du willst einen Mord gestehen, den du dir nur eingebildet hast? Weißt du denn überhaupt, was du damit anrichtest?" Gregors Kiefermuskeln zucken und er muss sich ziemlich zusammenreißen, um mich nicht anzuschreien und aus dem Bett zu schlagen.

Aber ich habe ja meine Kamera wieder, wenn auch ohne Chip, den hat Gregor konfisziert. Doch das Blitzlicht funktioniert ausgezeichnet. Ehe Gregor mich anfassen kann, reiße ich die Kamera in die Höhe und drücke ab. Das Blitzlicht ist so grell, dass Gregor mit einem unterdrückten Schrei zurückweicht und heftig blinzelt.

„Gib sofort die Kamera her, du arme Irre!", schreit er und jetzt weiß ich endlich, woran ich bin. In Gregors Augen bin ich nichts weiter als eine verachtenswerte Verrückte, die in seinem brutalen Weltbild einfach keinen Platz hat.

„Nie im Leben bekommst du meine Kamera!“, schreie ich und bleibe hinter dem riesigen Teleobjektiv in Deckung. „Wie kommst du darauf, dass ich Isabelle Wagner etwas erzählt habe?“

„Diese unverschämte Polizistin hat es mir direkt ins Gesicht gesagt. Wenn Sie nicht mit dir reden kann, dann lässt sie dich eben vorladen.“ Gregor leckt sich nervös die Lippen und seine Augen sind rot unterlaufen. Er steht ziemlich unter Stress.

„Dr. Atzbach, der Anwalt, kommt so schnell wie möglich!“ Brandt ist wieder in mein Schlafzimmer getreten und starrt mich finster an. „Reißt euch gefälligst zusammen!“, instruiert er Gregor und spielt auf unseren Streit an. „Die Polizistin kann ja alles mithören!“ Die beiden Männer wirken in ihren dunklen Anzügen ziemlich bedrohlich und es würde mich nicht wundern, wenn ich jetzt von ihnen an einen geheimen Ort verschleppt und versteckt werden würde.

„Wie verhindern wir, dass die Polizistin mit ihr spricht?“ Gregor wendet sich an Brandt und redet, als würde ich gar nicht mehr existieren. So wie Talvin. „Sie darf nicht mit der Polizistin reden!“

„Cool bleiben, Gregor!“ Brandt klopft Gregor beruhigend auf die Schulter. „Ich regle das! Es geht ja nur um die Zeit, bis Atzbach kommt und die Polizistin mit seinem Juristenkauderwelsch zur Schnecke macht. Kümmere dich lieber um die da!“ Er macht eine abfällige Kopfbewegung in meine Richtung. Mehr Verachtung ist fast nicht mehr möglich und Brandt hat mir jetzt anschaulich demonstriert, dass ich für ihn nichts weiter als ein ekelhafter Störfaktor seiner Wahlkampfstrategie bin.

Wie recht er doch hat. Ich bin nicht mehr zurechnungsfähig und eine Gefahr für die Karriere meines Mannes. Einer der Spitzenkandidaten mit einer verrückten Frau. Na, da müssen Brandt und Gregors attraktive PR-Assistentin A. M. sämtliche Register ziehen, um einen Super-GAU zu verhindern.

Gerne würde ich jetzt mit Isabelle Wagner sprechen oder auch nur einfach neben ihr sitzen. Sie ist der einzige Mensch, zu dem ich noch Vertrauen habe. Gregor ist ja völlig in seiner Politikarbeit gefangen und Marion hat sich schon seit Tagen nicht mehr gemeldet. Aber ich darf mein Schlafzimmer nicht verlassen, das hat Gregor mir eingeschärft.

„Wenn dich diese Polizistin sieht, dann will sie mit dir reden und meine Karriere ist kaputt. Also bleib bitte hier in deinem Schlafzimmer. Mach das bitte, wenn du mich liebst!", hat er mir rasch zugeflüstert, ehe er und Brandt nach unten gegangen sind, um meinen nächtlichen Anruf bei Isabelle Wagner zu relativieren. Ich habe Gregor zwar versprochen, das Schlafzimmer nicht zu verlassen, aber an der Tür zu lauschen ist gestattet.

„Ich rekapituliere", höre ich Isabelle Wagners leicht zittrige Stimme, „Sie sagen, Ihre Frau hätte gestern Nacht schlecht geträumt und Verschiedenes durcheinandergebracht! Sie hatte diesen Erinnerungsfetzen, in dem sie ihren Liebhaber mit einem Messer getötet hat."

„Es war keine Erinnerung, sondern ein Traum!", wird Isabelle Wagner sofort von Gregor korrigiert.

„Warum hat sie mich dann angerufen, wenn alles doch nur ein Traum gewesen ist?" Ich bewundere Isabelle Wagner für ihre Hartnäckigkeit. Sie lässt sich weder von Brandt noch von Gregor einschüchtern.

„Bevor wir uns jetzt in irgendwelchen Details verlieren, schlage ich vor, auf unseren Rechtsbeistand Dr. Atzbach zu warten. Der wird alles Weitere klären." Brandts Stimme klingt ruhig, als wäre dieses Gespräch reine Routine.

„Trotzdem würde ich gerne mit Frau See sprechen!", beharrt Isabelle Wagner störrisch auf ihrem Wunsch. „Am Handy klang sie gestern ganz gefasst und klar. Sie erwähnte nichts von irgendwelchen Albträumen!"

„Es reicht!", brüllt Georg plötzlich los. „Meine Frau ist krank und braucht ihre Ruhe! Begreifen Sie das doch endlich, verdammt noch einmal!"

Ehe Isabelle Wagner etwas darauf erwidern kann, läutet es an der Tür. Es ist Dr. Atzbach, der Rechtsanwalt der Partei. Er und Gregor sind sich nicht besonders sympathisch, aber die Parteiräson geht vor.

„Entschuldige, dass es so lange gedauert hat!" Atzbach raschelt mit einem Schriftstück. „Das hat ein Inspektor Hellwig von der Mordkommission unterzeichnet", sagt er triumphierend. „Damit ist die ganze Sache endgültig aus der Welt geschafft."

„Mordkommission?" Ganz deutlich kann ich die Panik in Gregors Stimme hören. „Du meine Güte! Gibt es jetzt eine Morduntersuchung?"

„Beruhige dich, Gregor!" Atzbach klingt wie immer herablassend und gönnerhaft. „Inspektor Hellwig wollte der kleinen Streifenpolizistin nur einen privaten Gefallen tun. Sie hat ihn darum gebeten. Es ist also nichts Offizielles."

Umständlich und mit hochgestochenen Phrasen erklärt Atzbach, was es mit dem Schriftstück auf sich hat. Im Grunde lässt sich alles auf wenige Sätze reduzieren: Inspektor Hellwig verzichtet auf jegliche Einvernahme von mir, da ich nicht zurechnungsfähig bin und unter Wahnvorstellungen leide. Alle bisherigen Erkenntnisse aus meinem Telefongespräch mit Isabelle Wagner sind daher unzulässig. Das hat Hellwig unterzeichnet und damit gibt es die Möglichkeit, dass ich meinen Liebhaber doch ermordet haben könnte, einfach nicht mehr.

Dieses Schreiben liest Atzbach Isabelle Wagner vor, die nichts darauf erwidert, sondern wortlos das Haus verlässt.

„Das war knapp!“, schnauft Gregor, als die Tür hinter Isabelle Wagner ins Schloss fällt und atmet tief durch. „Was ist, wenn diese Polizistin trotzdem nicht locker lässt?“ Gregor bemüht sich, seiner Stimme einen beiläufigen Ton zu geben.

„Weshalb diese Angst, Gregor?“, fragt Brandt, der plötzlich hellhörig geworden ist. „Was könnte sie denn finden, wenn sie tiefer bohrt?“

„Natürlich nichts, aber die Optik wäre verheerend.“ Gregor klingt gehetzt. „Die Presse setzt sich auf die Story und findet sicher auch ihre Aktion mit dem nicht existenten Björn heraus. Dass sie eine ganze Woche lang die schwedische Polizei auf Trab gehalten hat mit dieser erfundenen Geschichte. Sie ist dann abgestempelt als die verrückte Gattin eines Politikers. Und was das für meine Kandidatur bedeutet, das könnt ihr euch ja ausmalen!“

„Sie hat also einen Rückfall“, bringt Brandt es wieder auf den Punkt. „Nur dass sie jetzt glaubt, ihren erfundenen Liebhaber auch noch ermordet zu haben.“

Es fällt mir auf, dass niemand meinen Namen ausspricht, wenn über mich geredet wird. Selbst für Gregor, meinen Mann bin ich jetzt nur noch eine namenlose „Sie“.

„Gar nichts wird passieren“, mischt sich jetzt auch Atzbach ein. „Das ist doch bloß eine kleine Streifenpolizistin!“ Atzbach würgt die Sätze hervor, als müsse er gleich kotzen. „Es ist wie bei einer Stubenfliege. Hat eine durchschnittliche Lebensdauer von einem Tag und wenn sie vorher lästig fällt, dann wird sie eben erschlagen!“

„Origineller Vergleich!“, meint Gregor unbehaglich, weiß aber anscheinend nicht so recht, wie er sich verhalten soll, deshalb höre ich das vertraute Klacken, als er wieder am Ring seiner Taucheruhr dreht.

„Es kommt bloß auf den Blickwinkel an! Meiner ist von oben und diese kleine Polizistin ist ganz unten.“ Atzbach räuspert sich lautstark und knallt die Absätze seiner Schuhe zusammen, als würde er salutieren. „Meine Herren, Adieu! Wir sehen uns bei der Sitzung am Nachmittag."

Ich bin feige, ich weiß. Aber ich getraue mich nicht, das Fenster aufzureißen und nach Isabelle Wagner zu rufen, die mit gesenktem Kopf vor unserem Haus steht und das Schriftstück zusammenfaltet, das ihr Atzbach gegeben hat. Im Sucher meiner Kamera sehe ich die zusammengekniffenen Lippen von Isabelle Wagner. Ich zoome sie näher heran und verharre auf ihren bernsteinfarbenen Augen, die verräterisch glänzen, so als würde sich Isabelle Wagner mit aller Gewalt zusammenreißen, um nicht in Tränen auszubrechen. An diesen traurigen Augen erkenne ich, dass ich sie durch mein Verhalten in eine ausweglose Situation manövriert habe. Deshalb gehe ich mit der Kamera wieder auf Distanz und in rasender Geschwindigkeit wird ihr Kopf kleiner und ihre ganze Gestalt ist im Sucher zu sehen. In ihrer zu großen Uniform und mit den klobigen schwarzen Schnürschuhen wirkt sie durch das Objektiv meiner Kamera wie ein verkleidetes Kind. Sie tut mir unendlich leid, denn ich ahne, dass ich sie mit meinem nächtlichen Anruf endgültig um ihre Karrierechancen gebracht habe.

17

DIENSTAG - NACHMITTAGS

Wir sprechen nicht mehr über Isabelle Wagners störendes Eindringen in unsere kleine Welt, wie Gregor es formuliert. Ich akzeptiere das, auch weil ich ein schlechtes Gewissen ihr gegenüber habe und deshalb nicht ständig daran erinnert werden will, dass ich feige war. Gregor fährt nachmittags zu einer Sitzung und Frieda, meine Pflegerin macht es sich im Wohnzimmer gemütlich. Sie ist eine leidenschaftliche Talkshow-Konsumentin und lässt auch am Nachmittag keine einzige dieser Shows aus.

Bei zugezogenen Vorhängen liege ich im Bett. Gregor hat gemeint, das grelle Sonnenlicht würde mir schaden und ich muss ihm recht geben. In dem diffusen Dämmerlicht versuche ich, mich ein wenig zu entspannen, versuche alles, was bisher geschehen ist, zu vergessen. Ich leide unter Wahnvorstellungen, das hat auch Dr. Mertens gesagt, der gegen Mittag kurz vorbeigeschaut und mich oberflächlich untersucht hat. Hans, der fast schon zur Familie gehört, zu unserer kleinen Familie, wie Gregor nicht müde wird, zu betonen.

Dr. Mertens hat meine Hand getätschelt und mich nachsichtig betrachtet. In etwa so, wie man ein anstrengendes Kind betrachtet, das partout nicht tun will, was man ihm befiehlt. Aber ab jetzt werde ich alles tun, was Gregor und Dr. Mertens von mir verlangen. Im Augenblick ist das nicht viel. Sie wollen nur, dass ich widerspruchslos die Tabletten schlucke, die auf dem Nachttisch aufgereiht liegen und dass ich die Vorhänge zuziehe, um das Sonnenlicht auszusperren.

Um die Seeluft auszusperren, den Duft nach exotischen Früchten, die dieselgeschwängerte Luft, die von den Tuk-Tuks verpestet wird, die in Chennai die Hafenmole auf und ab brettern. Daran darf ich auf keinen Fall denken. Das sind alles nur krankmachende Fantasien, hat Dr. Mertens gesagt und ich habe nur stumm genickt. Also versuche ich mit aller Gewalt, an etwas anderes zu denken.

„Denken Sie an etwas, das Ihnen Spaß macht,. Adriana!“, hat Dr. Mertens gesagt. „Freuen Sie sich auf die Zukunft!“ Aber ich habe keine Zukunft, das spüre ich. Ich habe nichts, worauf ich mich freuen kann und das macht mich unendlich traurig.

Abends drängt sich Isabelle Wagner wieder in mein Bewusstsein. Ich sehe sie ganz deutlich vor unserem Reihenhaus auf der Straße stehen und das Schriftstück von dem Rechtsanwalt zusammenfalten. Sie wurde gedemütigt und um ihre Zukunft gebracht. Besser gesagt, ich habe sie um ihre Zukunft gebracht. Denn ihr Auftritt am Vormittag wird ein Nachspiel haben, so viel habe ich bereits mitbekommen. Zwar erst nach der Wahl, aber trotzdem.

Wir haben beide keine Zukunft mehr, das verbindet mich mit Isabelle Wagner. Trotzdem darf ich nicht feige die Augen verschließen, so wie es heute vormittags gemacht habe. Ich muss mich bei Isabelle Wagner für mein Versagen entschuldigen. Aber aus dem Haus zu verschwinden, ist gar nicht so einfach. Gregor hat zwar am Abend eine Wahlveranstaltung, aber Frieda lässt mich auf gar keinen Fall das Haus verlassen.

Es sei denn, es gelingt mir, sie zu täuschen. Als Frieda bei Einbruch der Dunkelheit in mein Schlafzimmer kommt, um zu kontrollieren, ob ich meine Tabletten auch gehorsam nehme, ist alles wie immer. Ich schlucke das schwere Schlafmittel vor ihren Augen und zufrieden macht sie sich wieder auf den Weg hinunter ins Wohnzimmer, um den Anfang einer Talkshow nicht zu verpassen. Ich warte noch eine Weile, hole dann die Tabletten unter meiner Zunge hervor und verstecke sie unter der Matratze.

Trotz der sommerlichen Hitze schlüpfe ich in meine Lederjacke und schnappe mir meine Kamera, lade sie mit einem Chip, der schon seit Monaten unbenutzt in meinem Nachttisch liegt. Unten läuft der Fernseher in voller Lautstärke und ich bin sicher, dass Frieda überhaupt nicht mitbekommt, dass ich weg bin. Der Sprung aus meinem Schlafzimmerfenster in den rückwärtigen Garten ist keine große Herausforderung, nur beim Aufprall knickt mein linker Fuß um und ein stechender Schmerz durchzuckt mich. Leise humple ich durch den Garten, halte mich ganz am Rand bei den Sträuchern, um nicht vom Schein der Straßenlaterne voll erfasst zu werden. Als ich endlich auf der Straße stehe, atme ich tief durch. Ich bin schweißnass und die dicke Lederjacke hängt tonnenschwer auf meinen Schultern. Aber das kann ich jetzt nicht mehr ändern.

Drei Querstraßen weiter steige ich an einem Taxistand in einen Wagen und nenne ihm die Adresse, die Isabelle Wagner zu ihrer Handynummer auf die Rückseite ihrer Visitenkarte geschrieben hat. Während das Taxi durch die Nacht gleitet, überlege ich mir, wie ich das Gespräch mit ihr beginnen könnte. Vielleicht lässt sie mich auch überhaupt nicht in ihre Wohnung oder hat wieder Nachtdienst. Erst jetzt fällt mir auf, dass ich mich ja überhaupt nicht vergewissert habe, ob Isabelle Wagner zuhause ist oder nicht. Aber dafür ist es jetzt zu spät, deshalb lasse ich es darauf ankommen.

„Alle Frauen verschwanden in der Nähe der Ringstraße!“, höre ich plötzlich, wie aus weiter Ferne, die Stimme des Taxifahrers, der anscheinend schon die ganze Zeit über mit mir redet. „Der Killer hat sich als Taxifahrer ausgegeben und immer nur Frauen zwischen dreißig und vierzig Jahren in seinem Taxi mitgenommen. Jede Nacht so gegen zweiundzwanzig Uhr, wenn die Kinos und Theater zu Ende sind und Taxis gesucht werden. Da ist man nicht wählerisch. Hauptsache, man kann in ein Taxi steigen. Er hat Türen und Fenster so präpariert, dass sie sich von innen nicht mehr öffnen ließen. Einmal drinnen, nie mehr raus! Gefangen wie in einem Käfig.“ Der Fahrer lacht laut auf und beobachtet mich ständig im Rückspiegel. „Das ist doch eine geniale Idee. Er ist dann mit den Frauen in eine abgelegene Garage gefahren und zack! Dort hat er sie gekillt!“ Die passende Handbewegung des Fahrers lässt an Deutlichkeit nichts zu wünschen übrig. Lauernd starrt er mich im Rückspiegel an. So als würde er nur auf eine passende Gelegenheit warten, um über mich herzufallen.

„Tolle Geschichte!“, sage ich zu dem Taxifahrer, als ich in einer gesichtslosen Hochhaussiedlung am nördlichen Stadtrand von Wien aussteige. „Sind Sie dieser Ringstraßenkiller, den man nie gefasst hat?“

„Dann hätte ich Sie doch schon längst umgebracht, Süße! Sie sind ja ganz meine Kragenweite!“, antwortet er genüsslich und schlägt sich vor Lachen mit seinen Händen auf die Oberschenkel.

Die Gegend, in der Isabelle Wagner wohnt, ist trostlos, hoffnungslos und lässt den Bewohnern keine Chance. Die Wohnblöcke sind riesig und außer einem Laden für gebrauchte Handys, einer Spielhalle, einem Diskont-Supermarkt und einem türkischen Lebensmittelladen gibt es keine Geschäfte mehr hier. Alles ist verbarrikadiert und sieht aus, als wäre ich in einem Kriegsgebiet gelandet. Die einzelnen Wohnblöcke sind mit Betonbrücken untereinander verbunden, die mit verschiedenen Farben bemalt sind, um den Bewohnern die

Orientierung zu erleichtern. Vor Block 3B bleibe ich stehen, hier bin ich richtig. Ich drücke die Klingel, warte, nichts rührt sich. Sie wird noch nicht zuhause sein. Also was tun? Soll ich wieder zurück in meinen Hafen und mich in meinem Bett verkriechen? Oder hier auf sie warten? Ich entscheide mich fürs Warten und setze mich mit meiner Kamera auf eine wackelige Plastikbank, die neben zwei überquellenden Mülltonnen steht. Während ich mit zurückgebeugtem Kopf die Sterne betrachte, kommt mir die ganze Situation ziemlich albern vor. Was werde ich zu Isabelle Wagner sagen? Dass alles nur in meiner Einbildung existiert und ich leider mit meinen Verrücktheiten ihre Karriere ruiniert habe? Vielleicht sollte ich die ganze Angelegenheit auf sich beruhen lassen und mich wieder nach Hause verziehen.

Doch dann kommt Isabelle Wagner. Ich erkenne sie schon von Weitem: Die gebückte Haltung, der schleppende Gang, sie sieht ziemlich fertig aus. Sie trägt keine Uniform, sondern eine altmodische schwarze Hose und ein buntes T-Shirt. In den Händen hält sie zwei schwere Einkaufstüten aus dem Supermarkt. Mit meiner Kamera schieße ich eine Serie der erschöpften Isabelle Wagner auf ihrem Weg von der Straße bis zur Eingangstür. Als ich aufstehen will, um sie zu begrüßen, habe ich plötzlich diesen Geruch von Verwesung in der Nase. Es ist ein Gestank, der mich wieder an meine Halluzinationen erinnert und der mir die Luft abschnürt.

Ganz vorsichtig drehe ich mich um und hebe die Kamera. Talvin hockt auf einer der Mülltonnen und deutet auf seine Brust, die nur noch eine große klaffende Wunde ist.

„Willst du kein Foto von mir machen?“, fragt er mit seiner singenden Stimme, die mich so an exotische Landschaften und den Ozean erinnert.

„Es gibt dich nicht mehr! Es ist alles nur Einbildung, so wie bei Björn!“, antworte ich in die Stille der Nacht.

„Du weißt, dass es anders ist als bei Björn. Tief in deinem Inneren weißt du, dass es ganz anders ist. Deine Welt wird auseinanderbrechen, Adriana!"

„Für mich gibt es aber deine Welt nicht mehr. Du hast nie gelebt!", sage ich laut in die Dunkelheit. Als ich endlich wieder genügend Luft bekomme, ist Isabelle Wagner bereits verschwunden und ich stehe wieder vor einer verschlossenen Tür. Noch ehe ich auf den Klingelknopf drücken kann, wird die Tür aufgerissen und zwei Jugendliche mit tief sitzenden Hosen und seitlich gedrehten Baseball Caps stürmen lachend nach draußen. Mich haben sie überhaupt nicht wahrgenommen. Für junge Leute bin ich mit meinen neununddreißig Jahren so gut wie tot.

18

DIENSTAG – NACHTS

Vier Aufzüge stehen zur Auswahl und ich drücke spontan den Knopf von Nummer drei, denn intuitiv glaube ich, drei wäre meine Glückszahl. Ist sie natürlich nicht, aber meine Familie bestand aus drei Personen, ehe Paul ertrunken ist. Isabelle Wagner wohnt im dreizehnten Stock, deshalb ist mir der Weg durchs Treppenhaus mit meinem verstauchten Knöchel auch viel zu beschwerlich. Ich muss also in diesen Aufzug steigen.

Der Fahrstuhl beunruhigt mich nicht und macht mir keine Angst. Er ist überraschend sauber, die Wände sind aus Alu und nicht mit Schmierereien bedeckt, wie das sonst so oft der Fall ist. Die Deckenbeleuchtung ist matt und der Spiegel an der rückwärtigen Wand nicht gesprungen oder fleckig, sondern frisch poliert. Im Spiegel sehe ich eine Frau mit blonden Haaren, die sie straff zu einem Pferdeschwanz nach hinten gebunden hat. Ich sehe ein glattes ovales Gesicht, das noch leidlich ohne Falten ist. Einen Mund, der noch nicht zu einem dünnen Strich mit zwei frustrieren Einkerbungen links und rechts geworden ist. Ich sehe also eine Frau, die rein äußerlich für ihr Alter noch ziemlich gut aussieht und durchaus fünf Jahre jünger sein könnte. Aber ich sehe auch in ihre kornblumenblauen Augen und wenn ich ein bisschen genauer hinschaue, bemerke ich die Panik, die ganz hinten lauert und die jederzeit hervorbrechen kann, wenn etwas Unvorhergesehenes passiert.

Doch dazu wird es nicht kommen, denn der Aufzug ist gleich oben und dann habe ich es überstanden. Unmerklich stoppt die Fahrt plötzlich zwischen dem zehnten und elften Stock. Ich war so sehr in die Betrachtung meines Spiegelbildes vertieft, dass mir überhaupt nicht auffiel, dass sich der Aufzug nicht mehr bewegte.

Ruhe bewahren, nur nicht die Nerven verlieren! Schnell drücke ich auf den Alarmknopf, horche angespannt auf das schrille Klingeln, das in alten Aufzügen immer so beruhigend laut durch das Treppenhaus hallt. Aber in diesem Hochhaus ist davon natürlich nichts zu hören. Auch der Knopf für die Gegensprechanlage bleibt stumm, kein Rauschen, Summen oder Knacken im Lautsprecher, sondern einfach nur Stille. Es ist, als wäre die Gegensprechanlage überhaupt nicht mit der Außenwelt verbunden. Genervt suche ich in den Taschen meiner Lederjacke nach meinem Smartphone. Kann es aber nirgends finden. Da fällt mir wieder ein, dass Frieda ja meine beiden Handys einkassiert hat.

„Shit!“, fluche ich und klopfe noch einmal sämtliche Taschen meiner schwarzen Lederjacke ab. Doch ich finde nur leere Kaugummiverpackungen, zwei Kinokarten und eine schwarze, noch ungeöffnete Schachtel mit Präservativen. Was wollte ich damit? Ich weiß es einfach nicht!

Die Außenwelt ist plötzlich ganz weit weg. Ich bin in der Innenwelt gefangen und kann nicht hinaus. Gefangen in einer einen mal einen Meter großen Zelle mit Aluwänden, die eng wie eine zweite Haut gegen mich drücken.

Die Wände rücken näher, langsam rutsche ich nach unten, bleibe mit angezogenen Beinen in einer Ecke sitzen. Lege meinen Kopf auf die Knie. Versuche mir Bilder ins Gedächtnis zu rufen, auf denen ich durch eine Landschaft auf einen weit entfernten Horizont zulaufe. Es ist ein unbeschreiblich befreiendes Gefühl – keine Angst vor einem plötzlichen Atemstillstand haben, einfach die ganze Luft in seinen Lungen spüren.

Doch die Bilder verflüchtigen sich und die Luft wird knapp. Mein Atem wird hektischer und ich muss ständig schlucken. Ich merke auch, dass meine Beine zu zittern beginnen, darf aber meinen Kopf nicht heben, denn sonst würde ich ja die Wände sehen, die immer näher kommen und das würde nur meine Panik noch weiter verstärken. Also presse ich auch weiterhin den Kopf auf meine Knie und hoffe, dass dieses Zittern aufhört und dass ich meinen Atem kontrollieren kann. Jetzt ist auch mein Hals bereits ganz ausgetrocknet und das Schlucken fällt mir schwer. Mein Herz rast und der Schweiß, der mir in Bächen den Rücken hinunterrinnt, ist eiskalt. Jetzt kommt sie, die Angst, die Todesangst, in dieser Aufzugkabine zu ersticken.

Mit einem gurgelnden Schrei springe ich auf, schlage mit den Fäusten gegen die Alutüren, versuche meine Fingerspitzen in den engen Spalt zwischen den beiden Türen zu pressen, um so die Türhälften auseinanderzuschieben. Doch auch diese Kraftanstrengung führt zu nichts, sondern erfüllt nur den einen Zweck, dass die Luft in der Kabine weniger wird und mir das Atmen noch schwerer fällt als zuvor.

Ich darf die Panik nicht zulassen!, denke ich und im selben Moment überfällt sie mich blitzartig und mitleidlos. Ich hämmere mit den Fäusten gegen die Alutüren, die unter meinen Schlägen vibrieren und schreie mir die Seele aus dem Leib. Vergeblich. Mir wird schwarz vor Augen und obwohl ich hektisch atme, kommt keine Luft in meine

Lungen, mein Herz rast und das Blut in meinen Schläfen pocht. Dann sinke ich auf dem Boden zusammen, schluchze und wünsche mir, nie in diesen verdammten Aufzug gestiegen zu sein, möchte einfach wieder zurück in mein dunkles Zimmer und zu meiner Familie.

Mit einem sanften Ruck setzt sich der Aufzug plötzlich wieder in Bewegung, spuckt mich im dreizehnten Stockwerk aus, als wenn nichts geschehen wäre und während ich an der Wand lehne, heftig atme und um Fassung ringe, beginnt mein Kopf bereits wieder ein Eigenleben zu führen: Was wäre, wenn ich mir diesen kurzen Defekt des Aufzugs nur eingebildet hätte? Wenn überhaupt nichts passiert ist? Wenn alles nur eine Halluzination war?

Hastig starre ich auf die Digitaluhr auf dem Display meiner Kamera, kann mich aber natürlich nicht mehr an die genaue Zeit erinnern, wann ich in die Kabine gestiegen bin. Jetzt bemerke ich auch, dass ich meine Fliegeruhr zuhause auf dem Nachttisch vergessen habe. Ich bin also ziemlich unüberlegt und konfus hierher gefahren. Aber wo ich schon einmal hier bin, muss ich die Geschichte auch durchziehen. Das heißt, ich muss mich wie so oft zusammenreißen und darf mich nicht von meinen Zweifeln an den Rand des Abgrunds drängen lassen. Also hinke ich mit meinem verstauchten Knöchel einen gelb gestrichenen Gang entlang, bis ich vor Isabelle Wagners Tür stehe und klingle.

„Sie schon wieder! Was wollen Sie?“

Isabelle Wagners Stimme ist kurz angebunden und klingt leicht zittrig, genauso wie ich sie in Erinnerung habe.

„Ich will mit Ihnen reden!“

„Machen Sie, dass Sie verschwinden! Sie haben mir schon genug Ärger verursacht!“ Isabelle Wagner versucht, mir die Tür vor der Nase zuzudrücken, aber ich gehe mit dem Fuß dazwischen und fotografiere wie ein Paparazzo und ohne Blitzlicht ihr aschfahles Gesicht. Ich muss mich später überzeugen können, dass ich auch hier gewesen bin. Das ist zwar exzentrisch, aber Isabelle Wagner verhält sich so, als hätte sie es nicht mitbekommen.

„Ich will mich entschuldigen! Bitte, lassen Sie mich für einige Minuten herein, damit ich Ihnen alles erklären kann!“

Es steht auf Messers Schneide. Isabelle Wagner zögert, kämpft mit sich, ob sie mich in ihre Wohnung, in ihr einsames Reich lassen soll. Schließlich nickt sie kurz, tritt zur Seite und lässt mich hinein. Ich registriere alles wie in einem Film. Ein grauer Teppichboden im Flur, auch Wände und Türstöcke sind grau gestrichen. Das soll auf Besucher wohl einen stylischen Eindruck machen, auf mich wirkt dieses massive Grau aber nur deprimierend und trostlos. Nirgends ein Farbklecks, keine Bilder an den Wänden. Nur eine Fotografie neben der Garderobe. Isabelle Wagner in Uniform mit einer Urkunde, die sie schräg in die Kamera hält. Sie lächelt nicht. Auf einem Bord liegen Schlüssel und ein zerdrückter Plastikbecher in einem durchsichtigen Beutel. Für einen Augenblick glaube ich, dass es derselbe Plastikbecher ist, den Gregor vor einigen Tagen auf dem Revier Isabelle Wagner vor die Füße geworfen hat. Aber das kann nicht sein.

Im Wohnzimmer setze ich mich auf ein graues abgewetztes Stoffsofa, während sich Isabelle Wagner gegenüber auf einem niedrigen Hocker niederlässt, der farblich zu dem Sofa passt. Sie macht kein Licht, nur die Beleuchtung am Gang und die Lichter, die aus den Fenstern im Wohnblock gegenüber in den Raum scheinen, erhellen die Szenerie. Hinter Isabelle Wagner befindet sich ein riesiges Terrarium, das die ganze Wand einnimmt und von einem kalten blauen Licht beleuchtet wird. Nur schemenhaft kann ich die Äste und Zweige erkennen, mit denen es ausgestattet ist. Ich bilde mir ein, eine große Schlange auf einem der Äste zu sehen, kann mich aber auch getäuscht haben. Erst als ich die gespaltene Zunge der Schlange in dem blauen Licht erkenne, weiß ich, dass diese Schlange absolut real ist. Die Fenster des Zimmers sind geschlossen und es ist ungewöhnlich heiß in dem Raum.

„Also, was wollen Sie mir sagen?"

Die Stimme von Isabelle Wagner klingt jetzt selbstsicher und nicht mehr zittrig. Das Terrarium in ihrem Rücken gibt ihr Sicherheit, das merkt man deutlich.

„Es gibt keinen Talvin Singh und natürlich auch keinen Mord. Ich habe alles nur erfunden!", platze ich heraus. „Schon vor fünf Jahren habe ich eine ähnliche Geschichte erfunden und jetzt wieder." Tief atme ich die heiße, abgestandene Luft ein, finde trotzdem keine Erleichterung.

„Es tut mir leid, Sie da hineingezogen zu haben! Ich werde alles tun, was in meiner Macht steht, um zu verhindern, dass Sie Ärger bekommen!"

Der Schweiß tropft mir von der Stirn und ich ziehe die schwere Lederjacke aus, ohne auf die Schweißflecken zu achten, die sich bereits unter den Achseln auf meinem hellen T-Shirt abzeichnen.

„Wieso sagen Sie das?", fragt Isabelle Wagner und hebt die Stimme. „Den Ärger habe ich schon! Das können Sie jetzt nicht schönreden! Aber das ist schließlich mein Problem!"

Wütend nestelt sie an ihrem dünnen Zopf herum.

„Noch vor einigen Tagen wollten Sie vehement die Existenz eines Liebhabers beweisen. Wieso diese Kehrtwendung? Setzt man Sie unter Druck?"

„Natürlich nicht, so ein Unsinn. Ich bin krank! Ich bin in psychiatrischer Behandlung und leide unter Wahnvorstellungen. Ich lasse mich auch wieder in eine Klinik einweisen! Überhaupt muss ich mich zusammenreißen, denn der Wahlkampf meines Mannes kommt in die entscheidende Phase! Da darf ich ihm auf gar keinen Fall Schwierigkeiten machen!"

Ich hole tief Luft und wische mir mit dem Handrücken über die Stirn. Es wird immer heißer. Ich spüre, wie der Schweiß entlang der schmalen Rinne meines Rückgrads nach unten läuft, sich dort sammelt und auch meine Jeans völlig durchnässt. „Können wir ein Fenster öffnen?", schnaufe ich. „Ich brauche etwas frische Luft!"

„Das geht nicht!" Isabelle Wagner schüttelt den Kopf und macht keinerlei Anstalten sich zu erheben. „Mein Mitbewohner braucht seine konstante Wärme."

Nicht zu fassen, Isabelle Wagner sagt „Mitbewohner" zu ihrer Schlange. Im Terrarium hinter Isabelle regt sich ein Schatten. Auch Isabelle hat es bemerkt und ihre Aufmerksamkeit verlagert sich jetzt von mir zu ihrem schattenhaften Mitbewohner in dem riesigen Terrarium.

„Kaa hat Hunger!", sagt sie erklärend, als sie aufsteht und in der Kochnische verschwindet. Schon wenige Augenblicke später kommt sie zurück und ich traue meinen Augen nicht. Zwischen ihren Fingern hält sie eine kleine zappelnde weiße Maus am Schwanz und schwenkt sie in der Luft.

„Eine gibt's morgens, ehe ich zum Dienst gehe und eine abends, wenn ich zurückkomme!", sagt Isabelle Wagner mit einem beinahe fröhlichen Unterton in der Stimme.

„Aber Sie können der Schlange doch keine lebendige Maus geben!", werfe ich ein und muss vor Ekel schlucken.

„Warum nicht? Mäuse sind die ideale Nahrung für Schlangen. Ist doch nichts dabei!"

Während Isabelle das sagt, hat sie auch schon oben auf dem Terrarium eine Klappe geöffnet und ihre Hand mit der Maus hineingesteckt. Animierend schwenkt sie die Maus hin und her, wartet. Plötzlich schießt die Schlange blitzschnell auf die zappelnde Maus zu und schluckt sie in Sekundenschnelle. Mehr kann ich nicht sehen, denn Isabelle Wagner verdeckt mir die Sicht. Als sie sich umdreht, bemerkt sie meine schockierte Miene und taxiert mich von oben bis unten mit einem mitleidigen Blick.

„Das finden Sie also ekelhaft, Adriana See?“ Langsam kommt sie auf mich zu, bleibt vor dem Sofa stehen, auf dem ich sitze und sieht zu mir hinunter. „Sie haben Mitleid mit einer weißen Maus, die einer schönen Schlange als Nahrungsquelle dient? Und was ist mit mir? Habe ich Ihnen auch leid getan, als Sie mir ihre Lügengeschichte aufgetischt haben?“

Seit Isabelle Wagner die Schlange berührt hat, ist eine Veränderung durch ihren Körper gegangen. Sie ist plötzlich wesentlich selbstbewusster, ihr zusammengesunkener Körper strafft sich und ihre bernsteinfarbenen Augen, die zwar schön, aber leblos waren, funkeln mit einem Mal kampflustig.

„Haben Sie jetzt Mitleid mit mir, weil ich meine Beförderung wegen Ihres Hirngespinsts verspielt habe? Ist es das, weswegen Sie hergekommen sind? Um der armen kleinen Polizistin zu sagen, dass es Ihnen leid tut? Dass Sie nur eine überspannte Fotografin sind, die sich wichtigmachen wollte? Weil Sie keiner mehr hört, weil Sie alle übersehen, weil Sie in einer Krise stecken?“

„Ja, ja stimmt! Ich will mich entschuldigen. Es, es tut mir leid! Glauben Sie mir bitte. Ich leide selbst am meisten unter diesen Fantasien. Wissen Sie, wie schrecklich es ist, wenn man zwischen Wirklichkeit und Einbildung nicht mehr unterscheiden kann? Deshalb habe ich Sie vorhin auch fotografiert. Um zu beweisen, dass es Sie gibt. Um es mir zu beweisen!“

„Dann wäre es ja ganz einfach, die Existenz Ihres Liebhabers zu überprüfen. Wenn es ein Foto gibt, ist ja alles klar, wenn nicht, dann war es Ihre Fantasie.“

„Es gibt natürlich kein Foto!“, antworte ich kleinlaut und senke betreten den Kopf. „Aber Raul, ein enger Freund von mir, wollte mir noch etwas sehr Wichtiges mitteilen, bevor er starb. Das habe ich Ihnen ja erzählt.“

„Sie haben viel erzählt, Adriana See. Das meiste sind allerdings Lügen! Ich glaube, Sie können nicht mehr zwischen Dichtung und Wahrheit unterscheiden!“

Isabelle Wagner hat sich in der Zwischenzeit wieder nach hinten zu ihrer Schlange gestellt und sieht versonnen in das vom bläulichen Licht nur schwach erhellte Terrarium.

„Dann ist ja alles klar. Sie haben sich da in eine fixe Idee verrannt, wollen Schuld auf sich nehmen für etwas aus Ihrer Vergangenheit.“

Während Isabelle Wagner wie ein Psychiater redet, streichelt sie unentwegt die riesige Schlange im Terrarium, hebt sie sanft hoch, lässt sie dann aber wieder zurück in das Terrarium gleiten.

„Ich wollte Ihnen eigentlich meinen Mitbewohner Kaa vorstellen, aber da er soeben gespeist hat, muss ich ihn in Ruhe verdauen lassen!“, entschuldigt sich Isabelle Wagner und streicht der Schlange zart über den Rücken.

„Woher haben Sie das mit dem ‚Schuld auf sich nehmen‘? Genauso redet der Psychiater, bei dem ich in Behandlung bin!“, reagiere ich ziemlich erstaunt auf Isabelle Wagners vorangegangene Bemerkung.

„Ich habe ein paar Semester Psychologie studiert und eine Vorlesungsserie über psychiatrische Gutachten bei Serienkillern gehört. Ich wäre gerne Profilerin geworden, doch es hat nur zur Streifenpolizistin gereicht. Aber was soll's!“

Isabelle Wagner stößt sich von dem Terrarium ab, bleibt unschlüssig in der Mitte des Zimmers stehen.

„War's das?", fragt sie und klopft ungeduldig mit ihrem Fuß auf den Teppichboden. „Ich habe noch ziemlich viel zu tun, wenn es Ihnen nichts ausmacht!"

Diese Floskel kommt ihr nur schwer über die Lippen, das merke ich. Am liebsten würde sie mich einfach hinauswerfen und vergessen. Ich kann es ihr nicht verdenken, denn schließlich habe ich ihre Karriere ruiniert.

„Bemühen Sie sich nicht, Isabelle Wagner. Ich finde schon alleine hinaus!" Langsam stehe ich auf, habe das Gefühl, vom Schweiß vollkommen durchnässt zu sein.

„Also dann, auf Wiedersehen!", rufe ich vom Flur nach hinten und öffne die Tür.

Als Isabelle Wagner nicht antwortet, werfe ich noch einmal einen verstohlenen Blick in das Wohnzimmer. Isabelle Wagner hat die riesige Schlange Kaa doch aus dem Terrarium geholt und sie sich wie einen langen Schal um den Hals gelegt. Ich starre wie gebannt auf die glänzende schuppige Haut des Reptils und sehe, wie es sich langsam um den Hals von Isabelle Wagner schlängelt und wie ihrer beider Zungen miteinander züngeln.

19

DREI WOCHEN SPÄTER – MITTWOCH – NACHMITTAGS

15:00 Uhr

Drei Wochen später ist die Erinnerung an den Besuch bei Isabelle Wagner beinahe völlig verblasst. Die Tabletten von Dr. Mertens zeigen bereits Wirkung und ich werde auch von keinen

Albträumen mehr heimgesucht. Gregor ist kaum noch zuhause, denn jetzt ist Endspurt im Wahlkampf und sein Terminkalender lässt ihm keine freie Minute. Während Gregor unermüdlich durch die Lande tourt oder in Talkshows und Politrunden brilliert, habe ich einen Online-Kochkurs belegt, um meine mageren Kochkünste aufzupolieren. Ich habe auch Kontakt zu einem Fotostudio aufgenommen, das sich auf Sportfotografien spezialisiert hat. Mein Vorstellungsgespräch ist ganz positiv verlaufen und nächste Woche erhalte ich einen Probejob. Es läuft also prächtig und ich mache in jeder Hinsicht große Fortschritte. Das wird mir von allen Seiten versichert und selbst Brandt, der Imageberater, hat mir einmal eine importierte Tafel Schokolade mit Chili vorbeigebracht.

Frieda, meine Pflegerin kommt auch nur noch einmal die Woche, um mit mir die therapeutischen Übungen zu machen. Ich kann mich völlig frei bewegen und nichts erinnert mehr an die dunkle Zeit von früher. Zweimal pro Woche besuche ich die psychoanalytischen Sitzungen bei Dr. Mertens, der mich langsam wieder auf die Wirklichkeit vorbereitet, in der es nur mehr Gregor und mich gibt.

15:30 Uhr

Das Wetter schlägt plötzlich um, der Himmel ist bewölkt und es sieht nach einem Gewitter aus. Um mir von der düsteren Stimmung nicht die Laune verderben zu lassen, beschließe ich, unseren Keller aufzuräumen. Ziemlich aufgekratzt wirble ich durch das Schlafzimmer, summe alte Schlager vor mich hin, öffne meinen Schrank, wühle mich durch meine Kleider, um das passende Outfit für diese Aufräumaktion zu suchen.

Ich finde auch ein paar uralte Jeans, die ich noch vor meiner Schwangerschaft getragen habe und die mit ihren Löchern und Rissen derzeit wieder total in ist. Gregor hasst übrigens diesen Look, deshalb trage ich sie jetzt auch nur beim Hausputz und werde mich umziehen, ehe er kommt. Um meine Haare binde ich ein geblümtes Tuch und auf dem Weg nach unten in den Keller kann ich nicht widerstehen, mich in dem großen Spiegel in der Diele ausgiebig zu betrachten. Durch die Tabletten bin ich im Gesicht und um die Hüften leider ein wenig aufgeschwemmt, deshalb bekomme ich die Jeans vorne auch nicht mehr zu, aber das kaschiere ich ganz geschickt mit dem lappigen T-Shirt, das weit darüber fällt. Ein Grund mehr, mit den Psychopharmaka aufzuhören, denke ich trotzig und finde mich trotzdem verdammt gutaussehend.

Direkt am Fuß der Kellertreppe sind Waschmaschine und Wäschetrockner installiert, man kann sie vom Erdgeschoss aus zwar nicht sehen, aber Gregor war nie sonderlich glücklich mit diesem

Standort. Als Paul noch am Leben war, hat Gregor sich oft über den ständigen Lärm der Waschmaschine beschwert, schließlich gibt es bei einem aufgeweckten kleinen Jungen jede Menge zu waschen. Doch seit Pauls Tod ist die Waschmaschine für ihn kein Thema mehr.

Im vorderen Teil des Kellers steht eine überdimensionale Gefriertruhe, die Gregor vor einiger Zeit angeschafft hat, um große Mengen Lebensmittel einzufrieren für die Fälle, in denen wir Abendessen für seine Parteifreunde veranstalten. Denn unser Leben wird sich ändern, wenn Gregor erst einmal Minister ist. Dann werden Arbeitsessen hier bei uns an der Tagesordnung sein. Ich bin schon sehr neugierig auf diesen neuen Abschnitt in meinem Leben.

Auf der Gefriertruhe liegen jede Menge Laufhosen und Jacken von Gregor. Ich packe seine Sportsachen in einen großen Plastikkorb, wundere mich, dass viele der Stücke überhaupt nicht verschwitzt, sondern fast nach frischem Waschmittel riechen, aber Gregor war schon immer ein Pedant und ein Sauberkeitsfanatiker. Jetzt bemerke ich auch, dass die Gefriertruhe auf höchster Stufe läuft und ich beschließe, Gregor abends von dieser Energieverschwendung zu erzählen. Denn ich kann mich nicht erinnern, dass wir in letzter Zeit viele Lebensmittel eingefroren hätten, aber ich war natürlich auch nicht immer hier, sondern zeitweise in der Klinik.

Der große Kellerraum dahinter ist das absolute Chaos. Alles systematisch zu ordnen, ist eine Aufgabe, der ich mich aber gewachsen fühle. Damit ist auch der Nachmittag sinnvoll ausgefüllt und ich werde gar keine Zeit haben, auf dumme Gedanken zu kommen. Kleidungsstücke liegen auf dem Boden und alte Teppiche, Bilderrahmen und Schachteln mit alten Parteiprogrammen und Imagebroschüren stehen umher. Die ganze hintere Wand ist mit einem Metallregal verbaut, in dem wir zerfledderte Bücher und alte Zeitschriften gelagert haben, die wir einfach nicht wegwerfen wollten, weil sie mit Erinnerungen verknüpft sind. Aber natürlich haben wir weder die Bücher noch die Zeitschriften jemals wieder hervorgeholt, um in der Vergangenheit zu schwelgen.

Um die Zeit totzuschlagen, setze ich mich mit übereinandergeschlagenen Beinen auf dein Steinboden und blättere gedankenverloren alte Zeitschriften durch, verliere mich in Erinnerungen. Überall im Keller stehen die Kartons mit meinen persönlichen Sachen. Es fällt mir schwer, aber jetzt habe ich mich dazu durchgerungen, einen klaren Strich unter meine Vergangenheit zu machen. Deshalb muss alles aus dem Keller verschwinden, was mit meinen Erinnerungen zusammenhängt. Da bin ich jetzt radikal.

Verträumt krame ich mich durch mein bisheriges Leben. Natürlich sind die letzten zehn Jahre ausgespart, denn alle Erinnerungsstücke, die mit Paul zusammenhängen, haben Gregor und ich ja vor einem Jahr rituell beerdigt. Aber die Zeit davor, die gibt es. Ich blättere durch diverse Schülerzeitungen, finde ein altes Foto unseres Abiturjahrgangs.

Damals hatte ich noch alle Möglichkeiten, denke ich und betrachte versonnen das Foto. Zur Feier des Tages hatte ich mir Locken gedreht und sehe neben der schwarzhaarigen Marion aus wie ein blonder Engel.

16:15 Uhr

Marion. Wieso durchzuckt es mich, wenn ich an Marion denke? Ich sehe ihr Gesicht auf dem Foto. Es ist sehr hübsch und sehr bleich, ein scharfer Kontrast zu ihren üppigen schwarzen Haaren. Marions Augen sind dunkel, fast schwarz und meine sind blau, kornblumenblau. Die dunklen Augen von Marion erinnern mich an etwas, das ich aber noch nicht greifen kann. Achselzuckend will ich das Bild zurück in den Karton legen, doch dann zögere ich, starre in die Augen von Marion, die schon damals kalt schimmerten. Marions Gesicht im Kopf lehne mich an einen Pappkarton.

Plötzlich bin ich weit weg. Ich bin in der Wohnung in der Operngasse und stehe nackt und blutverschmiert mit einem Messer in der Hand vor der Leiche von Talvin. Mein Herz beginnt hektisch zu schlagen, denn ich will nicht wieder von diesen Halluzinationen heimgesucht werden, ich will endlich gesund sein, will eine ganz normale Ehefrau sein. Aber es gibt kein Entrinnen, die Szenerie wird bedrohlich real und zum ersten Mal spüre ich, dass noch jemand in der Wohnung ist. Ich hebe den Kopf, sehe von der Leiche weg zum Fenster. Dort ist plötzlich ein Schatten hinter mir aufgetaucht, undeutlich, aber es kann keine Täuschung sein. Da ist jemand! In der Spiegelung sehe ich auch, dass diese Person einen Stock in der Hand hält und damit ausholt. Instinktiv will ich mich zur Seite drehen, um den Angriff abzuwehren, aber dazu ist es natürlich zu spät. Und völlig real spüre ich einen harten Schlag auf den Hinterkopf, dann wird alles schwarz.

16:30 Uhr

„Marion, ich bin's! Wir müssen uns aussprechen", rufe ich kurze Zeit später völlig aufgeregt in mein Handy. Die Verbindung von unserem alten Abiturfoto mit meinen Erinnerungsfetzen ließ mir keine Ruhe, deshalb habe ich auch Marion angerufen. „Kannst du vorbeikommen?"

„Liebes, ich bin noch in der Agentur!" Marions Stimme klingt gehetzt, wahrscheinlich hat sie wieder Stress mit den jungen ehrgeizigen Kontakterinnen, die man im Hintergrund sprechen und lachen hört. „Wieso hast du dich solange nicht bei mir gemeldet? Wir haben dich auch bei der Beerdigung von Raul vermisst."

„Raul wurde schon beerdigt?" Ich muss schlucken und wische mir eine Träne aus dem Gesicht. „Davon wusste ich ja gar nichts!"

„Gregor hat dich entschuldigt. Er sagte, du hättest einen Zusammenbruch gehabt oder so etwas Ähnliches."

„Wieso telefonierst du mit Gregor?", frage ich und eine innere Unruhe erfasst mich. „Er hat mir gar nichts davon erzählt, dass er mit dir in Kontakt ist. Seht ihr euch öfter?"

„Sei nicht albern, Liebes!", deutet Marion meinen skeptischen Unterton sofort richtig. „Als deine beste Freundin habe ich mich nach dir erkundigt. Du meldest dich ja nie!"

„Tut mir leid, aber mir ging's nicht besonders."

„Schon gut, Liebes! Warum rufst du an?"

„Ich weiß jetzt, dass mich jemand in der Wohnung von Talvin niedergeschlagen hat", sage ich atemlos.

„Geht das schon wieder los!", seufzt Marion.

„Aber diesmal habe ich alles völlig realistisch erkennen können!", antworte ich aufgeregt.

„Wirklich? Und was genau hast du denn gesehen?" Jetzt habe ich plötzlich Marions Interesse geweckt.

„Ich habe in der Spiegelung der Fensterscheibe direkt hinter mir eine Gestalt gesehen." Während ich spreche, baut sich in meinem Kopf die Szene sehr wirklichkeitsnah auf. Im Fenster sehe ich die Gestalt, aber sie ist zu schnell hinter mir, um sie genauer zu erkennen.

„Ich muss das Bild einfrieren!", sage ich gedankenverloren zu mir selbst.

„Du hast ein Foto gemacht?" Marions Stimme klingt irgendwie schrill, aber das kann auch an der schlechten Akustik in ihrem Großraumbüro liegen. „Du kannst dich daran erinnern, ein Foto gemacht zu haben?"

„Nein, natürlich nicht!“, kläre ich sie auf. „Du kennst doch mein fotografisches Gedächtnis. Ich muss die Szene in meinem Kopf einfrieren und dann Bild für Bild durchlaufen lassen. Dann werde ich die Person sicher genauer sehen!“

„Hast du jetzt schon ein Gesicht erkennen können?“, fragt Marion sofort nach und ich höre, dass sie ihr Großraumbüro verlassen und sich in ein Zimmer mit weniger Lärm zurückgezogen hat. „Nochmals. Hast du ein Gesicht erkennen können?“

„Nein, ich weiß bisher nur, dass ich niedergeschlagen wurde. Ich weiß ja nicht einmal, ob ich Talvin umgebracht habe oder nicht. Dieses Puzzleteil fehlt mir immer noch. Aber die Erinnerung wird stärker und ich bin sicher, dass ich die Person bald erkennen werde. Deine dunklen Augen waren übrigens der Auslöser.“

„Ach ja?“ Marion geht nicht näher darauf ein, aber ihre rauchige Stimme klingt mit einem Mal sehr hektisch. „Hör mir genau zu, Liebes. Ich wollte es dir ja eigentlich nicht sagen, aber als ich in der Wohnung von diesem Talvin gewesen bin, da habe ich doch etwas gesehen.“

„Du hast etwas gesehen?“ Mit einem Satz bin ich auf den Beinen und das einschläfernde Glück, das mich die letzten Wochen begleitet hat, ist abrupt ausgelöscht. „Was hast du gesehen?“, flüstere ich. „Beweist es, dass Talvin existiert und dass ich mir nicht alles nur eingebildet habe?“

„Nicht direkt, es ist etwas anderes, Liebes.“ Marion schweigt und ich spüre, dass sie intensiv nachdenkt, schließlich spricht sie langsam weiter. „Bist du alleine zuhause?“

„Ja, Gregor ist bei einer Wahlveranstaltung und ich räume den Keller auf. Dabei ist mir unser altes Abiturfoto in die Hände gefallen.“

„Liebes, ich habe in einer Stunde einen Kundentermin. Vorher komme ich bei dir vorbei und erzähle dir etwas ziemlich

Merkwürdiges. Aber du musst alleine sein. Verstehst du?“, beschwört sie mich.

„Ich habe schon verstanden! Ich bin alleine und warte auf dich. Bis später!“

Marion macht mich völlig nervös, deshalb will ich das Gespräch jetzt schnell beenden, doch sie ist noch nicht fertig.

„Tu mir noch einen Gefallen, Liebes! Lösche diesen Anruf von deinem Handy. Machst du das?“

„Warum soll ich das Telefonat löschen?“ Marion benimmt sich ziemlich merkwürdig, deshalb frage ich noch einmal. „Welchen Grund gibt es, das Gespräch zu löschen? Wir haben doch nichts Wichtiges geredet, oder?“

„Lösche das Telefonat einfach! Tu es um unserer alten Freundschaft willen.“

„Okay, ich mach's und warte dann auf dich!“, gebe ich mich geschlagen.

17:10 Uhr

Ein Donnerschlag zerreißt die angespannte Stille im Keller und furchtsam zucke ich zusammen. Das harte Prasseln des Gewitterregens gegen die Kellerfenster dröhnt in meinen Ohren und verursacht mir Kopfschmerzen. Ich halte das Abiturfoto in den Händen und sehe in die Augen von Marion, die beinahe eine hypnotische Wirkung auf mich haben. Immer wieder gleite ich zurück zu jenem Tag, an dem das Unheil seinen Lauf nahm, zu jenem Tag, an dem ich vor der Leiche von Talvin stand.

Zwischen zwei Donnerschlägen höre ich die Haustürglocke, die unentwegt klingelt. So schnell ich kann, laufe ich nach oben, öffne die Tür, ohne zu überlegen.

„Wie siehst du denn aus?“, stoße ich hervor, als ich Marion sehe. Die schwarzen Locken hängen ihr klatschnass ins wachsbleiche Gesicht, von dem der Regen heruntertropft und den schwarzen Kajal verschmiert, den sie gerne unter ihren Augen aufträgt. Auch ihr Blazer hat durch den Gewitterregen völlig die Fasson verloren und Ihre hellen hochhackigen Pumps sind schmutzig und aufgeweicht.

„Bin in den Regen gekommen!“, sagt sie anstelle einer Begrüßung und drängt sich an mir vorbei. „Ich habe während der ganzen Fahrt hierher über deine Bemerkung nachgedacht!“

„Welche Bemerkung meinst du?“ Ich versuche mich an das Telefonat zu erinnern, aber außer Marions gestresstem Verhalten fällt mit nichts weiter ein.

„Na, dass dich das Foto an etwas erinnert. Du hast doch gesagt, als du mein Gesicht gesehen und in meine Augen geschaut hast, kam die Erinnerung.“

„Das waren nur deine Augen. Deine dunklen Augen haben die Erinnerung ausgelöst. Ich habe mich ganz deutlich an dunkle Augen erinnert.“

„Richtig, so hast du es gesagt. Ich hab’s vergessen!“ Während Marion redet, geht sie den Flur entlang, bleibt an der Treppe stehen. „Wo ist denn nun dieses Foto?“

„Im Keller.“ Ich schließe die Haustür und lehne mich mit dem Rücken dagegen, um mich zu sammeln. Marions Verhalten wirkt ziemlich hektisch, wo sie doch ansonsten immer sehr cool ist. So kenne ich meine beste Freundin gar nicht.

„Bist du alleine?“, ruft Marion, während sie die Kellertreppe hinunterläuft und wartet meine Antwort erst gar nicht ab. „Wann kommt Gregor zurück?“

„Was ist eigentlich los?“, platze ich heraus und folge ihr nach unten. Dort sehe ich Marion mit tropfnassen Haaren und verschmiertem

Make-up wie eine düstere Hexe vor der Kiste auf dem Boden knien. In der Hand hält sie unser altes Abifoto.

„Dachte ich es mir doch!", zischt sie und fährt sich durch ihre wirren Locken. „Da hast du jetzt aber eine ziemliche Scheiße am Hals, Liebes!"

„Kannst du mir sagen, was das alles eigentlich soll?" Doch Marion reagiert nicht auf meine Frage. Noch immer hockt sie zusammengekauert auf dem Boden und starrt auf das Foto.

„Dir ist diese Ähnlichkeit wohl nie aufgefallen!", murmelt sie. „Du ziehst dich ja in deine Traumwelt zurück, wenn es Schwierigkeiten gibt. Das war schon immer so!"

„Was ist mir nie aufgefallen?" Ich verstehe Marion überhaupt nicht, doch langsam macht sie mir Angst.

„Na diese Ähnlichkeit!" Sie deutet auf das Foto, doch ich weiß noch immer nicht, was sie meint. Langsam steht Marion auf und schleicht auf mich zu. Ihre strähnig nassen Locken verdecken beinahe ihr ganzes Gesicht und oben am Haaransatz ist bereits wieder das nachwachsende Grau zu erkennen. „Du kannst dich an die Augen erinnern, aber es fehlt dir das Gesicht dazu! Warte, ich werde dir helfen, aber das wird jetzt ziemlich unschön werden, Liebes!", flüstert sie.

17:20 Uhr

Ein Donnerschlag kracht direkt über unserem Haus und das Licht beginnt zu flackern. Durch das Kellerfenster sehe ich, dass es draußen pechschwarz geworden ist. Plötzlich höre ich, wie oben die Eingangstür geöffnet wird. An den forschen Schritten erkenne ich Gregor und bin ziemlich erleichtert, dass er schon zurück ist. Jetzt brauche ich nicht mehr alleine mit Marion im Keller zu sitzen. Mit meiner besten Freundin, die sich immer seltsamer benimmt.

„Keiner zuhause?", höre ich Gregors volle Stimme durch das Haus tönen. „Adriana, Liebling. Du wirst doch nicht draußen sein, bei diesem Wetter?"

„Gregor, ich bin hier im Keller!" Gerade als ich diesen Satz ausrufen will, springt Marion mit einem Satz auf mich, reißt mich zu Boden und hält mir den Mund zu. Ihre nassen Haare kringeln sich wie Schlangen um meine Wangen und ihre blasse Haut ist plötzlich mit hektischen roten Flecken übersät.

„Sei still, wenn dir dein Leben lieb ist!", flüstert sie und ihre dunklen Augen glitzern unheilvoll. „Ich gehe jetzt hinauf und werde Gregor überraschen. Du rührst dich nicht von der Stelle, bis ich wieder zurück bin. Denke immer daran, ich bin deine beste Freundin, Liebes. Was auch passiert, vergiss das nie!"

17:30 Uhr

Das Prasseln des Regens nimmt an Intensität zu und die Donnerschläge werden immer heftiger. In diesem ganzen Lärm kann ich nicht verstehen, was oben zwischen Gregor und Marion vor sich geht. „Habe ich gefunden", höre ich Marions kratzig rauchige Stimme und dann Gregors überhebliches Lachen: „Na wenn schon!"

Plötzlich gibt es einen fürchterlichen Knall und im Keller wird es stockdunkel. Sekunden später donnert es so laut, dass unser kleines Reihenhaus bis in die Grundfesten erzittert. Vorsichtig taste ich mich zum Treppenabsatz, um nach oben zu schleichen und nachzusehen, was im Wohnzimmer passiert. Doch dann sehe ich ein rotes Licht, das wie eine Warnung unheilvoll blinkt. Es ist das Notstromaggregat der Gefriertruhe, das nach dem Stromausfall angesprungen ist. Magisch werde ich von der roten Lampe angezogen. Über mir nimmt der Streit im Wohnzimmer an Intensität zu. Ich höre Marion schreien und Gregor keuchen, Glas splittert und etwas Schweres stürzt auf den Boden. Aufgeregte Schritte trampeln über mir so laut, dass ich den Kopf einziehe. Eine Tür knallt, dann vernehme ich ein wütendes Ächzen, gefolgt von einem lauten Schleifgeräusch über den Boden. Dazu prasselt der Regen ständig gegen die Kellerfenster.

Ich stehe noch immer vor der Gefriertruhe und mein Gesicht wird von dem roten Blinklicht erhellt. Jetzt hätte ich gerne meine Kamera bei mir, um mein Gesicht zu fotografieren, denn es muss interessant aussehen, so auf der Kippe zwischen Wahn und Wirklichkeit. Aber meine Kamera liegt oben und kann mir jetzt nicht helfen.

Das Notstromaggregat brummt und die rote Lampe blinkt im Sekundentakt. Ich atme tief durch, packe den Aluminiumgriff, um den Deckel zu öffnen. Die Haftung der Gummidichtung hält den Deckel fest und es bedarf einer ziemlichen Anstrengung, ihn ein wenig anzuheben. Eiskalte Luft strömt mir entgegen, ich sehe zunächst nur schemenhaft Eisblumen und beschlagene Plastikfolien. Mit einem Ruck ziehe ich den Deckel ganz auf. Heftig knallt er gegen die Kellerwand und ich muss ihn stützen, damit er nicht wieder zurückfällt.

17:45 Uhr

Langsam senke ich den Kopf, beginne mit meinen warmen Handflächen die Eisblumen von der kleinen obersten Folie zu wischen, lege so Schicht für Schicht frei. Es ist genauso, als würde ich bei Dr. Mertens auf der Psycho-Couch liegen, nur dass es jetzt die eiskalte Wirklichkeit ist, die sich mit meinen Wahnvorstellungen zu decken beginnt. Zunächst sehe ich das blutverschmierte Designermesser aus meiner Erinnerung, das ich begierig aus seiner Folie schäle, wie um mir zu beweisen, dass ich nicht träume, dass ich nicht verrückt bin. Mit geschlossenen Augen wiege ich es in der Hand, streiche mit den Fingerspitzen über die mit eingetrocknetem Blut bedeckte Klinge.

„Das Messer existiert!", flüstere ich und lege es behutsam wie einen kostbaren Schatz auf den Rand der Kühltruhe. Ja, ich fühle mich wie eine Schatzsucherin, eine Forscherin, die an dem Saum ihres Bewusstseins angelangt ist und gleichzeitig Angst und Begierde verspürt, ehe sie in die Abgründe ihres Denkens hinabsteigt.

Doch der wirkliche Schatz wartet noch auf seine Entdeckung und fesselt jetzt meine ganze Aufmerksamkeit. Konzentriert wie ein Forscher, der einen tausend Jahre alten Sarkophag vor sich hat, wische ich das Eis von der nächsten Folie, die die Länge der gesamten Kühltruhe einnimmt. Schicht für Schicht entblättere ich so einen indischen Prinzen und sehe das schwarze, von einem bläulichen Stich durchzogene schimmernde Haar. Ich sehe die samtigen Wimpern, schwarz und lang wie ein Vorhang. Ich sehe das wächsern bleiche und schöne, aber bereits von Totenflecken entstellte Gesicht von Talvin Singh. Ich sehe seine Haut, die einst so appetitlich wie Schokolade glänzte und die jetzt glanzlos, verschrumpelt und grau ist. Ich sehe seine sinnlichen Lippen, die jetzt rissig und bereits bläulich verfärbt sind. Doch es sind noch immer seine Lippen, die ich in der Erinnerung auf den meinen spüre. Das Blinklicht des Notstromaggregats taucht das Gesicht von Talvin in ein weiches Rot und mildert so die Gegenwärtigkeit des Todes. Ganz vorsichtig wische ich die Eisschicht von der Folie, sehe seine von Messerstichen zerfetzte Brust und überall das getrocknete Blut, das sich in rötlich braunen Bahnen seinen Oberkörper entlangzieht und in der Folie gesammelt hat.

Noch immer strömt mir eisige Luft entgegen, noch immer brummt das Notstromaggregat und noch immer liegt der tote Talvin Singh in der Gefriertruhe im Keller unseres Hauses. Draußen verwandelt ein

Sommergewitter die Straßen in reißende Bäche und drinnen finde ich keine Zuflucht, sondern nur Tod und Verderben. Über mir ist es ruhig, denn Gregor und Marion haben aufgehört zu streiten. In einer kurzen Pause zwischen zwei Donnerschlägen höre ich schleppende Schritte, die sich der Kellertreppe nähern. Wieder lässt ein Donnerschlag unser Haus erbeben. Vor Angst zitternd halte ich beide Handflächen über meine Ohren. Ich will nichts mehr hören und sehen, aber dafür ist es bereits zu spät. Die Stimme trifft mich mitten ins Herz und sagt mir, dass ich am Ende angekommen bin.

„Adriana, Liebling! Ich komme jetzt zu dir runter!“

20

MITTWOCH – ABENDS

18:10 Uhr

„Keiner weiß, was passiert ist, Liebling! Niemand außer uns beiden. Das bleibt unser Geheimnis!"

Gregor steht vor der offenen Gefriertruhe und starrt wie gebannt auf den toten Talvin Singh. In der Hand hält er einen blutverschmierten Golfschläger, mit dem er in einem imaginären Takt auf den Boden klopft.

„Kennst du die Melodie?", fragt er mich unvermittelt. Als ich nicht antworte, redet er weiter. „Es ist ‚Somewhere over the rainbow'! Das war Pauls Lieblingslied. Ich musste es ihm immer vorsingen, wenn er nicht einschlafen konnte. Damals waren wir noch eine richtige Familie. Aber du hast alles kaputt gemacht, Adriana!"

„Was redest du da? Wann hast du unserem Sohn jemals ein Lied vorgesungen?"

„Aber ich hätte es gerne, ich hätte es gerne! Doch durch deine Unachtsamkeit ist unser Sohn gestorben. Weil du Angst vor dem

Wasser hast, weil du dich vor geschlossenen Räumen fürchtest und in einer Traumwelt lebst, wo es weder Gewalt noch Tod gibt."

Mit seinem Golfschläger tippt er auf die Folie, in die der tote Talvin eingewickelt ist.

„Niemand wird je davon erfahren! Das verspreche ich dir. Unsere Familie hält doch zusammen, nicht wahr?"

Jetzt wendet er mir den Kopf zu und seine schwarzen Augen flackern. Das Blinklicht des Notstromaggregats beleuchtet sein Gesicht blutrot und lässt seine Augen noch schwärzer erscheinen. Marion hatte recht, Gregor hat die gleichen pechschwarzen Augen wie sie. Was hat das alles nur zu bedeuten?

„Mein armer Liebling! Was hast du nur die ganze Zeit über mitgemacht. Warum hast du dich nicht deinem Mann anvertraut? Geheimnisse bleiben in der Familie. Das war schon immer so. Wir sind eine richtige Familie und können Geheimnisse mit ins Grab nehmen. Bis ins Grab, verstehst du mich, mein kleiner Liebling?"

Er stößt sich von der Gefriertruhe ab, klopft mit dem Golfschläger in seine offene Handfläche.

„Ich habe mit dem Parteivorsitzenden telefoniert, während unser Sohn ertrunken ist", wechselt er plötzlich das Thema und öffnet das Stahlband seiner Taucheruhr. „Die Uhr habe ich auf eine Minute eingestellt, dann wollte ich hinaus zu Paul schwimmen. Aber da war er bereits verschwunden. Ich habe mich darauf verlassen, dass du die Situation unter Kontrolle hast, Adriana! Aber du hast versagt!" Angewidert lässt er die Uhr auf den Steinboden des Kellers fallen, starrt auf das noch immer unbeschädigte Gehäuse. Er ist die Ruhe selbst, während draußen ein fürchterliches Gewitter tobt und der Regen schwer gegen die Kellerfenster klatscht.

18:20 Uhr

Plötzlich stößt Gregor einen Schrei aus und drischt mit dem Golfschläger auf die Uhr ein, holt wieder und immer wieder aus, bis das Gehäuse der Uhr völlig zerbeult ist und schließlich auseinanderspringt. Dann trampelt er mit seinen Schuhen auf den Bestandteilen herum, stützt sich auf seinen Golfschläger und wischt sich mit dem Handrücken den Schweiß von der Stirn.

„Jetzt brauche ich diese Uhr nicht mehr. Jetzt habe ich alles unter Kontrolle!"

Als er mein entsetztes Gesicht sieht, grinst er mich völlig entrückt an.

„Du brauchst nicht zu erschrecken, Liebling. Du gehörst zur Familie. Aber wir dulden keine Eindringlinge. Deshalb verlangen wir schärfere Kontrollen!" Um seinen Worten den nötigen Nachdruck zu verleihen, lässt er das Eisen auf die Gefriertruhe krachen.

„Das hast du übrigens gut gemacht!", sagt er dann und deutet lächelnd auf den toten Talvin.

„Ich habe Talvin nicht getötet", flüstere ich, obwohl ich mir noch immer nicht sicher bin. „Ich bin keine Mörderin!"

„Liebling, es ist doch so gleichgültig!" Gregor lächelt versonnen. „Es ist alles lächerlich, wenn man an den Tod denkt. Das habe ich auch zu Marion gesagt."

18:30 Uhr

„Was ist mit Marion? Was hast du mit Marion gemacht?"

„Marion ist weg, sie hat dich im Stich gelassen! Das hast du jetzt von deiner besten Freundin."

Wütend knallt Gregor den Golfschläger erneut gegen die Gefriertruhe und wirft einen Blick hinein. Blitzschnell rechne ich mir meine Möglichkeiten aus, die Treppe zu erreichen und nach oben zu flüchten. Meine Chance ist minimal, aber solange die Beleuchtung ausgefallen ist, muss ich es riskieren.

„Marion hat dich verraten!", höre ich Gregors Stimme wie aus einer anderen Welt. „Sie wollte dich gegen mich aufhetzen. Während du in der Klinik warst, wollte sie dich besuchen und irgendwelche Lügen über mich erzählen, aber das habe ich verhindert. Sie wollte mich auf dem Parkplatz zur Rede stellen. Sie wollte unsere Familie zerstören."

Dann habe ich mich also getäuscht, als ich Marion und Gregor von meinem Klinikfenster aus auf dem Parkplatz gesehen habe, als sie sich scheinbar innig umarmten. Marion ist meine beste Freundin und wollte mir etwas mitteilen, genauso wie Raul.

„Und jetzt hat dich deine beste Freundin im Stich gelassen!"

„Du lügst! Marion würde so etwas nie tun. Sie lässt mich nie im Stich. Übrigens konnte sie dich und dein affiges Politikergetue nie ausstehen!"

„Sie hat dich im Stich gelassen, mein Liebling. Du musst einfach den Tatsachen ins Auge sehen. Sie ist ein böser Mensch. Sei froh, dass wir sie los sind!" Gregor lehnt den Golfschläger an die Gefriertruhe und hält sich mit beiden Händen am Rand fest. Tief saugt er die eiskalte Luft ein.

18:40 Uhr

„Kein Mensch wird von diesem Geheimnis erfahren. Das bleibt ganz unter uns!" Gregor dreht den Kopf zu mir und im roten Licht der Notbeleuchtung sehen seine schwarzen Augen kalt und tödlich aus.

„Du warst es! Du hast mich in der Wohnung von Talvin niedergeschlagen!", flüstere ich und schiebe mich am Rand der

Gefriertruhe entlang. Natürlich! Es war die Ähnlichkeit zwischen Marions Augen und denen von Gregor, die meine Erinnerung geweckt hat. Jetzt wird mir alles klar.

„Du hast mich in der Wohnung von Talvin niedergeschlagen!", wiederhole ich und begreife erst langsam die Tragweite meiner Worte. Ist Gregor der Mörder von Talvin?

„Ich habe dir einen Schlag auf den Kopf verpasst, um dich zu retten, mein armer Liebling! Du hast mich in eine ausweglose Situation manövriert, so kurz vor der Wahl. Das verstehst du doch? Nur um dich zu schützen, habe ich das gemacht, bitte verzeihe mir!", murmelt er und starrt mich unverwandt an, wie eine Schlange, die ihr Opfer hypnotisiert, um es im richtigen Augenblick zu töten...

Ich lasse Gregor nicht aus den Augen und taste nach dem Golfschläger, der am Rand der Gefriertruhe lehnt. Als ich den Griff in meiner Hand spüre, durchströmt mich eine ungeahnte Kraft. Ich stoße Gregor zurück und schlage ihm das Eisen über den Schädel. Er ist völlig überrascht von meiner plötzlichen Stärke, schreit laut auf vor Schmerz und hält sich mit beiden Händen den Kopf. Im Zurückweichen stolpert er über einen Karton, fällt auf den Rücken und diesen Augenblick nutze ich. Ich rase die Kellertreppe hinauf, stürze den Flur entlang zur Eingangstür. Doch die Eingangstür ist verschlossen und kein Schlüssel steckt. Also muss ich nach hinten in das Wohnzimmer, um von dort aus in den Garten zu gelangen.

18:50 Uhr

Plötzlich steht Gregor wie ein unüberwindliches Hindernis vor mir in dem engen Flur und ballt die Fäuste. Sein Gesicht ist blutüberströmt, doch das scheint ihn nicht weiter zu stören.

„Gib mir das Eisen, Adriana! Du bist krank! Aber es kann dir nichts passieren. Ich rufe jetzt Hans an, der bringt dich in die Klinik. Dann erkläre ich alles der Polizei. Einverstanden, mein kleiner Liebling?“

Gregor bemüht sich seiner Stimme einen ruhigen und besonnenen Tonfall zu geben, aber das steht im krassen Gegensatz zu dem Blut, das ihm aus der Kopfwunde über die Wange bis zum Hals herunterläuft und auf seinem Hemd eine blutrote Spur der Gewalt hinterlässt.

Gregor ist ein völlig anderer Mensch geworden. Ich kenne ihn plötzlich nicht mehr. Sein Blick flackert und seine Selbstsicherheit ist einer nur mühsam unterdrückten Wut gewichen. Immer wieder leckt er sich über die Lippen und es sieht fast so aus, als würde er das Blut wieder aufsaugen, das ihm über das Gesicht läuft. Langsam geht er auf mich zu, erinnert mich an ein Raubtier, das nur auf die richtige Gelegenheit wartet, um zuzuschlagen und seinen Gegner zu töten.

„Ich rufe jetzt Isabelle Wagner an!“, schreie ich laut, weil mir im Augenblick niemand sonst einfällt. „Bleib zurück!“, kreische ich, als Gregor noch einen Schritt in meine Richtung macht und fuchtle mit dem blutverschmierten Golfschläger vor ihm herum.

„Isabelle Wagner versteht mich!“, wiederhole ich und nehme das Handy vom Tisch auf dem Flur, wo ich es hingelegt hatte, als Marion vor der Tür stand. „Isabelle Wagner ist Polizistin und wird alles wieder in Ordnung bringen“, wiederhole ich stereotyp, um mir selbst Mut zuzusprechen.

„Adriana! Diese kleine Scheiß-Polizistin kann nichts in Ordnung bringen, aber ich! Also, verdammt noch einmal, gib mir endlich den Golfschläger oder muss ich kommen und ihn mir holen?“, zischt er mit einem eisigen Unterton. „Du weißt, das wird dann schmerzhaft für dich!“

Jetzt ist mein Mann also wieder wütend geworden, so wie damals zu Beginn unserer Ehe, als er mich einmal niedergeschlagen hatte, weil ich mit einem anderen Mann ein wenig zu intensiv flirtete. Das hatte ich völlig verdrängt, doch jetzt bricht dieses Erlebnis mit aller Macht aus meinem verschütteten Unterbewusstsein. Unter Tränen hat Gregor damals um Verzeihung gebettelt und da ich schon mit Paul schwanger war, habe ich nachgegeben. Das hätte ich nicht tun dürfen!

Früher habe ich mir die Ohren zugehalten, wenn Gregor wütend wurde und bin in meine Traumwelt geflüchtet, aber jetzt habe ich einen Golfschläger als Waffe. Ich will nicht, dass sich Gregor nähert und mir wehtut. Er will mich verletzen, ja vielleicht will er mich jetzt sogar umbringen.

„Die Scheißpolizistin wird dich wegen Mordes ins Gefängnis stecken!", brüllt Gregor, wischt sich mit der Hand über seine Stirn und scheint erst jetzt zu bemerken, dass er heftig blutet. „Du hast mich verletzt!", stammelt er und stiert auf seine blutverschmierte Hand.

„Ich bin keine Mörderin!", schreie ich, um mir Mut zu machen. „Ich habe Talvin nicht getötet. Du warst es!"

„Adriana, du bist nicht zurechnungsfähig! Es war eine Handlung im Affekt! Glaube mir, alles wird gut. Niemand weiß davon. Das kann unser kleines Geheimnis bleiben. Unser Familiengeheimnis. Für immer. Großes Ehrenwort!"

Gregor legt zwei Finger auf seinen Mund und kommt immer näher. Dabei summt er „Somewhere over the rainbow".

„Nichts dringt nach draußen, Liebling! Nichts!"

Wieder legt er seine zwei blutigen Fingerspitzen auf seine Lippen.

„Großes Indianerehrenwort!" Dabei muss er laut auflachen. „Das habe ich zu Paul auch immer gesagt", erinnert er sich mit einem irren Lachen. „Großes Indianerehrenwort!"

19:00 Uhr

Langsam spüre ich, dass mein Widerstand erlahmt, dass ich wieder von seiner gefährlichen Aura einverleibt werde, bis nichts mehr von mir übrig bleibt außer einer verrückten blonden Frau mit großen blauen Augen. Doch das wird nicht mehr geschehen, denn diesmal bin ich die Stärkere. Ohne Gregor aus den Augen zu lassen, nehme ich mein Handy und rufe das Adressbuch auf. Gut, dass ich Isabelle Wagners Handynummer eingespeichert habe, denke ich und halte mir Gregor mit dem Golfschläger auf Distanz, den ich durch die Luft zischen lasse, als er einen zögernden Schritt nach vorne macht.

„Ich, ich schlage dir den Schädel ein, wenn du noch einmal einen Schritt in meine Richtung machst!"

„Das schaffst du nie!" Gregor kneift die Augen zusammen und ballt die Fäuste. „Ein Indianer kennt keinen Schmerz, habe ich immer zu Paul gesagt. Indianer sind mutig und fürchten sich nicht vor dem Tod. Sie sind ganze Männer! Paul war ein richtiger Mann. Mein Sohn ist wie ein Mann in den Tod gesprungen!"

„Du bist wahnsinnig! Du bist ja völlig irre! Unser Sohn war ein fünfjähriger Junge, der dich einfach bewundert hat. Er wollte so sein wie sein Vater, obwohl der ein komplexbeladenes Arschloch ist", schreie ich und endlich habe ich die richtige Nummer. Isabelle Wagner ist meine letzte Chance und ich bete, dass sie zu Haus ist.

Das Telefon klingelt ewig lange und Gregor hat sich in der Zwischenzeit eine Jacke als Schutz gegen meine Schläge um den Arm gewickelt. Er geht also aufs Ganze.

„Kommen Sie, Isabelle Wagner!", schreie ich mit überkippender Stimme in mein Handy, als Isabelle Wagner nach einer quälend langen Zeit endlich abhebt. „Kommen Sie schnell zu mir. Es gibt einen Mord!"

Ich schleudere das Handy nach Gregors Kopf, der sich reflexartig duckt und mich für den Bruchteil einer Sekunde aus den Augen lässt. Doch diese kurze Zeitspanne genügt. Mit erhobenem Golfschläger und einem markerschütternden Wutschrei stürze ich mich auf Gregor und bin fest entschlossen, ihn zu töten.

21

MITTWOCH - NACHTS

23:00 Uhr

„Vor einigen Wochen wollten Sie einen Mord gestehen. Damals gab es zwar keine Leiche und auch keine Tatwaffe, aber Sie hatten Erinnerungsfetzen. So jedenfalls haben Sie es einer Kollegin geschildert. Jetzt gibt es sogar zwei Leichen und die passenden Tatwaffen. Aber jetzt wollen Sie mit den zwei Morden nichts zu tun haben und streiten alles ab."

Inspektor Hellwig lehnt sich zurück und verschränkt die Hände in seinem Nacken. Die abgestandene Luft in dem fensterlosen Raum riecht nach Schweiß und kaltem Rauch. Hellwig ist derselbe Inspektor, zu dem Isabelle Wagner mich vor einigen Wochen gebracht hätte, um mein Geständnis zu protokollieren. Insofern hat Hellwig recht, damals wollte ich den Mord an Talvinj gestehen, jetzt weiß ich, wer sein wirklicher Mörder ist: mein Mann!

Hellwig ist ein massiger Typ, trägt ein verschwitztes schwarzes Hemd, das um seinen Bauch ziemlich spannt. Er trägt einen struppigen und ungepflegten Bart, den er sich ständig kratzt. Seine Zähne sind gelb vom vielen Zigarettenrauchen.

Wir sitzen in einem grau gestrichenen Verhörraum der Mordkommission, der außer einer Kamera, einem Tisch und zwei Stühlen nichts enthält. Auf einem der Stühle sitze ich. Mein linker Arm ist mit einer Handschelle an den Tisch gefesselt, das ist Vorschrift, wenn ein Mordverdächtiger zum Verhör muss.

„Ich bin keine Mörderin!“, wiederhole ich, denn mehr kann ich im Augenblick zu der Katastrophe, die über mich hereingebrochen ist, nicht sagen. Mein Leben ist zerstört und alles was ich will, ist ein Ort, wo ich mich verstecken kann. Aber das ist natürlich nur ein Wunschgedanke, der nicht in Erfüllung gehen wird. Ich hole tief Luft, ehe ich weiterrede. „Ich will zu meinem Arzt Dr. Mertens, ich bin unzurechnungsfähig.“

„Vorhin haben Sie aber noch gesagt, dass Sie jetzt wieder ganz normal sind und genau wussten, was Sie taten.“

Ich merke, dass ich mich in Widersprüche verstricke. Hellwig macht einen gemütlichen Eindruck, aber sein Phlegma und seine Korpulenz täuschen gewaltig. Hellwig stellt präzise Fragen und führt mich immer wieder aufs Glatteis. Deshalb ist es jetzt besser, den Mund zu halten.

„Ich brauche meinen Arzt! Ich bin krank!“, sage ich und streiche mir hektisch die Haare aus dem Gesicht. „Ich muss untersucht werden.“

„Alles zu seiner Zeit!“ Hellwig lässt sich nicht aus der Ruhe bringen, sondern blättert in verschiedenen Unterlagen. Es gibt also bereits eine dicke Akte über mich. Das würde mich nicht weiter wundern, nach all den Exzessen der letzten Wochen.

„Der Kollegin, die als Erste am Tatort eingetroffen ist, haben Sie aber einen Mord gestanden.“

„Das war doch nur, weil ich unter extremem Stress stand! Ich war völlig außer Atem!“ Jetzt bin ich wirklich beunruhigt, habe Angst, mich um Kopf und Kragen zu reden.

„Geständnis ist Geständnis!“, brummt Hellwig, scheint aber von seinen Worten selbst nicht sehr überzeugt zu sein.

„Wo ist die Beamtin, die das notiert hat?“ Ich blicke suchend umher, tue so, als würde sich Isabelle Wagner in einer Ecke unsichtbar machen. „Wo ist Isabelle Wagner? Fragen wir sie doch selbst!“

„Isabelle Wagner ist beurlaubt. Genau genommen hätte sie Ihr Geständnis gar nicht protokollieren dürfen. Die Aussage ist daher wertlos!“ Achselzuckend legt er das Papier wieder zurück in die Akte und wippt mit seinem Stuhl vor und zurück. „Machen wir uns das Leben doch nicht so schwer. Sie gestehen die Morde, kommen in eine komfortable Einzelzelle und gleich morgen früh auf die Krankenstation zu einer Untersuchung. Na, ist das nicht ein guter Deal?“ Lauernd beugt er sich vor, sieht mir unverwandt in die Augen. „Schöne blaue Augen haben Sie. Damit machen Sie wohl alle Männer verrückt!“

Ich bin mir nicht sicher, ob Hellwig diese Bemerkung wirklich gemacht hat oder ob ich seinen Gesichtsausdruck nur dahingehend interpretiert habe.

Hinter mir wird eine Tür aufgerissen, doch ich drehe mich nicht um, denn das gehört sicher zu der Verhörstrategie von Hellwig, die wahrscheinlich dazu dient, den Angeklagten auf ganzer Linie zu verunsichern.

„Eine erste schnelle Überprüfung der Tatwaffe!“, höre ich in meinem Rücken eine volle, aber doch noch junge Stimme. Gerne würde ich das Gesicht dazu sehen. Aber ich reiße mich zusammen und starre unverwandt auf die verschrammte Tischplatte vor mir.

„Das ging aber schnell!“ Hellwig ist sichtlich erfreut, grinst breit und bleckt seine gelben Zähne.

„Na, wenn es sich um einen prominenten Politiker handelt, dann geht bei uns ja immer alles fix.“

Eine Zustimmung nuschelnd, steht Hellwig auf, geht an mir vorbei und blättert hinter mir durch irgendwelche Papiere, die ihm der Unbekannte gereicht hat. „Interessant, interessant!“, murmelt er. „Da gibt es keinen Zweifel?“

„Warten wir auf die genaue Analyse, die morgen Nachmittag eintreffen wird. Aber ich glaube nicht, dass sich das Ergebnis noch großartig ändert.“

Der Mann verschwindet und Hellwig lässt sich wieder ächzend mir gegenüber auf seinem Stuhl nieder. Ich mache ein unbeteiligtes Gesicht, denn die Kamera ist aktiv, das merke ich an dem kleinen roten Lämpchen, das unablässig bis in mein tiefstes Inneres zu leuchten scheint. Die Videos werden später sicher von einem Polizeipsychologen interpretiert, deshalb ist es besser, ganz neutral zu bleiben.

„Tja, das ist der vorläufige Bericht der Spurensicherung über die Untersuchung der einen Tatwaffe. Die Fingerabdrücke darauf wurden mit Ihren Fingerabdrücken verglichen und es gibt eine Übereinstimmung.“

„Was wollen Sie damit sagen?“ Meine Stimme ist rau und kratzig und ich weiß natürlich, was das bedeutet, aber ich will es einfach nicht wahrhaben. Hellwig schlürft heißen Kaffee, den ich zuvor dankend abgelehnt habe und lässt mich ein wenig zappeln. Jetzt hätte ich auch gerne einen starken schwarzen Kaffee, um hellwach und konzentriert zu bleiben, aber Hellwig lässt mir keine Zeit, meinen Wunsch zu äußern.

„Frau See, es sind nur Ihre Fingerabdrücke auf der einen Tatwaffe. Niemand außer Ihnen hat das Messer angefasst“, kommt er gleich auf den Punkt. „Legen Sie doch endlich ein Geständnis ab. Ihr hartnäckiges Leugnen hat keinen Zweck mehr.“

„Ich habe keinen Mord begangen!“, wiederhole ich und presse die Lippen zusammen. „Ich will jetzt mit einem Anwalt telefonieren und dann nach Hause!“

„Frau See, Sie sind eine Mordverdächtige. Ich kann Sie nicht einfach nach Hause gehen lassen. Ihr zuständiger Pflichtverteidiger wird erst morgen kommen. Das werden Sie doch sicher verstehen.“

Hellwig redet auf mich ein, als wäre ich beschränkt. „Außerdem ist Ihr Haus ein Tatort und wird erst freigegeben, wenn die Spurensicherung mit ihren Untersuchungen fertig ist.“

„Ich bin unschuldig!“, sage ich mit zitternder Stimme und würge meine aufsteigende Panik hinunter, kann sie zum Glück noch ein wenig in Schach halten. „Begreifen Sie das doch endlich: Ich bin unschuldig!“

Hellwig sieht mich abschätzend an, zuckt aber dann nur mit den Achseln. „Glauben Sie mir, Frau See. Jeder hier in diesem Raum ist zu Beginn immer unschuldig. ‚Ich bin unschuldig!‘ Das sagen sie doch alle.“ Er beugt sich vor, spricht jetzt ganz leise. „Aber ich habe noch jeden zu einem Geständnis bewegen können.“

„Ich will sofort Isabelle Wagner sprechen! Sie kennt mich doch und weiß, dass ich keine Mörderin bin!“ Es ist ein letztes Rückzugsgefecht, das ich auf aussichtlosem Posten führe, das spüre ich. Hellwigs Entscheidung ist längst gefallen.

„Nochmals, ich führe hier die Untersuchung und die Kollegin Wagner ist beurlaubt. Sie hat nichts mit diesem Fall zu tun. Begreifen Sie das doch endlich.“

Wieder klopft es an der Tür, doch diesmal wird Hellwig hinausgerufen. Ich bleibe alleine zurück und fühle mich in dem kahlen Verhörzimmer einsam wie nie zuvor. Ich bin ganz allein auf dieser Welt. Es gibt absolut niemanden mehr, der mir hilft. Das ist eine bittere Erkenntnis.

Es dauert eine Weile bis Hellwig wieder hereinkommt. Kopfschüttelnd setzt er sich mir gegenüber, blättert immer wieder in einer neuen Mappe. Dabei runzelt er die Stirn, so als wären die Ergebnisse, die er betrachtet, geradezu ungeheuerlich.

„Geht das mich an?", frage ich naiv und deute mit meiner freien Hand auf die Mappe.

Hellwig zuckt zusammen und sieht erstaunt auf. Es hat den Eindruck, als wäre er überrascht, mich zu sehen.

„Darüber reden wir gleich!", murmelt er abwesend und streicht sich den Bart. Er starrt noch immer gebannt auf die Mappe in seinen Händen. Dann zieht er ein Foto heraus und legt es auf die Tischplatte.

„Was ist das?", fragt er, als wäre ich zurückgeblieben und wüsste nicht, dass es sich um einen Golfschläger handelt.

„Wir haben das Blut von zwei verschiedenen Personen auf dem Golfschläger feststellen können." Hellwig legt ein weiteres Foto auf den Tisch. Es ist das Eisen des Schlägers in einer Nahaufnahme. Bei den dunklen Stellen auf dem Metall muss es sich um Blut handeln, soviel steht fest.

„Aber auf dem Griff gibt es nur ein paar brauchbare Fingerabdrücke. Diese stammen alle von ein und derselben Person." Hellwig lehnt sich wieder zurück und verschränkt seine Hände im Nacken.

„Und jetzt raten Sie einmal, von wem diese Fingerabdrücke sind."

Ich weiß es natürlich und am liebsten hätte ich mir wie immer die Hände über die Ohren gelegt, denn ich will nichts mehr hören, ich will nur an einen sicheren Ort.

„Das ist ebenfalls eine Tatwaffe!" Hellwig nickt bedächtig mit dem Kopf, während er ein neues Foto aus seiner Mappe holt, das den Griff des Golfschlägers zeigt. „Auch hier konnten wir nur Ihre Fingerabdrücke eindeutig identifizieren."

„Aber ich habe mich mit dem Golfschläger doch verteidigt! Ich war in Lebensgefahr!“ Ich erinnere mich noch genau an die Szene. Gregor stand mit einer klaffenden Wunde am Kopf in dem engen Flur vor mir und in seinen schwarzen Augen leuchtete der Tod. Das Blut schoss ihm über das Gesicht, doch er gab nicht auf. Während ich mit Isabelle Wagner telefonierte, ging er immer weiter auf mich los, hielt seinen mit einer Jacke umwickelten Arm schützend vor sich, um meine Schläge abzuwehren.

„Warum haben Sie überhaupt mit dem Golfschläger zugeschlagen? Waren Sie wütend?“, setzt Hellwig wie ein Bluthund nach und reißt mich aus meinen Gedanken.

„Ich musste mich verteidigen, ich schwebte in Todesgefahr. Ich wollte nicht sterben!“ Besser ich schweige und warte, bis Dr. Mertens auftaucht. Er wird mir helfen.

„Aber jemand anderer musste sterben! Wurde einfach mit diesem Golfschläger erschlagen!“, faucht Hellwig und beugt sich herausfordernd über den Tisch. „Sie haben mit voller Absicht mehrfach zugeschlagen! So lange, bis der Schädel nur noch eine einzige blutige Masse war! Sie haben mit dem Vorsatz zu töten zugeschlagen! Geben Sie es doch endlich zu!“

Wutschnaubend packt Hellwig die Mappe und knallt sie auf den Tisch. Erschreckt zucke ich zusammen, denn die plötzliche Veränderung im seinem Verhalten kommt überraschend. Eben noch war er der phlegmatische ruhige Inspektor und jetzt ist er ein einschüchternder Verhörprofi.

„Schauen Sie hin!“, brüllt er mich an, aber ich denke gar nicht daran, die Augen zu öffnen. Ich höre, wie Hellwig ein Foto um das andere vor mir auf dem Tisch ausbreitet. Wahrscheinlich zeigt er mir jetzt einen zertrümmerten Schädel und Blut, ja überall wird Blut sein. Gregor hat ja alles vollgeblutet, als er auf mich losgegangen ist.

„Sie sollen sich diese Bilder gefälligst ansehen!", schreit Hellwig und packt mich im Genick, drückt meinen Kopf gegen die Tischplatte, dort wo die Fotos liegen. Ich kann das Fotopapier riechen, denn ich bin Fotografin und ich weiß, was ich auf den Fotos sehen werde. Deshalb will ich zurück in meinen sicheren Hafen und nicht hier sitzen und ständig den schlechten Atem von Hellwig spüren.

„Machen Sie gefälligst die Augen auf und sehen Sie sich genau an, was Sie getan haben! Haben Sie keinen Mumm? Zuerst einen Mord begehen, ja, das macht Ihnen anscheinend nichts aus. Dann, als Sie in die Enge getrieben werden, verüben Sie kaltblütig den nächsten Mord. Aber sich dann den Konsequenzen stellen, das trauen Sie sich nicht! Wissen Sie was, ich halte Sie für ziemlich abgebrüht. Sie verschanzen sich hinter einer psychischen Erkrankung, um Ihrer gerechten Strafe zu entgehen!"

Schnaufend lässt sich Hellwig wieder auf seinen Stuhl zurückfallen, der unter seinem Gewicht bedenklich knackt. Ich halte noch immer meine Augen fest geschlossen, denn ich will keine Toten mehr sehen. Ich will leben.

„Aber ich kriege Sie! Darauf können Sie sich verlassen! Ich kriege Sie!", zischt er ganz, ganz leise. Dann ist Hellwig ruhig. Nur sein gleichmäßiges Schnaufen ist zu hören. Gefolgt von einem metallenen Ratschen, als er sich mit seinem Feuerzeug eine Zigarette anzündet. Ich rieche den Rauch und höre, wie Hellwig langsam die Fotos zusammenschiebt und wieder in die Mappe legt. Jetzt kann ich also endlich die Augen wieder öffnen, jetzt sehe ich keine Toten mehr.

Das ist ein Irrtum, denn Hellwig hat mich in die Falle gelockt. Als ich die Augen wieder öffne, liegt noch ein Foto direkt vor mir auf der Tischplatte. Jetzt habe ich es gesehen, jetzt kann ich nicht mehr zurück: Es ist ein grausames Bild von Hass, Wut und sinnlosem Tod. Es ist ein Anblick, den ich nie wieder vergessen werde, denn was ich sehe, trifft mich mitten ins Herz: Ich sehe einen zertrümmerten Schädel, sehe die schwarzen Locken, die an einer Seite beinahe fehlen, weil der Schädel dort durch unzählige Schläge völlig eingedrückt ist. Ich sehe das bleiche Gesicht, auf einer Seite deformiert durch Tritte und Schläge und ich sehe die toten schwarzen Augen von Marion, die mich anklagend anstarren. Augen, die mir auch nach ihrem Tod noch die Enttäuschung darüber zeigen, wie ich nur an ihrer Loyalität hatte zweifeln können. Auf dem Tatortfoto sehe ich den grässlich entstellten Kopf von Marion Winter, meiner besten Freundin, die ihr Leben gegeben hat, um meines zu retten.

Plötzlich lässt Hellwig seine behaarte Pranke schwer auf den Tisch fallen. „Wir beenden dieses Verhör jetzt. Ich will nach Hause und Sie haben die ganze Nacht Zeit, über ein Geständnis nachzudenken.“

Er beugt sich vor, greift sich das Mikrofon und dreht es zu sich.

„Adriana See, ich verhafte Sie wegen des dringenden Tatverdachts, Talvin Singh und Marion Winter getötet zu haben.“

22

ZWEI WOCHEN SPÄTER – MONTAG - VORMITTAGS

Gregor, mein Mann hat mich nur einmal in der Untersuchungshaft besucht und anschließend vor dem Gefängnis eine improvisierte Pressekonferenz abgehalten. Der Termin war gut gewählt, denn am selben Tag hat die Staatsanwaltschaft die Voruntersuchungen gegen ihn wegen zweifachen Mordes mangels stichhaltiger Beweise eingestellt. Das alles lese ich Tage später in der Zeitung, die mir eine der Wärterinnen heimlich zusteckt. Sie hat Mitleid mit mir, denn ich bin völlig durch den Wind. In der Zeitung ist auch ein Bild von dieser Pressekonferenz abgedruckt. Neben Gregor steht A. M., seine frühere PR-Assistentin und beide sehen darauf aus, als wären sie ein Paar. Nichts auf dem Bild lässt erahnen, dass Gregor mir bei seinem Besuch im Gefängnis drei Morde gestanden hat!

Doch der Reihe nach. Bevor sich Gregor an jenem Vormittag mir gegenüber an den Tisch setzt, verteilt er noch Autogrammkarten an die Wärterinnen und lässt sich mit einigen von ihnen fotografieren. Für mich ist er jetzt ein komplett fremder Mann geworden. Seine Aura gleitet über mich hinweg und seine Männlichkeit, die mich früher immer so beruhigt hat, stößt mich nur mehr ab. Natürlich durchschaue ich ihn und weiß auch, warum er hierher in das Untersuchungsgefängnis gekommen ist. Er hat sich immer medienwirksame Orte ausgesucht, um sich in Szene zu setzen. Und die große geschwungene Treppe beim Haupteingang des Untersuchungsgefängnisses passt perfekt für seine Inszenierung.

„Ich habe meine Frau im Untersuchungsgefängnis besucht, weil ich ihr verzeihe. Ich verzeihe ihr, dass sie versucht hat, mich umzubringen!" Genauso hat er es bei seiner Pressekonferenz formuliert. Die anderen Toten hat Gregor mit keinem Wort erwähnt und die Journalisten fragen auch nicht nach. Alle sind geblendet von dieser menschlichen Größe des Verzeihens, diesem geheuchelten Verständnis für eine Mörderin.

Als Gregor mir gegenübersitzt, sehe ich in seinen schwarzen Augen nur noch Kälte und Wahnsinn. Es ist, als wäre seit der Katastrophe in unserem Haus in seinem Kopf ein Schalter umgelegt worden, der ihm ständig suggeriert, dass er ein Alphatier ist, das jeden Gegner vernichtet. Doch für Gregor bin ich schon längst kein Gegner mehr. Mich bemitleidet er nur noch.

Wir haben uns natürlich auch nichts mehr zu sagen. Schließlich habe ich meinen Mann des Doppelmordes beschuldigt, das lässt sich nicht so einfach übergehen. Außer einigen Einführungsfloskeln und seinen Standardsätzen, dass er in einem gewissen Maß meine Handlung versteht, gibt es kein weiteres Thema mehr und das Gespräch versiegt. Nach einigen Anstandsminuten steht Gregor auf, rückt seinen breiten Krawattenknoten zurecht, tippt mit seinen Fingerspitzen auf das auffällige Pflaster auf seiner Schläfe, dort wo ihn der Golfschläger getroffen hat. Nachdenklich streicht er sich durch seine glänzenden Haare und sieht sich mehrmals prüfend um. Die Wärterinnen haben sich nach hinten in den Beobachtungsraum mit dem großen Sichtfenster zurückgezogen und trinken Kaffee.

Der Besucherraum ist wie ein Wohnzimmer eingerichtet, es gibt sogar eine Couch, damit die Untersuchungshäftlinge mit Angehörigen oder Anwälten ungezwungen reden können. Kameras und Mikrofone sind untersagt, denn das verstößt gegen den Datenschutz und die Privatsphäre. Links und rechts von der Couch stehen Yuccapalmen mit bräunlichen Blättern, weil sie schon seit Wochen nicht mehr gegossen wurden. Das alles fällt mir erst jetzt auf, weil ich Gregors Blick nicht mehr ertragen kann. Seine Augen sind noch schwärzer als zuvor und sein attraktives Gesicht wird zur hässlichen Fratze. Sein Anblick ist mir so unangenehm, dass ich mich abwenden muss. Ich spüre seinen Atem an meinem Ohr, als er sich vorbeugt.

„Du hast unsere Familie verraten! Das hättest du nicht tun dürfen, Adriana. Du bist schuld am Tod von drei Menschen. Denk darüber nach. Ich wollte diesen Talvin ja gar nicht töten, sondern ihn einfach nur zur Rede stellen. Ich habe dich an diesem Abend verfolgt und das Wohnhaus von der Straße aus beobachtet. Du warst lange, viel zu lange weg, das konnte ich nicht zulassen. Deshalb bin ich nach oben um euch zur Rede zu stellen und dich zu schützen. Die Eingangstür war nur angelehnt und dein Liebhaber stand halbnackt im Zimmer. Ich stellte ihn zur Rede, aber er hat mir nicht zugehört, hat gesagt, dass er dich liebt. Dieses junge Bürschchen liebt eine ältere Frau, das ist doch lächerlich. Genauso habe ich es ihm auch gesagt. Aber er hat nur gelächelt und geantwortet: ‚Fragen wir Adriana doch selbst, sie liegt ja in meinem Bett!‘ Da habe ich einfach das Messer aus dem Messerblock gezogen und auf ihn eingestochen, immer wieder zugestochen, solange bis er tot war.

Doch dann bist plötzlich du aus dem Schlafzimmer gewankt, nackt und vollkommen weggetreten. Das war ein erniedrigender Anblick für mich, meine Frau nackt in der Wohnung eines anderen zu sehen. Ich habe mich versteckt und eine Gelegenheit abgewartet, um dich unschädlich zu machen. Ich kannte ja deine psychischen Probleme. Es war also ganz leicht, dich immer weiter in den Irrsinn zu treiben, damit du glaubst, alles wäre nur in deinem Kopf entstanden."

Ich höre das alles nur undeutlich, denn meine Gedanken schweifen ab in eine Welt voller Liebe. Gregors Stimme wird von dem Lärm der Tuk-Tuks überlagert, die auf der Mole von Marina Beach entlangfahren und Fahrgäste nach Chennai bringen. Ich liege mit Talvin auf der Ladefläche eines Tuk-Tuk und wir sehen in den Nachthimmel, der sich wie ein schützendes Zelt über den Golf von Bengalen spannt. Talvin erzählt von seinem Großvater, dem Bibliothekar, der die Familie immer an Feiertagen mit Anekdoten über die Theosophische Gesellschaft von Madras unterhalten hat. Doch Talvin ist tot und mein Mann ist sein Mörder.

„Ich will, dass du gehst!", sage ich leise und starre auf die verdörrte Yuccapalme, weil ich Gregors Anblick nicht mehr aushalte. Aber Gregor ist noch lange nicht fertig mit seinem Sermon.

„Alles lief zunächst reibungslos ab, denn das Haus wurde gerade saniert und deshalb gab es auch noch keine Mieter. Ich konnte also ungehindert mit dem toten Inder durch das Treppenhaus nach unten zu meinem Wagen gelangen. Auch dich hinunterzutragen war zunächst kein Problem, wäre da nicht dein Freund Raul plötzlich aus der Bar unten an der Straßenecke gekommen. Natürlich hat er mich erkannt und gesehen, dass du leblos in meinen Armen hingst. ‚Adriana hat zu viel getrunken!', damit wollte ich ihn abwimmeln und es gelang mir zunächst auch. Doch einige Tage später kam sein Anruf. Du hättest ihm von deinem verschwundenen Liebhaber erzählt und dass dessen Adresse nicht mehr existiert. Da hat er natürlich eins und eins zusammengezählt, seine Chance gewittert und versucht, mich zu erpressen. Aber das kennt man ja: Einmal erpresst, immer erpresst! Deshalb war es nur eine logische Konsequenz, ihn bei der nächstbesten

Gelegenheit zu töten. Ich habe ihn in seiner Wohnung überrascht und vom Balkon gestoßen. Von seinem lächerlichen Geständnis, das er für dich geschrieben hat, habe ich dann den letzten Satz ‚Warum nur Adriana? Warum nur?' abgerissen und ihm in die Hand gedrückt. Das war ein wirklich genialer Schachzug von mir." Gregor kichert leise vor sich hin. „Den Brief habe ich natürlich als Erinnerung in meinem Geheimfach aufbewahrt. Jedes Mal, wenn ich ihn jetzt wieder lese, muss ich mich dazu beglückwünschen."

Eine der Wärterinnen klopft gegen die Scheibe und tippt auf ihre Uhr. Gregors Besuchszeit ist gleich vorbei. Langsam lehnt er sich zurück und leckt sich über die Lippen. Erst jetzt drehe ich mich zu ihm und sehe seine schwarzen Augen böse glitzern.

Gregors Stimme ist nur noch ein hasserfülltes Flüstern, nur noch das Hauchen seines Geständnisses. Früher hätte ich geglaubt, wieder unter einer Wahnvorstellung zu leiden, aber diesmal nicht. Die Worte fräsen sich in mein Gedächtnis und ich werde sie bis zu meinem Tod nicht vergessen.

„Besonderes Vergnügen hat es mir gemacht, deiner besten Freundin Marion den Schädel einzuschlagen! Denn sie hat mich nicht ernst genommen, als ich ihr erzählte, dass ich unsere Familie nur schützen wollte. Sie hat damals mein Parteifeuerzeug mit meinen Initialen in der Wohnung von diesem Inder gefunden und wollte mich am Parkplatz vor deiner Klinik zur Rede stellen. Damals konnte ich sie noch mit dem Hinweis auf deine Krankheit ruhigstellen. Aber dann wollte sie immer mit dir darüber reden und das musste ich verhindern. Wie eine Furie ist sie auf mich losgegangen, als sie kapiert hatte, dass ich in der Wohnung dieses Inders gewesen war. Marion hielt sich für unverwundbar und hat bis zuletzt nicht geglaubt, dass ich sie töten werde. Aber ich habe ihr bewiesen, wozu ich fähig bin, um meine Familie zu schützen!"

Abrupt steht Gregor auf und richtet sich seinen Krawattenknoten. Er winkt einer Wärterin, ihm die Tür zu öffnen, dreht sich noch einmal zu mir um, drückt mir einen angedeuteten Kuss auf die Wange.

„Mein armer Liebling. Ich hätte dich ohne Weiteres umbringen können, aber so bist du am Leben und gleichzeitig tot. Das ist viel grausamer, glaube mir. Du wirst dein ganzes Leben an mich denken, denn ich liebe dich zu Tode."

Im Hinausgehen lächelt er der Wärterin charmant zu, die ihn verzückt anhimmelt. Klar wie nie zuvor sehe ich das hässliche Ich von Gregor, von dem ich mich nicht mehr blenden lasse. Ich sehe das Monster, das früher mein Mann war, vor der Tür warten, die nach draußen führt. Wenn er jetzt geht, ist alles vorbei. Blitzschnell springe ich auf, werfe dabei einen Stuhl um.

„Er hat die Morde begangen! Dieser Mann ist ein Monster!", schreie ich und stürze auf Gregor zu. Im Vorwärtslaufen packe ich eine der verdörrten Yuccapalmen, werfe sie mitsamt dem schweren Keramiktopf nach ihm, verfehle ihn aber. Gregor klopft panisch an die Tür, während die Alarmsirenen heulen und die Warnlichter blinken.

Kreischend wiederhole ich sein ungeheuerliches Geständnis Wort für Wort, stolpere über die umgekippte Yuccapalme, knalle schmerzhaft auf den PVC-Boden, bekomme aber doch noch Gregors Bein zu fassen, der gerade durch die geöffnete Tür fliehen will. Ich will ihn nie wieder loslassen.

„Mörder! Monster!"

Der Schlag eines Gummiknüppels trifft mich so unvermittelt im Rücken, dass ich vor Schmerz aufheule und Gregors Bein sofort loslasse.

„Entsetzlich, was Sie durchgemacht haben! Sie sind ein guter Mensch, das spüre ich!", sagt eine der Wärterinnen mitfühlend und klopft Gregor bedauernd auf die Schulter, als er schnell in den

Beobachtungsraum flüchtet. Ich sehe diese Szene von unten aus der Verliererperspektive, denn zwei geschulte Wärter drücken mich auf den Boden und stellen mich mit Handschellen ruhig.

„Ich liebe dich ...!", brülle ich hinter Gregor her, der schnell durch die Sicherheitsschleuse nach draußen eilt und mich keines Blickes mehr würdigt. „Er hat gesagt ‚Ich liebe dich zu Tode!'", schreie ich noch viele Male, doch niemand hört mich.

In den nächsten Wochen sind die Zeitungen voll mit Berichten über Gregor. Die Wahl steht kurz bevor und Gregor denkt nicht daran, aufzugeben. Er ist einem drohenden Parteiausschluss zuvorgekommen, hat blitzschnell die Seiten gewechselt und ist jetzt Spitzenkandidat einer windigen konservativen Oppositionspartei. Im Augenblick ist er der populärste Politiker des Landes und die Meinungsumfragen räumen ihm gute Chancen ein, als Juniorpartner in die Regierung zu kommen. A. M. ist jetzt seine PR-Strategin und ständig an seiner Seite. Sie sind das Power-Team der Saison und ich bin die Verliererin.

Wenigstens habe ich eine Einzelzelle bekommen, denn als ehemalige Patientin einer Nervenklinik bin ich automatisch suizidgefährdet und stehe daher unter besonderer Beobachtung. Dr. Mertens, mein Psychiater kann mich „leider aus terminlichen Gründen" nicht weiter behandeln. Ich weiß aber, dass er sich um seinen guten Ruf sorgt, wenn er eine zweifache Mörderin therapiert. So viel zu Hans, der fast zu unserer Familie gehört hat. Auf eine derartige Familie kann ich getrost verzichten.

Mein Pflichtverteidiger macht mir wenig Hoffnung. „Einweisung in eine Anstalt für abnorme Gewaltverbrecher im besten Fall", sagt er und zuckt ratlos mit den Schultern. Der Pflichtverteidiger ist jung und unerfahren, aber immer noch besser als der Staranwalt, der mich zu Beginn kostenlos vertreten hat. Als er meine Lebensgeschichte an die Medien verkaufen wollte, habe ich ihn gefeuert. Ich will endlich wieder normal sein.

Die Tage vergehen ereignislos und auch die Vernehmungen durch Hellwig, den Staatsanwalt und einen Verhörspezialisten kommen nicht vom Fleck. Immer wollen sie ein Geständnis von mir, aber ich kann nicht gestehen, was ich nicht getan habe. Jedes Mal, wenn ich Gregor als Täter ins Spiel bringe, wechseln sie bedauernde Blicke und schicken mich anschließend zum Gefängnispsychiater. Natürlich denken sie auch nicht daran, den Körper des verstorbenen Raul zu exhumieren, um vielleicht doch noch ein Indiz zu finden, das auf Mord hindeutet.

Also verbringe ich die Stunden damit, mein Unterbewusstsein auszuräumen, um endlich einen lückenlosen Ablauf jenes Tages zu erhalten, an dem ich den blutüberströmten Talvin auf dem Boden gefunden habe. Ich bin zu ihm in die Operngasse gefahren, um diese Affäre zu beenden. Es ist eine Ironie des Schicksals, aber ich wollte wieder zurück zu Gregor, um gemeinsam mit ihm neu zu beginnen. Gregor hätte ihn also überhaupt nicht töten müssen.

Wie das beim Abschiednehmen eben ist, haben Talvin und ich ziemlich viel getrunken und sind zum letzten Mal im Bett gelandet. Übrigens, der Sex mit Talvin war nicht das Aufregendste an unserer Affäre, am meisten erregt haben mich seine Erzählungen vom fernen Chennai, der Theosophischen Gesellschaft und von seinem Großvater, dem Bibliothekar. Eine Familie wie diese hätte ich auch gerne gehabt.

Irgendwann bin ich wie bewusstlos eingeschlafen, denn der Cocktail aus Tabletten und Alkohol war zu viel für mich. Ich wusste ja nicht, dass wir etwas trinken, deshalb habe ich meine Tabletten gegen die Depressionen vorher genommen. Ich wollte einfach aufgedreht und glücklich sein, wenn ich Talvin gegenübertrete. Im Nachhinein betrachtet war es natürlich ein Fehler.

Schlaflos wälze ich mich auf meiner Pritsche hin und her, denke wie so oft daran, zu sterben. Der Gedanke, mein restliches Leben in einer Zelle oder einer geschlossenen Nervenklinik zu verbringen, macht mich erst recht wahnsinnig. Deshalb zweige ich auch von den Tabletten, die mir der Gefängnispsychiater mitgibt, immer die Hälfte ab und verstecke sie in der Matratze. Nacht für Nacht werde ich von Albträumen heimgesucht, in denen mich der am Kopf blutende Gregor mit einem Golfschläger durch unser Haus verfolgt, um mir den Schädel einzuschlagen. Wenn ich morgens erwache, beginne ich den Tag in dem Bewusstsein, dass dieses Leben grausam ist. Deshalb sammle ich auch die Tabletten. Eines Tages werden es wohl genug sein und dann kann ich endlich sterben.

„Besuch für Sie!“, reißt mich die Stimme der Wärterin an einem besonders trüben Tag aus meiner düster lethargischen Stimmung.

„Wer ist es? Wer will mich schon besuchen, außer meinem Anwalt?“, mache ich verzweifelt Konversation.

„Es ist eine Frau!“, sagt die Wärterin kurz angebunden. Sie kann mich nicht besonders leiden, denn sie ist in Gregor verknallt und war dabei, als ich bei seinem Besuch durchgedreht bin.

„Isabelle Wagner! Weshalb besuchen Sie mich?“, rufe ich erstaunt aus, als ich in das Besuchszimmer geführt werde. Isabelle Wagner verzieht keine Miene, sondern schüttelt mir nur förmlich die Hand. Sie fühlt sich kalt an und wenn ich daran denke, dass sie vielleicht kurz zuvor ihre Schlange gestreichelt hat, schüttelt es mich vor Ekel.

„Ich habe über Ihren Fall nachgedacht!“, sagt Isabelle Wagner, setzt sich auf die Couch und wischt mit den Handflächen über ihre Oberschenkel. Sie trägt einen altmodischen grauen Hosenanzug und eine weiße Bluse mit einer großen Schleife. Ihr graubraunes Haar hat sie links und rechts mit Kämmen hochgesteckt, um so den Eindruck von Seriosität zu erwecken. Wahrscheinlich kommt sie von einem offiziellen Termin.

Ohne sich lange mit Höflichkeitsfloskeln aufzuhalten, redet sie weiter. „Als ich damals aufgrund Ihres Anrufs zu Ihnen in das Haus gekommen bin, waren Sie völlig aufgelöst. Ihr Mann war hingegen sehr kühl und beherrscht. Trotz seiner Kopfverletzung, die Sie ihm zugefügt haben. Das wäre ja nicht weiter ungewöhnlich, denn er macht einen durchtrainierten Eindruck. Was mich aber später zum Nachdenken gebracht hat, waren diese Suggestivsätze, mit denen er Sie in die Richtung gedrängt hat, dass Sie den Mord schließlich gestanden haben."

„Ich verstehe nicht recht, was Sie damit meinen." Ich bin komplett verwirrt, halte aber den Mund, um Isabelle Wagner nicht noch länger zu unterbrechen.

„Er hat immer gesagt: Du hast Talvin Singh ermordet, nicht wahr? Du hast ihn in der Operngasse getötet und dann hier in der Kühltruhe gelagert. Du hast Talvin getötet, nicht wahr?" Isabelle Wagner legt den Zeigefinger an ihre Lippen, denkt angestrengt nach. „Genau, das hat er gesagt, so lange, bis Sie es auch gesagt haben: ‚Ja, ja, ja ich habe Talvin getötet, ich bin seine Mörderin!' Das habe ich dann auch protokolliert, es war ja alles so hektisch bei Ihnen."

Noch immer verstehe ich nicht, was mir Isabelle Wagner eigentlich sagen will, doch ich will sie in ihrem Enthusiasmus nicht bremsen und überhaupt ist mir ihre Gesellschaft mit einem Mal überaus angenehm. In einem anderen Leben hätten wir durchaus Freundinnen werden können. Doch dieses andere Leben ist für mich jedenfalls gelaufen. Isabelle Wagner redet immer schneller, so als hätte sie mir etwas Bahnbrechendes mitzuteilen.

„Jetzt frage ich Sie, woher kannte Ihr Mann den Namen Ihres Geliebten und seine Adresse? Wenn er doch laut seiner protokollierten Aussage vollkommen ahnungslos gewesen ist und aus allen Wolken fiel, als er erfuhr, dass seine Frau eine Affäre hat und eine Mörderin ist."

Da ist er wieder, dieser dünne flackernde Hoffnungsstrahl, der uns dazu veranlasst, weiterzumachen und nicht einfach zu sterben. Dieser Hoffnungsschimmer, dass sich doch noch alles zum Guten wenden könnte. Elektrisiert schnelle ich vor, packe die Hände von Isabelle Wagner und drücke sie ganz fest.

„Haben wir damit eine Chance?", frage ich und spüre einen Kloß in meinem Hals. „Gibt es Hoffnung?"

„Ich habe in dreißig Minuten einen Termin bei der Staatsanwaltschaft. Denen werde ich das Gleiche sagen wie Ihnen. Mal sehen, was dabei herauskommt. Machen Sie sich aber keine allzu großen Hoffnungen. Doch es ist einen Versuch wert."

Damit wäre fast alles gesagt, doch dann erzähle ich ihr von Gregors Besuch und seinem zynischen Geständnis.

„Verzeihen Sie, Frau See!", druckst sie herum, nachdem ich geendet habe, „aber Sie haben schon so viele Geschichten erzählt, die sich im Nachhinein als unwahr herausgestellt haben, dass Ihnen niemand glauben wird. Aber behalten Sie die Worte Ihres Mannes im Kopf, sie sollen Ihnen als Motivation dienen, nicht aufzugeben, sondern weiterzukämpfen."

Isabelle Wagner steht auf, streicht den verdrückten Saum ihrer Jacke glatt und drückt die Schultern nach hinten. Förmlich wie zu Beginn streckt sie mir ihre Hand entgegen, die sich jetzt aber warm und vertraut anfühlt.

„Sie sind meine letzte Hoffnung, Isabelle Wagner!", sage ich zum Abschied. „Informieren Sie mich bitte so schnell wie möglich!"

„Aber natürlich, Frau See! Ich lasse Ihnen eine Nachricht zukommen. Besuchen darf ich Sie diese Woche leider nicht mehr!"

Dreißig Minuten sind nichts im Vergleich zu „Lebenslänglich“, der Strafe, die mich höchstwahrscheinlich erwartet. Aber jetzt ziehen sich dreißig Minuten wie ein ganzes Jahr. Ich hocke mit angezogenen Beinen auf meiner Pritsche. Immer wieder starre ich auf den kleinen Wecker, der mir gestattet ist. Das Benutzen eines Laptops wurde mit der Begründung abgelehnt, dass ich mir mit dem Gehäuse ja selbst den Schädel einschlagen könnte.

Endlich ist es soweit, die halbe Stunde ist um.

Jetzt sitzt Isabelle Wagner bei der Staatsanwaltschaft und trägt ihre Beobachtungen und Bedenken vor. Jetzt nickt der zuständige Staatsanwalt und berät sich kurz mit seinen Kollegen. Lächelnd setzt er sich wieder an seinen Schreibtisch, dankt Isabelle Wagner für ihren kriminalistischen Spürsinn. Durch ihre Hilfe konnte eine Unschuldige vor einer Haftstrafe bewahrt und der wirkliche Täter überführt werden. Durch diese Initiative ist Isabelle Wagner reif für eine Beförderung. Der Oberstaatsanwalt selbst wird sich für ihre Versetzung zur Kriminalpolizei stark machen. Frau Adriana See ist unverzüglich auf freien Fuß zu setzen, verfügt der Oberstaatsanwalt und ruft selbst im Untersuchungsgefängnis an.

„Telefon für Sie!“

Die Stimme der schlecht gelaunten Wärterin schreckt mich hoch.

„Ich komme, ja ich komme!“, rufe ich hektisch und drücke beide Daumen, während ich zur Tür husche. Nervös trete ich von einem Fuß auf den anderen und warte, dass meine Zellentür aufgeschlossen wird. In dem breiten Gang, von dem aus die Zellen wegführen, hängt ein altmodischer Münzfernsprecher an der Wand. Der Hörer baumelt nach unten und meine Hände sind vor Aufregung schweißnass, als ich danach greife.

„Isabelle Wagner?“, hauche ich in den Hörer, denn meine Stimme versagt plötzlich. Auch mein Herz rast und droht zu zerspringen. „Habe ich Glück?“

„Es tut mir leid!“ Die Stimme von Isabelle Wagner klingt gepresst, wie immer ein wenig zittrig, aber sie bemüht sich um einen sachlichen Ton. „Man hat mir nicht geglaubt, sonst hätte ich ja sofort ein Protokoll davon angefertigt, wie ich es von Ihrem Geständnis gemacht habe. Damit war die Sache erledigt und wurde nicht einmal in den Akten vermerkt.“ Isabelle Wagner räuspert sich und redet dann genauso sachlich weiter. „Natürlich habe ich auch das Geständnis ins Spiel gebracht, das Ihr Mann vor Ihnen abgelegt hat. Aber wie ich bereits zu Ihnen sagte, es hat mir niemand geglaubt.“

Sie räuspert sich erneut und ich habe den Eindruck, dass es ihr schwerfällt, weiterzusprechen.

„Ich hätte mich besser vorbereiten sollen. Auch noch einige andere Dinge berücksichtigen müssen. Es war meine Schuld, ich hatte keine Strategie. Halten Sie durch bis zur Verhandlung. Denken Sie an die zynischen Worte Ihres Mannes, die sollen Ihnen Kraft geben. Vielleicht können Sie die Geschworenen doch noch von Ihrer Unschuld überzeugen. Geben Sie niemals auf.“

Die letzten Worte von Isabelle Wagner höre ich nur noch als zerfetzte schrille Laute aus dem Hörer, der über meinem Kopf wie ein Pendel hin und her schwingt. Ich liege am Boden, werde von Krämpfen geschüttelt und kann keinen klaren Gedanken mehr fassen. Wenn ich jetzt an die Zukunft denke, dann ist dort nur ein schwarzes Loch. Gregors höhnisches „Ich liebe dich zu Tode“ dröhnt mir plötzlich wieder in den Ohren und in diesem Punkt muss ich ihm recht geben. Seine kranke Liebe wird mir den Tod bringen.

Epilog

Zwei Monate sind vergangen und ich habe mich nicht umgebracht. Im Gegenteil.

Ich stehe als freier Mensch in der VIP Lounge des Wiener Flughafens und kann es kaum erwarten, endlich einen Schlussstrich unter meine Vergangenheit zu ziehen. Das Flugzeug hat ein wenig Verspätung und so bleibt mir noch genügend Zeit, die Ereignisse der letzten Tage und Stunden nochmals zu rekapitulieren, um sie so endgültig zu verarbeiten.

Wie erwartet, hat Gregor mit seiner kleinen konservativen Partei einen beeindruckenden Wahlerfolg erzielen können und ist jetzt der Juniorpartner in der neuen Regierung. Immer öfter lässt er sich gemeinsam mit A. M. bei Empfängen und öffentlichen Veranstaltungen sehen und letzte Woche wurden mir die Scheidungspapiere zugestellt. Ich brauche nur noch zu unterschreiben, dann ist Gregor seine alte Familie los und kann eine neue gründen. Er ist jetzt auf dem Höhepunkt seiner Karriere und seine verrückte Frau in der Untersuchungshaft ist auch bald Vergangenheit.

Ach ja, diverse Gutachter streiten sich herum, ob ich zum Zeitpunkt der Morde nun zurechnungsfähig gewesen wäre oder nicht. Mir ist das so was von egal, denn ich bin unschuldig. Aber das behalte ich lieber für mich, denn Verrückte halten sich im Allgemeinen immer für normal, doch ich bin es wirklich.

Isabelle Wagner hat mich nie wieder besucht. Ein einziges Mal hat sie noch mit mir telefoniert und ich musste ihr den genauen Wortlaut von Gregors Geständnis wiedergeben. Das war nicht weiter schwierig, denn seine zynischen Sätze werde ich nicht vergessen, solange ich lebe. Besonders interessiert haben sie seine Formulierungen, die mit dem Tod von Raul zu tun hatten und sich auf Rauls schriftliches Geständnis bezogen. Auch das Feuerzeug, das Marion in der Wohnung von Talvin gefunden hat, schien sie wichtig zu finden. Natürlich bemerkte sie mein apathisches Verhalten und nahm mir eindringlich das Versprechen ab, wenigstens bis zur Verhandlung am Leben zu bleiben. Als ich sie nach dem Grund für diesen Wunsch fragte, hat sie nur „Geben Sie niemals auf!" gesagt und dann grußlos aufgelegt. Dieses Telefonat war vor einem Monat und die Tage verstrichen wie im Schneckentempo und es wurde noch immer kein Verhandlungstermin festgelegt.

Die einzigen Neuigkeiten brachte mein Pflichtverteidiger, der herausgefunden hatte, dass Talvin Singh als illegaler Einwanderer in Österreich gelebt hat. Deshalb gab es auch keinerlei Spuren oder Dokumente über ihn. Er war in Österreich einfach nicht existent. In Wien hat er als Schwarzarbeiter für eine Putzfirma gejobbt und auch die Wohnung in der Operngasse wöchentlich gereinigt. Als er mich kennenlernte, hat er sich als Besitzer der Wohnung ausgegeben, um mich zu beeindrucken. Übrigens auch das Tinkerbell-Mädchen war illegal aus der Ukraine zu dem Putztrupp gekommen. Ich hatte also die beiden nicht bei einem Fetischspiel, sondern beim Putzen der

Wohnung überrascht. Das Mädchen war geflüchtet, weil es Angst hatte, abgeschoben zu werden.

An einem regnerischen Dienstag im Oktober stand ich wie immer an meinem Arbeitsplatz in der Wäscherei und sortierte Handtücher. Mein Antrag auf einen Job in der Gefängnisbücherei wurde abgelehnt, so kann ich also nicht wie Talvins Großvater tausende Bücher lesen, dieses Wissen in meinem Gedächtnis speichern und an meine Nachkommen weitergeben. Und wenn schon, ich habe ja keine Nachkommen und keine Familie. Ich bin allein. Plötzlich stand die Wärterin hinter mir, die damals so begeistert von Gregor gewesen war und mich hasst.

„See, los mitkommen!“, kommandierte sie und schlug mir unbemerkt mit der Faust schnell in die Nieren, dass ich mich vor Schmerzen zusammenkrümmte. Wahrscheinlich schleppt sie mich jetzt in eine dunkle Ecke, um mir eine Abreibung zu verpassen, um ihren Frust an mir auszulassen, dachte ich damals und bereitete mich innerlich schon auf noch mehr Schmerzen vor.

Doch statt zurück in den Zellentrakt führte sie mich in den Besuchstrakt, aber nicht den Weg, den ich sonst immer genommen hatte, wenn sich Besuch ankündigte, sondern direkt zum Büro des Gefängnisdirektors.

„Warten Sie hier!“, herrschte mich die Wärterin an und klopfte vorsichtig an der Tür.

„Frau See kann hereinkommen“, hörte ich Sekunden später eine Stimme, die mir bekannt vorkam. Es war Hellwig, der Inspektor, der mich vor Monaten ständig verhört hatte. Unsicher stolperte ich in den großen Raum, den ich nur zu Beginn meiner Untersuchungshaft betreten hatte, als der Direktor seine Belehrungsfloskeln herunterleierte. Das Büro hatte sich in der Zwischenzeit nicht großartig verändert, aber trotzdem war es für mich gänzlich anders. Das lag an den Personen, die anwesend waren. Neben dem Gefängnisdirektor, der hinter seinem Schreibtisch saß, lehnte Hellwig mit verschränkten Armen an der Tischkante. Sein Bart reichte ihm mittlerweile bis auf die Brust und gab ihm das Aussehen eines Philosophen. Der Staatsanwalt hatte die Hände in den Hosentaschen und sah angestrengt aus dem Fenster, so als würde ihn dieses seltsame Zusammentreffen überhaupt nichts angehen. Doch die Person, mit der ich am allerwenigsten gerechnet hatte, saß vor dem Schreibtisch auf einem Stuhl.

Es war Isabelle Wagner, die kerzengerade mit zurückgeschobenen Schultern ganz vorne auf der Stuhlkante saß und mich mit ausdrucksloser Miene betrachtete. Sie trug wieder den altmodischen grauen Hosenanzug und diesmal eine hellblaue Bluse, die am Kragenrand einen Fettfleck hatte. Auf die Wangen hatte sie etwas zu viel Rouge aufgetragen, was den Eindruck hervorrief, als würde sie vor Aufregung glühen. Ich weiß nicht warum, aber in diesem Augenblick war Isabelle Wagner trotzdem die schönste Frau, die ich jemals gesehen hatte.

„Die Strategie ist das Wichtigste!", sagte sie, wie üblich ohne sich mit einer Begrüßung aufzuhalten und erklärte mir, warum sich alle im Büro des Direktors versammelt hatten.

Ehe ich eine Frage stellen konnte, blickte Hellwig auf seine Uhr.

„Es ist schon spät. Wir müssen aufbrechen. Die Maschine landet bald."

Der Direktor drückte auf einen Knopf und die Wärterin, die anscheinend die ganze Zeit vor der Tür gewartet hatte, erschien, um mich wieder in meine Zelle zurückzubringen.

„Aber ich will doch dabei sein!", protestierte ich und wollte mich losreißen, doch die Wärterin drückte mir einfach den Arm auf den Rücken, sodass ich vor Schmerz aufschrie.

„Lassen Sie Frau See sofort los! Sie tun ihr doch weh!", schnauzte der Direktor die völlig überraschte Wärterin an, die schnell einen Schritt nach hinten trat und sich ihre Hand hektisch an der Uniformjacke abwischte, als hätte ich einen giftigen Ausschlag.

„Was meinen Sie, Inspektor?", fragte der Direktor Hellwig, der noch immer an der Schreibtischkante lehnte. „Können wir dieses Risiko eingehen?"

„Ich würde sie mitnehmen! Es besteht doch kein Risiko. Ich glaube, sie hat es verdient!", meinte er, kratzte sich seinen Bart und verzog die Lippen, was ich als Lächeln interpretierte.

„Also dann, brechen wir auf!"

Erst jetzt begreife ich, was vor einer Stunde wirklich passierte: Ich bin unschuldig und frei!

In der VIP Lounge teilt uns eine wohlklingende Frauenstimme über viele versteckte Lautsprecher mit, dass die Maschine aus Brüssel gerade gelandet sei. Hellwig gibt mir ein Zeichen, dass ich mich diskret im Hintergrund halten soll, er selbst steht mit dem Staatsanwalt und Isabelle Wagner direkt beim Gate für die VIP-Passagiere.

Isabelle Wagner benimmt sich so, als wäre sie die Partnerin von Hellwig und später erfahre ich, dass sie ihm auch zur Probe zugeteilt wurde. Es ist also ihr erster großer Auftritt und den will sie auf gar keinen Fall in den Sand setzen. Die ersten Passagiere kommen, es sind Politiker und fast nur Männer. Eine Delegation aller Fraktionen, die das Europaparlament besichtigt haben, darunter auch einige Minister. Einer dieser Minister ist Gregor, der als Letzter durch das Gate schlendert. An seiner Seite klebt wie eine Klette die attraktive A. M., die geschäftig mit ihrem Handy telefoniert. Gregor winkt dem Bodenpersonal zu, erst jetzt realisiert er Hellwig, Isabelle Wagner und zum Schluss mich. Ich kann es mir nicht verkneifen, ihm zuzuwinken. Für einen kurzen Moment verwandelt sich Gregor in die Person, die er wirklich ist: ein vor Wut schnaubender Choleriker, der ohne Gewissensbisse auch tötet, wenn er in die Enge getrieben wird oder sich einen Vorteil verspricht. Diese Verwandlung dauert nur einen Wimpernschlag, dann hat sich Gregor wieder unter Kontrolle, bläst seinen imposanten Körper auf, streckt angriffslustig das Kinn vor und sieht verächtlich auf den untersetzten Hellwig hinunter.

„Was wird das hier? Ein Fan-Aufmarsch?" Selbst in dieser Situation ist Gregor komplett von sich überzeugt und nicht der Schatten eines Zweifels fällt auf sein Selbstbewusstsein.

„Gregor See, würden Sie uns bitte zur Mordkommission zu einer Vernehmung folgen!"

A. M. lässt völlig entgeistert ihr Handy sinken und stammelt komplett zusammenhanglos: „Es heißt noch immer Minister Dr. Gregor See!" in die Runde.

„Worum geht es? A. M., ruf sofort unseren Anwalt an!", herrscht Gregor sie kopfschüttelnd an und wischt sich diskret die Schweißperlen von seiner Stirn. Plötzlich kippt seine Stimmung, seine schwarzen Augen verdunkeln sich und er beginnt, sich ununterbrochen über die Lippen zu lecken.

„Gehen wir endlich!", sagt er dann genervt und zerrt A. M. am Arm weiter. Dann fällt sein Blick auf mich und sein Gesicht verzerrt sich wieder zu dieser höhnischen Fratze, die ich nicht sehen kann. Doch ich halte seinem Blick stand. „Das alles war wohl deine Idee, nicht wahr? Das wird dir aber nichts nützen, Liebling! Wir sprechen uns noch! Darauf kannst du dich verlassen! Du weißt ja, wie mein Wahlspruch lautet, nicht wahr?"

„Ich liebe dich zu Tode!", formuliere ich lautlos mit meinen Lippen und lasse Gregor keine Sekunde aus den Augen. Er hat verstanden und wenn er könnte, würde er mich töten. Vorne beim Ausgang der VIP Lounge stehen jetzt plötzlich zwei uniformierte Polizisten und Gregor spürt intuitiv, dass es sich vielleicht doch um eine ernste Sache handelt.

„Als Regierungsmitglied genieße ich diplomatische Immunität!", herrscht er den Staatsanwalt an, doch ich merke sofort, dass seine Stimme eine Nuance höher klingt als gewöhnlich. Gregor ist ganz klar in der Defensive.

„Wurde heute Morgen aufgehoben!", brummt Hellwig und kramt ein Schriftstück hervor, das er Gregor unter die Nase hält.

„Das gibt's doch gar nicht!" Er wirbelt herum und baut sich vor Isabelle Wagner auf, die er um zwei Köpfe überragt. „Ihnen habe ich das zu verdanken, steht hier! Das werden Sie mir büßen. Ich mache Sie fertig, Sie widerliches Subjekt!"

„Sie haben Ihrer Frau im Untersuchungsgefängnis gestanden, dass Sie Raul de Castro vom Balkon gestoßen haben!", konstatiert Isabelle Wagner sachlich.

„Blödsinn! Das hat sie sich ausgedacht, um mir zu schaden! Um ihre Schuld auf mich abzuwälzen!", unterbricht sie Gregor und krallt seine Finger fester um den Arm von A. M., die vor Schmerz zusammenzuckt.

„Sie haben Ihrer Frau auch gesagt, wie der Papierfetzen in die Hand von Raul de Castro gelangt ist und hielten sich dabei für clever." Isabelle Wagner holt tief Luft und wirft einen Blick auf Hellwig, der eine Folie mit einem Schriftstück mit abgerissenem Rand in der Luft schwenkt.

„Deshalb haben wir heute Ihre Privatwohnung durchsucht und sind fündig geworden", sagt Hellwig.

„Das beweist doch noch gar nichts!" Gregor muss sich beherrschen und ich spüre beinahe körperlich, wie schwer ihm das fällt. „Den

Brief kann auch sie mir untergeschoben haben!", geifert er in meine Richtung. „Das hält nie vor Gericht!"

„Bei der Durchsuchung haben wir auch dieses Feuerzeug gefunden!", redet Hellwig gleichmütig weiter und holt eine Plastiktüte mit einem Feuerzeug mit dem Logo von Gregors früherer Partei und seinen eingravierten Initialen hervor. „Darauf befinden sich die Fingerabdrücke von Marion Winter. Dieses Indiz deckt sich mit der Aussage von Frau See."

„Damit kommen Sie nie im Leben durch!", zischt Gregor. „Das sind doch alles nur lächerliche Versuche, mir zu schaden, meine politische Karriere zu sabotieren!"

Dann dreht er sich wieder zu Isabelle Wagner und vor Wut zitternd greift er nach einem Plastikbecher, der auf einem Wasserspender neben ihm steht und knüllt ihn zusammen. Er hat sich aber schnell wieder in der Gewalt und sagt ruhig, aber mit einem hasserfüllten Unterton: „Das habe ich alles Ihnen zu verdanken. Schauen Sie genau hin. Genauso mache ich Sie fertig!"

„GENAUSO haben Sie reagiert, als Sie Ihre Frau damals vom Revier abgeholt haben!" Isabelle Wagners Stimme klingt völlig ungerührt und ich bewundere sie für ihren Mut. Ich hatte immer Angst vor Gregor, wenn er wütend war.

„Na und wenn schon!"

„Sie haben vor Wut einen Becher zerdrückt und ihn mir vor die Füße geworfen!"

„Das nächste Mal zerdrücke ich Sie, darauf können Sie sich verlassen. Wie eine Laus zertrete ich Sie! Scheren Sie sich doch zum Teufel! Was soll das alles hier werden? Will man mich politisch umbringen? Das ist eine politische Intrige!"

„Ich habe damals den Becher spontan an mich genommen", redet Isabelle Wagner völlig emotionslos weiter. „Der Becher sollte mich immer daran erinnern, dass ich mich nicht mehr von Männern, wie Sie es sind, beleidigen und demütigen lasse. Deshalb habe ich den Becher mit nach Hause genommen und in mein Regal gestellt, um jeden Tag daran erinnert zu werden."

Jetzt erinnere ich mich auch wieder an den Besuch bei Isabelle Wagner und den zerknüllten Plastikbecher auf dem Bord im Flur. Ich hatte also damals mit meinem Gefühl recht, es war Gregors Becher!

„Sie sind ja komplett verrückt!", schnauzt Gregor und schiebt aggressiv seinen muskulösen Oberkörper nach vorne, um sie einzuschüchtern. Doch Isabelle Wagner weicht nicht einen Schritt zurück.

„Als vor einigen Wochen mein Einwand bei der Staatsanwaltschaft abgewiesen wurde, habe ich mich wieder an die Situation mit dem Becher erinnert und einen Freund bei der Spurensicherung um eine Analyse gebeten."

„Ach, Sie waren das mit diesen hirnrissigen Anschuldigungen, ich hätte weder Name noch Adresse von diesem Inder wissen können! Das ist mir jetzt alles zu blöde!"

Gregor zerrt A. M. nach vorne, aber die unscheinbare Isabelle Wagner ist ein unbezwingbares Hindernis und weicht keinen Millimeter zur Seite.

„Auf der Folie, in die der tote Talvin Singh eingewickelt war, befand sich dieselbe DNA wie auf dem Becher. Ihre DNA."

„Das, das muss ein Irrtum sein!", brüllt Gregor außer sich und lässt den Arm von A. M. los, für die in diesem Augenblick eine Welt zusammenbricht.

„Sie haben Talvin Singh und Raul de Castro ermordet! Verlassen Sie sich darauf, den Mord an Marion Winter werden wir Ihnen auch noch nachweisen."

„Du miese kleine Streifenpolizistin! Damit kommst du nicht durch! Das ist illegal!“ Gregor ballt seine Hände zu Fäusten und hebt seine Arme wie ein Boxer, so als wolle er Isabelle Wagner gleich ins Gesicht schlagen.

„Es ist nicht illegal, denn es geschah auf einem Polizeirevier und Sie haben mir die DNA freiwillig überlassen. Oder wollen Sie behaupten, ich hätte Sie dazu gezwungen, mir den Becher vor die Füße zu werfen?“

Ich kenne meinen Mann jetzt schon seit über zehn Jahren und weiß, wann bei ihm der Punkt kommt, an dem er nicht mehr klar denken kann. Jetzt ist es wieder einmal soweit.

„Das gibt es nicht!“, schreit Gregor, jetzt völlig außer Kontrolle. „Ich habe Handschuhe und eine Haube getragen! Die Folie war völlig neu! Es kann keine DNA auf der Folie sein!“, kreischt er. „Das ist unmöglich!“ Wieder holt er mit seiner Faust aus, wird aber von Hellwig abgefangen, der jetzt dazwischentritt.

„Das reicht jetzt! Gregor See, Sie sind vorläufig festgenommen!“

Unsanft wird er von Hellwig zur Seite gestoßen und Handschellen schnappen um Gregors Handgelenke zusammen. Es ist das schönste Geräusch, das ich jemals gehört habe und ich muss mich sehr zurückhalten, um nicht hysterisch loszulachen. Als Gregor See, Ex-Politiker und des Doppelmordes verdächtig, den beiden wartenden Polizisten übergeben wird, riskiere ich einen Blick zu A. M. Alina Mayer, die attraktive und taffe PR-Strategin, steht noch immer mit offenem Mund mitten in der VIP Lounge und weiß, dass sie in diesem Augenblick gemeinsam mit Gregor untergegangen ist.

„Wie sind Sie nur darauf gekommen, dass auf der Folie Gregors DNA ist?“, flüstere ich Isabelle Wagner zu, als wir das Flughafengebäude durch einen Seiteneingang verlassen, um nicht den Journalisten und

Fernsehteams in die Hände zu fallen, die bereits in der Ankunftshalle auf den verhafteten Gregor warten.

„Es geht um die richtige Strategie, das habe ich Ihnen doch gesagt!“, antwortet Isabelle Wagner betont gleichgültig und nestelt an ihrer verdrückten und fleckigen Bluse herum. „Meine Strategie war im Grunde ganz einfach: Der wirkliche Mörder gehört hinter Gitter und das unschuldige Opfer – in diesem Falle Sie – in Freiheit!“

„Aha!“, sage ich ratlos und schüttle den Kopf. „Aber ganz habe ich das noch immer nicht verstanden!“

„Ich wollte diesmal einfach auf Nummer sicher gehen! Keinen Fehler mehr machen und Sie nicht noch einmal enttäuschen, Adriana See. Der Brief und das Feuerzeug sind Indizien, die zu einer Verurteilung führen können, aber noch immer nicht müssen. Anders sieht es mit DNA-Spuren aus. Das sind Beweise, die Geschworene immer überzeugen. Auf dem Becher war genügend DNA von Gregor See. Das hat auch für die Folie gereicht, die in der Asservatenkammer gelagert wurde. Ich habe gewartet, bis ich alleine war und voilà ... schon gab es die belastende DNA auf der Folie. Mehr will ich dazu nicht mehr sagen.“

Wir sitzen in einem Tuk-Tuk, wie in Indien die Mopedtaxis genannt werden, das mit einem Höllentempo die breite Straße neben dem Marina Beach entlangfährt. Die Luft ist subtropisch heiß und ich kann mich einfach nicht sattsehen an den Menschen, Farben, Häusern und Pflanzen. Intensiv atme ich die exotischen Gerüche ein, die zu Tausenden durch die Luft schwirren und unglaublich sinnlich auf mich wirken. Der Himmel ist dunstig und die Wellen des Golfs von Bengalen schlagen träge gegen die abbröckelnden Kaimauern von Chennai.

Ohne zu blinken, biegt das Tuk-Tuk in eine breite Allee ein, in der noch Häuser aus der Kolonialzeit stehen. Die Häuser machen einen leicht desolaten Eindruck, doch das wird durch die exotischen Blüten und Pflanzen mehr als wettgemacht. Vor einer großen baufälligen Villa bleibt der Fahrer stehen und lächelt. Wir sind angekommen.

Wir – das sind Isabelle Wagner und ich. Nach meiner Freilassung habe ich Isabelle Wagner überzeugen können, zunächst einen Urlaub anzutreten, bevor sie ganz zur Kriminalpolizei wechselt. Ein Schlangenexperte wurde für Kaa gefunden und so gab es eine Ausrede weniger, warum sie nicht fahren könne. Die Reise nach Indien habe natürlich ich für sie bezahlt, das ist das Mindeste, was ich für sie tun kann, um mich erkenntlich zu zeigen. Isabelle Wagner hat es auch geschafft, alle Hindernisse der österreichischen und indischen Bürokratie zu überwinden, damit wir die Asche von Talvin Singh wieder nach Chennai bringen können.

Jetzt sind sie also doch Wirklichkeit geworden: meine Träume vom fernen Chennai, dem indischen Ozean und der Bibliothek der Theosophischen Gesellschaft von Madras. Die baufällige Villa ist die frühere Bibliothek und Talvins Großvater darf zwischen seinen geliebten Büchern bis zu seinem Tod wohnen. Jetzt werde ich ihn auch gleich kennenlernen, jenen Mann, von dem er mir so viel erzählt hat, wenn wir uns liebten.

Isabelle Wagner drückt mir die versiegelte Blechdose, die sie die ganze Fahrt über auf dem Schoss gehalten hatte, in die Hand.

„Das ist jetzt Ihre Aufgabe. Sie waren seine Geliebte."

Als Isabelle Wagner das Wort Geliebte ausspricht, muss ich unwillkürlich schlucken und gehe schnell die ausgetreten Stufen hinauf auf die Terrasse. Über der großen doppelflügeligen Eingangstür steht noch immer in abblätternden Goldbuchstaben „Library". Ehe ich klopfen kann, wird die Tür aufgerissen und ein Mann mit einer runden Brille und einem langen weißen Bart tritt nach draußen.

„Namaste!“, sagt er und hängt mir einen Blumenkranz um den Hals. Noch immer halte ich die Blechdose in der Hand und weiß nicht, wie ich mich verhalten soll.

„Das ist die Asche von Talvin!“, sage ich schließlich und muss mich bei jedem Wort heftig räuspern. „Er hat Sie sehr geschätzt und mir immer von Ihnen erzählt.“

Talvins Großvater, der Bibliothekar, sieht mich lange durch seine Brille hindurch an.

„Kurz bevor Talvin starb, hat er noch mit mir telefoniert!“, sagt er dann in lupenreinem Oxford-Englisch. „Er hat gesagt, dass er die Frau seines Lebens kennengelernt hat.“

Ich blicke ihn an und merke, dass mir eine Träne über die Wange läuft, aber diesmal ist es eine Träne der Freude.

NACHWORT DER AUTOREN

Liebe Leserin,
lieber Leser,

wir möchten einmal recht herzlich DANKE sagen, dass Sie unseren Psychothriller gelesen haben. Wir hoffen, Ihnen mit diesem Buch ein paar unterhaltsame Stunden bereitet zu haben, Stunden in denen Sie eintauchen konnten in eine Welt voll Spannung und Nervenkitzel.

Da wir als Indie-Autoren auf uns alleine gestellt sind und keinen großen Verlagsapparat hinter uns haben und alles selbst machen und finanzieren müssen, ist für uns jede Rezension sehr wertvoll.
Wir bitten Sie daher um eine kurze Rezension auf Amazon.de. Diese Rezension muss nur einige kurze Sätze über unseren Thriller beinhalten.

Das war's auch schon. Alles Liebe an Sie und bleiben Sie glücklich :)

Barbara & Christian Schiller

P.S. Natürlich freuen wir uns auch riesig, wenn Sie unser Fan auf Facebook und/oder Follower auf Twitter werden.

www.twitter.com/BCSchiller
www.facebook.com/BC.Schiller

MEHR THRILLER VON B.C. SCHILLER

DER HUNDEFLÜSTERER

David Steins ERSTER FALL.

David Stein, lebt auf Mallorca, trainiert Hunde und nennt sich selbst einen Hundeflüsterer. Was niemand weiß: Er hat als Ex-Agent eine neue Identität angenommen, um nach dem Tod seiner Frau weit weg von Gewalt, Tod und Lügen ein neues Leben zu beginnen. Doch bald holt ihn die Vergangenheit wieder ein: Mit dem Hinweis, dass man den Mörder seiner Frau ausfindig gemacht hat, überreden ihn seine früheren Partner zu einem letzten gefährlichen Einsatz ...

Der Hundeflüsterer ist ein rasanter, vielschichtiger Thriller mit psychologisch interessant gezeichneten Charakteren und internationalen Schauplätzen (Berlin, St. Tropez, Kabul...).

Der Thriller ist in sich abgeschlossen, schnell und spannend zu lesen ... also richtiges Kopfkino für's Bett!

- Der ebook Thriller ist professionell lektoriert und kann auf jedem PC, Apple, eReader, Tablet, smartphone, Android... gelesen werden.
- Umfang: ca. 250 Seiten

Leserstimmen zu „DER HUNDEFLÜSTERER“

„Ein Glücksgriff auf dem ebook Markt...der Thriller ist super spannend und schlüssig aufgebaut“ - Patricia Stute

„Ein hammermäßiger und spannend geschriebener Agententhriller. Das Buch hat mich dermaßen überzeugt, dass ich mir auch die weiteren Bücher des Autorenduos anschaffen werden. Sehr zu empfehlen!!“ - Full House

„Der Stil ist direkt, einfach packend und so detailreich, dass man sich die Szenen immer gut vorstellen kann. In diesem eBook gibt es keine Längen, sondern pure Action, viele Wendungen und auch ein wenig fürs Gefühl. Denn das Buch startet nämlich direkt mit einem Knall...“
- Book-Challenges

„Eines der besten Bücher das ich seit langem gelesen habe.
Von Anfang an spannend; Zusammenhängend bis zum Schluss; Einfach nur Klasse“ - Karlheinz Bernhard

„Es ist mir schwer gefallen, die Nacht einzuläuten und das Buch zur Seite zu legen, aber mir fielen so gegen zwei Uhr nachts einfach die Augen zu...Spannung, die gut vermittelt wird.......tja, lasst euch überraschen“ - R.

„Bin richtig von diesem Buch total gefesselt worden. Es ist sehr spannend geschrieben. Für Thriller-Fans genau der richtige Fernsehersatz. Kann ich nur weiter empfehlen“ - Ramona Garbe

„Einfach grandios...die Seiten griffen nach mir, die Sätze lockten mich, die Handlung machte mich unfähig zu widerstehen. Grandios ausgearbeitet von Anfang bis zum Ende“ – Mika

„Habe schon andere Titel von den beiden gelesen und war wieder begeistert. Kann ich nur empfehlen. nicht teuer und spannend“ - Heinrich Katja

„WOW - was für ein spannender Agententhriller...mit David Stein haben B.C.Schiller einen wirklich außergewöhnlichen Menschen geschaffen, der mir sehr gut gefällt - Kathrin Bolte

„Immer wenn ich glaube, ich weiß wie es weitergeht, geht die „nächste Bombe“ hoch - Peter Lustig

„Der Thriller hat alles, was nach gutem, alten Hollywood-Rezept funktioniert: einen Helden, der keiner sein möchte; eine sexy Gegenspielerin und eine verdammt packende Story. Das alles macht dieses Buch zu einem Sahnehäubchen unter den Thrillern“ - Sophie Haag

„Der Hundefluesterer ist ein absoluter Pageturner und garantiert 100%-igen Lesespass“ - M.R.

„Hart, direkt, spannend. Klare Leseempfehlung“ - Krimi&Co

„Ein packender Thriller, den man kaum wieder aus der Hand legen kann“ - H.R.

„Gut miteinander verknüpfte Handlung, überraschendes Ende. Guter Stil, interessante Handlungsorte, Zeitgeist, Lokalkolorit gut getroffen. Macht Lust auf mehr. Sympathische Charaktere“ - A.Paschinger

SCHWARZER SKORPION

David Steins ZWEITER FALL.

Der ZWEITE FALL führt den Ex-Agenten und Hundeflüsterer David Stein nach Marokko, wo er den Top-Terroristen „Schwarzer Skorpion" jagt, um einen Anschlag auf die Münchner Sicherheitskonferenz zu verhindern.

In Marrakesch wird eine deutsche Studentin von ihrem Freund in eine Kiste gesperrt. Niemand erfährt davon und das Mädchen kämpft um sein Leben, denn Skorpione versuchen in die Kiste zu gelangen ...

In einem geheimen Zeltlager im Atlasgebirge ritzt sich der ehemalige Elitesoldat Henri Dupres den Unterarm, um sein von Skorpionen vergiftetes Blut zu betrachten, als er Besuch von einer geheimnisvollen Amerikanerin erhält, die ihm einen Auftrag erteilt ...

Zur selben Zeit erhält der deutsche Geheimdienst die Information, dass ein Terroranschlag auf die Münchner Sicherheitskonferenz geplant ist. Drahtzieher des Anschlages ist der Top-Terrorist Henri Dupres, der sich „Der schwarze Skorpion" nennt. Henri Dupres ist vor Jahren untergetaucht und niemand weiß, wie er aussieht, denn er hat sich einer Gesichtsoperation unterzogen. Nur ein Mann kann den „schwarzen Skorpion" identifizieren: David Stein, ein Ex-Agent, der als Hundetrainer auf Mallorca lebt. Stein hat vor Jahren mit Dupres zusammengearbeitet und erkennt ihn anhand seiner Körpersprache. Gegen ein Honorar von 1 Million Dollar fliegt David Stein nach Marokko, um den „Skorpion" aufzuspüren. Er ahnt nicht, dass ihm die Profikillerin Leyla Khan folgt, die noch eine alte Rechnung mit ihm offen hat.

Die Zeit drängt, denn in 7 Tagen beginnt die Sicherheitskonferenz, David Stein hat noch keine Spur von dem „Skorpion" und das Mädchen in der Kiste schwebt in Todesgefahr ...

- Wird es David Stein gelingen, den Anschlag zu verhindern?
- Welcher Zusammenhang besteht zwischen dem gefangenen Mädchen in der Kiste und dem Anschlag und wird sie überleben?
- Wird die Profikillerin Leyla Khan David Stein töten oder verfolgt sie andere Pläne?

Leserstimmen zu „SCHWARZER SKORPION"

„Gute Story aber ziemlich harter Toback, nichts für schwache Nerven wie auch die anderen Bücher der Autoren. Aber Top in der Kategorie."
- fietel

„Ein echter „Schiller". Spannend und nervenkitzelnd bis zum Schluß. Besonders der Ermittler ist eine schillernde Figur, der man nur staunend folgen kann." - Frank Oehlsen

„Schwarzer Skorpion" ist ein toller Thriller: sehr spannend, rasant, brutal, schlüssig, unterhaltsam und ein wenig ironisch („Oberst Großkopf")" - Patrici

„So muss ein spannender Thriller sein" - MKS

„Ich habe mir das Buch sofort nach der überzeugenden Lektüre des Hundeflüsterers gekauft und wurde nicht enttäuscht. Sehr spannend, ansprechend geschrieben, richtig mal was Neues.“ - Monika

„Gut geschrieben, spannend, interessanter Ort. Die Hauptfigur sympathisch, die Nebenfiguren interessant. Überraschung am Ende. Und auch Supermänner haben weiche Seiten. - Detlef Passig

„Ein Thriller ganz nach meinem Geschmack. Der ausgestiegene Agent, der wahnsinnig gewordene Kollege, die Profikillerin, die Freundin mit einem dunklen Geheimnis, dass alles zusammen ergibt ein bis zum Schluss spannendes Buch welches Lust auf mehr macht.“ - Ingrid Kleser

„Dieser Thriller gehört zu den härtesten seines
Genres und lässt 3 bis 4 Stunden Lektüre wie eine einzige Minute erscheinen...“ - Jouvancourt

„Das Buch packte mich von Anfang an. Die Figuren, allen voran David Stein, sind außergewöhnlich. Exotische Schauplätz wie Marrakesch ließen mich tief abtauchen in eine ferne und aufregende Welt. Hohe Suchtgefahr.“ - friesin

„Das erste Buch, das ich von B.C. Schiller gelesen - ach was: geradezu verschlungen habe!! Ein äußerst spannend geschriebener Thriller, der aber nicht unbedingt für zartbesaitete Leser/innen geeignet ist.“ - akinom

„Sehr spannend und echt lesenswert! Vor allem sind es Autoren aus Österreich! :) Die gehören gefördert!!! Ich kann dieses Buch und alle Bände von B.C. Schiller nur weiter empfehlen!“ - Birgit Sailler

„Fazit: Hart, direkt, spannend. Klare Leseempfehlung.“ - Krimi&Co

TÖTEN IST GANZ EINFACH

JAHRESBESTSELLER 2012
Top 20 ebook Krimi/Thriller 2012 bei Amazon.

Töten ist ganz einfach, sagen die Stimmen in meinem Kopf, während ich die Stufen nach oben schleiche und mir das Herz bis zum Hals klopft ...

In Prag wird ein Geschäftsmann brutal ermordet. Alle Spuren führen nach Linz in Österreich zu einem zwielichtigen Konzern mit großem Einfluss. Ist der psychopathische Konzernchef in den Mord verwickelt und was befindet sich auf den Fotos, die seine Schwester erhält? Und welches persönliche Interesse hat die Werbeagenturchefin Anna Lange an dem Fall, in den ihr Vater tief verwickelt ist. In seinem ERSTEN FALL muss Chefinspektor Tony Braun brutale Morde aufklären und einen Mörder bis Mallorca jagen, der nur ein Motiv kennt: Rache.

B.C. Schiller ist mit ihrem eBook Thriller ein brutal spannender Kriminalroman gelungen, der sich durch viele Wendungen und starke Charaktere auszeichnet und ein absoluter Lesetipp ist.

- Der Thriller hat einen Umfang von ca. 420 Seiten, ist professionell lektoriert und kann auf jedem PC, Apple, eReader gelesen werden.

Leserstimmen zu „TÖTEN IST GANZ EINFACH“

„Großartiges Buch, fesselnde Story, packend erzählt. Ich konnte meinen Kindle nicht mehr ausschalten. Sehr, sehr gut. Problemlos kann Kommissar Braun mit Charakteren wie Harry Hole und Carl Morck mithalten. Die nächste Geschichte ist schon gekauft und runter geladen „ – Susann

„Ein klasse Thriller“ - Peter Zmyj

„Sehr coole Geschichte und Figuren. Absolut empfehlenswert... Ich mag persönlich ja solch verstrickte Storys, die zum Mitdenken anregen“ – MelanieK

„Normalerweise lese ich gar keine Thriller, aber dieses Buch hat mich von Anfang an in seinen Bann gezogen. Es ist erstklassig geschrieben und Spannung bis zur letzten Seite ist garantiert....Entgegen anders lautender Meinung denke ich nicht, dass Tony Braun, der österreichische Schimanski ist, sondern vielmehr erinnert mich dieser an „Der letzte Bulle“, wenn gleich dieser nicht soviel harte Sachen „säuft“ „ - S.Sievers

„Knallhart, brutal, spannend. Nichts für schwache Gemüter - Krimi&Co

„Wem „Harry Hole“ und „Carl Morck“ gefällt, dem wird auch dieser Thriller gefallen“ - Ricci „Leseratte“

„Die Spannung zieht sich vom ersten Kapitel bis zum Ende durch. Die Charaktere sind zwar ein wenig gestört und brutal, aber das gehört natürlich zu einem richtigen Thriller. Die Wendung vor dem Finale war so nicht vorhersehbar, das fand ich super gut" – Mathias Zwittag

„Ein gut geschriebener Thriller. Viele Anfangsfäden, die später zu einem Faden zusammen laufen (spannend). Für alle diejenigen, die es blutig mögen. Nichts für leichte Gemüter" – Lutz

„Ein knallharter, fesselnder und mitreißender Thriller der mich richtig gefesselt hat und genau wie die anderen von B.C.Schiller an Spannung nicht zu überbieten sind ein muss für alle die spannende Thriller lieben!" – Horst Heil

„ Das Buch steht in keinster Weise hinter den großen Autoren der Szene wie z.B. Reichs oder Beckett zurück" - fred quinque

„Tolles Buch, es hat mich auf der ersten Seite gepackt und nicht mehr losgelassen!!!! Einfach genial!!! Tony Braun kommt sehr gut rüber und man fiebert mit" – Kibdleuse

„Wie in meiner Rezension zu Freunde müssen töten: Thriller, hat mich auch dieser Tony Braun Thriller mitgenommen auf die richtige Reise. Es war ja das erste Buch vom Autorenduo Schiller und es war sehr spannend mitzuverfolgen, wie sich Braun entwickelt, wie er das Sorgerecht um seinen Sohn verliert und sein Job in der Mordkommission seine Familie wird" – Mika

„Super Thriller, brutal aber sehr spannend bis zum letzten Buchstaben! Empfehlenswert für alle Leute mit nicht allzu laschen Nerven" - Martin

FREUNDE MÜSSEN TÖTEN

JAHRESBESTSELLER 2012
Top 20 ebook Krimi/Thriller 2012 bei Amazon.

In seinem ZWEITEN FALL kämpft Chefinspektor Tony Braun gegen osteuropäische Mädchenhändler und rücksichtslose Konzernchefs, für die es keine Gesetze und moralische Schranken gibt. Als die Journalistin Kim Klinger von einer mysteriösen Informantin erfährt, dass in Linz sieben Mädchen spurlos verschwunden sind, beginnt Braun zu ermitteln und stößt bald auf eine zwielichtige Modelagentur in Bratislava und einen einflussreichen Konzern, für den tote Mädchen Routine sind. Doch dann taucht plötzlich ein psychopathischer Mörder auf, der in Braun einen Freund sieht und sich selbst als Erlöser osteuropäischer Prostituierter.

Wer ist dieser Mörder, der lebenden Mädchen Taubenflügel annäht, um sie in Engel zu verwandeln, bevor er sie tötet?

Ist es echte Freundschaft, die Tony Brauns Sohn Jimmy mit einem obdachlosen Taubenmann verbindet oder eiskalte Berechnung?

Welches Geheimnis verbirgt der Linzer Polizeipräsident und wird ihm seine Vergangenheit zum Verhängnis?

Ist die Journalistin Kim Klinger nur eine frustrierte Alkoholikerin oder ist alles bloß Tarnung?

Und welche illegalen Experimente führt der Psychiater Goldmann in seiner Klinik durch?

Je näher Tony Braun der Wahrheit kommt, desto tiefer muss er eintauchen in eine Welt aus Geld, Macht, Perversion und Tod.

Dieser ZWEITE spannende Thriller mit Chefinspektor Tony Braun baut nicht auf den ERSTEN Thriller „TÖTEN IST GANZ EINFACH“ (seit 16 Monaten in den Top 100 Bestseller Krimi/Thriller) auf, sondern ist eine in sich abgeschlossene Story.

Der ebook Thriller ist professionell lektoriert und kann auf jedem PC, Apple, eReader, Tablet, smart phone, Android...gelesen werden. Gratis Apps gibt es hier.

Seitenzahl ausgedruckt: ca. 430 Normseiten (60 Anschläge/33 Zeilen) ca. 107.000 Wörter

Leserstimmen zu „FREUNDE MÜSSEN TÖTEN“

„Diese Bücher sind wohl im Moment eine der besten und erfolgreichsten Thriller-Reihen auf dem deutschsprachigem eBook Markt“ - Krimi&Co

„Was macht einen guten Thriller aus? Die ersten Seiten! Ein cooler Bulle! Kaputte Figuren! Und eine Handlung die von A-Z gut durchdacht ist“- Mika

„Spannung bis zur letzten Seite! Der Kauf lohnt sich! Erst auf den letzten Seiten weiß man wer der böse ist!“ – Hahn Alwin

„Achtung, nehmen Sie sich Zeit! Spätestens ab der Hälfte des Thrillers legen Sie das Buch nicht mehr aus der Hand. Fazit: Daumen hoch für diesen Thriller“ - M.R.

„Die zwei bisherigen Krimis aus der Werkstatt von B.C.Schiller haben mich zu einem Hardcore-Fan gemacht" - Peter Zmyj

„Ein Thema, das aufwühlt und wahrscheinlich aktueller ist, als man glaubt: ein eindringliches und unglaublich spannendes Buch, das man bis zur letzten Seite nicht aus der Hand gibt. GRATULATION AN DAS AUTORENDUO!" – Erstaunlich

„Warum „Nesbo" um teures Geld kaufen, wenn es hier eine günstigere und für mich spannendere Alternative gibt" – zolhl

„Einen düsteren Thriller hat das Autorenpaar hier abgeliefert, eine Geschichte, die den Leser so schnell nicht loslässt. Die Handlung ist überraschend und auf ihre bizarre Art durchaus schlüssig - und überwiegend so packend erzählt, dass man das Buch bzw. Gerät nicht aus der Hand legen mag;" - „Tommy"

„Habe das Buch innerhalb weniger Tage ausgelesen. Es ist spannend bis zum Schluss und man kommt lange nicht dahinter wer der Mörder ist" - J.S.

„Krass, spannend, toll, Hammer, grandios, genial, umwerfend, phänomenal, Spitze, echt Spannend, Atemberaubend, ergreifend, Adrenalin pur, nicht für schwache Nerven.
LESEN !!!!!!!" – Andreas

ALLE MÜSSEN STERBEN

In seinem DRITTEN FALL wird Chefinspektor Tony Braun mit einem Flammenkiller und den mörderischen Arbeitsbedingungen in osteuropäischen Textilfabriken konfrontiert.

Ein Mann wird an den Mast eines Segelbootes gekettet und bei lebendigem Leib verbrannt, während das Boot ohne Besatzung über einen schwarzen See kreuzt. Noch in derselben Nacht wird Chefinspektor Tony Braun mit den Ermittlungen beauftragt. Erste Spuren führen in die illegale Graffiti-Sprayer-Szene und zu einem mysteriösen Textilunternehmen, das in Moldawien unter unmenschlichsten Bedingungen Designermode herstellt. Als ein weiteres Opfer an ein Kreuz geschlagen, mit Benzin übergossen und lebendig verbrannt wird, steht außer Zweifel, dass der Mörder nach einem ganz speziellen Schema vorgeht. Tony Braun muss erkennen, dass er es mit einem Flammenkiller zu tun hat, der mit seinen Feuermorden noch lange nicht am Ende ist, denn es gibt noch viele Seelen, die brennen müssen ...

Welche Rolle spielt die neue Polizeipräsidentin Elena Kafka, die anscheinend ein persönliches Interesse an den Morden hat?

Warum trägt die stumme Chloe immer einen Zettel mit der Botschaft „Alle müssen sterben" bei sich?

Weshalb kriechen aus dem Mund des Graffiti Sprayers Jonas Blau schwarze Fliegen und Hornissen?

Wer schickt Designboss Edgar Zorn geheime Videobotschaften, vor denen er sich fürchtet und die ihn gleichzeitig erregen?

Wird es der Klavierspielerin Polina gelingen, aus der brutalen Textilfabrik in Moldawien zu entkommen, ohne ihre Finger zu verlieren?

In seinem neuen Fall muss Chefinspektor Tony Braun nicht nur einen Flammenkiller zur Strecke bringen, sondern auch in den eigenen Reihen gegen Verräter kämpfen. Zu spät erkennt er, dass ihm von dieser Seite eine tödliche Falle gestellt wird ...

- Der ebook Thriller ist professionell lektoriert und kann auf jedem PC, Apple, eReader, Tablet, smartphone, Android... gelesen werden.
- Umfang: ca. 440 Seiten

Leserstimmen zu „ALLE MÜSSEN STERBEN“

Spannend bis zur letzten Seite.
Ein spannender, gut geschriebener Thriller mit einem raffinierten Ende. Die Figuren sind, wie in einer anderen Rezension schon bemerkt, etwas überzeichnet. Für mich aber kein Grund für eine Abwertung. Die Handlung selbst ist plausibel und überraschend. Die Lektüre sorgt für spannende Lesestunden. Sehr zu empfehlen. - H. Pieper

Lesenswert!
Ich muss persönlich sagen, dass ich bei „Alle müssen sterben" insgesamt mehr als zufrieden war. Ich habe schon fast alle erschienen Bücher der Autoren gelesen und kann die Bücher auch nur weiterempfehlen
Das Gute an dem neuen Thriller ist, dass man sowohl als Fan, der die anderen Bücher schon gelesen hat, als auch „Neuankömmling" die Handlung und Protagonisten nachempfinden und folgen kann. Zugegeben, diese Art von Thriller muss man mögen, um sie zu lesen! Viele Leute würden dies wahrscheinlich als ziemlich abschreckend bezeichnen, aber der Leser wird immer wieder in den Bann gezogen! Ich konnte das Buch kaum aus der Hand legen, so hat mich es gefesselt. Trotzdem muss ich zugeben, dass ich am Anfang bei den detailreichen Schilderungen doch etwas schlucken musste - eben nichts für schwache Nerven!

Schön zu sehen ist auch, dass Tony Braun und die anderen Protagonisten eine Entwicklung durch machen. Bei anderen Büchern fällt den Autoren meistens nichts mehr ein, hier jedoch wird (meiner Meinung nach!) genau daran gearbeitet, dass dies nicht passiert: die Charaktere bekommen Tiefe und Emotionen, in die man sich selbst gut hineinversetzten kann. Jeder der Charaktere hat seine eigene Geschichte und Situationen, die im Buch geschildert wird und man als Leser nachvollziehen kann, warum diese sich in manchen Situationen unterschiedlich verhalten. Auch die Klimax des Thrillers ist insgesamt sehr gut aufgebaut.

Natürlich wird am Ende nicht alles beantwortet, aber irgendwie muss man ja auch auf eine Fortsetzung hoffen können :) - ! – Sunshine 12

Leicht horrormässig
konnte dass Buch fast nicht aus den Fingern legen, die Grausamkeiten wurden meist nur angeschnitten,aber es reichte aus un es spannend

zu halten.In manchen Teilen des Buches wurden für mich einige Wahrheiten an geschnitten. - _--_ -

B.C. Schiller - Ein super Team!
Inzwischen habe ich, bis auf die Kurzgeschichten, alle als eBook erhältlichen Bücher dieser Autoren gelesen und nehme gerne die Gelegenheit wahr, den beiden herzlich zu ihren Büchern zu gratulieren und mich vielmals zu bedanken, dass sie mir die Gelegenheit gaben, ihre kurzweilige und spannende Literatur zu lesen. Ich bitte um mehr! Danke! - bmaysb

Leider geil
Nach „Töten ist ganz einfach“ wurde ich zum B.C. Schiller Fan. Und nach „Alle müssen sterben“ wird das auch so bleiben! Die restlichen Bücher dieses genialen Autorenduos werden schon auf meinen Kindle geladen. Chefinspektor Tony Braun wirkt authentisch und B.C. Schiller verstehen es in ihren Thrillern ausgezeichnet, den Spannungsbogen aufzubauen und ihn bis zum Ende zu halten. Story, Protagonisten und Schauplätze sind super herausgearbeitet und deshalb kann ich sagen: Absolut lesenswert! Oder wie es die junge Generation dieser Tage bezeichnen würde: B.C. Schiller schreiben „Leider geil“. - Alfred Stadlmann

PSYCHO SHOTS #1

PSYCHO SHOTS sind Psycho Stories mit Thrill- und Horrorelementen, die ihre verstörende Wirkung schon auf wenigen Seiten entfachen und den Leser mit einem Gefühl der Beklemmung zurücklassen.

Diese düsteren und ungewöhnlichen Geschichten nehmen den Leser mit auf eine Reise in die Psyche des Menschen und eignen sich optimal für den kleinen Thrill zwischendurch.

1. DIE AUFLÖSUNG
Was passiert, wenn das vermeintliche Abenteuer mit einer Zufallsbekanntschaft aus dem Ruder läuft und man plötzlich eine Leiche zuhause hat ...

2. DER PFLEGER
Ist es wirklich normal, dass ein Krankenpfleger gut bezahlt wird, nur um einem Schwerkranken beim Sterben zuzusehen oder steckt mehr dahinter ...

3. DIE ADRESSE
Gibt es Vereinbarungen für eine Top-Wohnadresse, deren tödliche Konsequenzen dem neuen Mieter erst bewusst werden, wenn es bereits zu spät ist ...

4. DIE HAUPTROLLE
Wie ist es möglich, die anspruchsvolle Hauptrolle in einem Theaterstück zu spielen, ohne den Inhalt zu kennen und nur zu wissen, dass am Schluss ein Mord passiert ...

Leserstimmen zu „PSYCHO SHOTS #1"

„Sollte man gelesen haben. Knackig, spannend, auf den Punkt gebracht. Auf meinem E- Reader, landläufig bekannt unter I-Phone, hat das E-book 68 Seiten und ist somit wirklich ein kleine, aber delikate Zwischenmahlzeit vor dem nächsten Gang im jeweils aktuellen literarischen Menü.
5/5 Sternen" – Vero Nefas „Drei Groschen Poesie"

„Vier kurze Geschichten. Stellenweise verwirrend und verstörend, auf jeden Fall aber aufwühlend und kreativ, alleine DIE ADRESSE ist den Kauf des ebooks wert und lässt auf weitere Stories der beiden Schillers hoffen." - Sara Salamander

„Der Stil der Kurzgeschichten erinnern an Edgar Allan Poe – angepasst an die heutige Zeit. Keine schlechte Idee! Wie dessen Stories gehen diese tief unter die Haut und in die Psyche. Der Titel des Buches ist also Programm. Teilweise grauenerregend eklig, krank und beklemmend, aber einfach fesselnd!" - Catmaniac

„Wer es etwas härter mag und sonst gerne verstörende blutige Horror bzw. Thrillergeschichten liest, der dürfte mit diesen Kurzgeschichten an der richtigen Adresse sein. Bei diesen vier Geschichten ist jede gestörter wie die andere - natürlich im positiven Sinne!" - Wolkentreiber „Bücherjunkie"

„Wer intelligente Psycho Horror Stories sucht, ist hier gut aufgehoben." - Lucky

„Vier Kurzthriller, die teilweise verstören oder ängstigen und durchwegs originelle Stories haben." - MKS

„Hier wird nicht lange um den heißen Brei geredet, der Leser wird sofort in den Wahnsinn gerissen ..." - Fee

„Was aber die Geschichten so besonders macht, ist die Tatsache, dass der meiste Wahnsinn in unseren eigenen Köpfen abspielt und nicht erzählt, sondern nur kurz angeschnitten wird. Und dann noch diese genialen, abrupten Enden. Herrlich." - Michael Schmid